작가들의 책장 훔치기

작가들의 책장 훔치기

2025년 1월 13일 초판 1쇄 발행

지은이| 신경진

펴낸 곳| 읽고쓰기연구소
발행인| 이하영
도서문의| 02-6378-0020
출판등록| 제2021-0000169호
주소| 서울특별시 마포구 동교로 136 서강빌딩 202호
이메일| writerlee75@gmail.com   editor93@naver.com
블로그| blog.naver.com/editor93

ISBN 979-11-988726-1-6 (03800)
값 16,800원

• 이 도서는 2024년 문화체육관광부의 '중소출판사 성장부문 제작 지원 사업'의
지원을 받아 제작되었습니다.

John Fowles

Michel Houellebecq

Joris-Karl Huysmans

Doris Lessing

작가들의
책장
훔치기

소설가의
소설 읽는
소설

金時習

Françoise Sagan

/ 신경진 지음

Ernest Hemingway

Annie Ernaux

Ian McEwan

Julian Barnes

Philip Roth

夏目 漱石

차례

독자에게

세계를 움직이는 것은 위험한 망상이 아닌 위대한 상상입니다. 만약 인간에게 상상력이 없다면 우리가 마주한 세상은 지금과 확연히 다를 것입니다. 그런데 상상과 망상의 차이는 무엇일까요? 무엇이 위대한 상상이며 무엇이 위험한 망상일까요?

아이들은 하늘을 날고 바다를 유영하는 꿈을 꿉니다. 소년·소녀의 상상은 요정의 초대를 받고 무시무시한 용과 싸우면서 신비로운 숲처럼 풍성해집니다. 그렇게 《이상한 나라를 방문한 앨리스》와 《오즈의 마법사를 찾아가는 도로시》가 탄생했습니다. 우리는 이제 언제든 모험과 낭만으로 가득한 여행을 떠날 수 있습니다.

환상적인 여행을 마친 아이는 성장하면서 현실과 구분하기 힘든 꿈을 꾸기 시작합니다. 부조리한 세상에 맞부딪힌 청년은 더는 새처럼 하늘을 날고 물고기처럼 바다를 헤엄치는 것만으로는 만족하지 않습니다. 그들은 엄마의 장례식에서 커피를 마셨다는 이유로 비난받고 도저히 들어갈 수 없는 거대한 성문 앞에서 뼈저린 좌절감을 맛봅니다. 이른바 근대문학의 탄생, 장편소설이 눈앞에 펼쳐진 것입니다.

아파트와 주식, 비트코인이 급상승해서 남들보다 부자가 되었으면 좋겠다는 생각은 상상이 아니라 낮은 수준의 욕망일 뿐입니다. 비상계엄을 선포해서 자신의 권력을 강화하고 연장하겠다는 생각은 어처구니없는 욕망에서 비롯된 망상입니다. 작가들은 이런 탐욕적인 망상에 맞서 싸웁니다. 플로베르는 프랑스 대혁명기에 왕당파와 부르주아들의 허위를 고발했고, 도스토옙스키는 러시아 전제군주인 차르와 농노제로 배를 채우는 귀족들과 관료들의 부정부패를 기록했습니다.

위대한 작가들은 위대한 상상력을 지닌 사람들입니다. 그들은 괴물이 된 국가와 자본이 인간을 어떻게 착취하고 소외시키는지 추적해서 진상을 폭로하는 사람들입니다. 그들은 수렁에 빠진 사람들과 함께합니다. 작가들은 물리적 힘 대신, 연민과 사랑으로 구축된 상상력을 동원합니다. 그 이름이 무엇이든 중요하지 않습니다. 중요한 것은 상상 그 자체입니다.

"우리는 더 나은 세상에서 살 권리가 있다!"

우리가 읽는 모든 근대소설은 이 들끓는 용광로에서 만들어진 예술품, 혹은 연대를 통해 상상을 나누기 위해 제작된 선언문입니다.

책 읽는 사람은 아름답습니다. 그들은 책을 읽는 동안 작가의 아름다운 상상에 동화됩니다. 이 환상적인 빛의 세계로 들어가는 순수한 미적 감동은 전적으로 위대한 상상력에 의해 실현됩니다. 책 읽는 이들과 마찬가지로 거리로 쏟아져 나와 함성을 외치는 사람들의 머릿속에도 아름다운 상상이 가득합니다. 위대한 상상이란 곧 현실을 바꾸는 변혁의 도구입니다. 체감온도가 영하로 떨어진 여의도 집회에서는 사람들의 열기로 추위를 느낄 수 없었습니다. 오히려 광장은 불꽃처럼 타올랐습니다. 윤석열 탄핵을 외치고 소녀시대의「다시 만난 세계^{Into the New World}」를 따라 부르는 시민들을 보며 픽션과 상상의 힘을 느낄 수 있었습니다.

여기 위대한 상상을 한 작가들을 한자리에 모았습니다.

독자로 하여금 위대한 작가들이 꿈꾼 세계를 다시 만나게 하는 것이 저에게 주어진 작은 임무였습니다. 언젠가 많은 이들과 광장에서 함께 모여 승리의 노래를 부르는 미래를 꿈꾸며 글을 마칩니다. 감사합니다.

"미래가 무엇이든 희망은 상상하는 사람들의 몫입니다."

2024년 12월

신경진

Michel Houellebecq

미셸 우엘벡 1958~

《지도와 영토 *La Cartte et le Territoire*》

《복종 *Soumiaaion*》

밤하늘에 솟구친
불꽃처럼

오래전 나는 부산 영도의 작은 아파트에서 두서너 해를 살았다. 산 중턱에 지은 아파트의 베란다로 나가면 먼바다에 뜬 컨테이너선과 유조선, 여객선들이 게으른 풍뎅이처럼 느릿느릿 기어가는 모습이 보였다. 고등학교 기간제 교사인 아내는 일찍 일어나 버스를 타고 출근했고 초등학교에 입학한 아들은 내가 차린 부실한 아침밥을 먹고 학교로 걸어갔다. 두 사람이 학교로 가버리면 당시 별다른 직업 없이 어슬렁거리던 나는 혼자가 되었다. 왜 두 사람은 학교로 갔을까? 나는 완벽하지는 않아도 나만의 해답을 찾으려고 노력했다. 세상에는 이미 정밀하게 설계한 완전한 질서가 있다는 것, 누구든 이 질서를 망쳐놓을 수는 없다는 것이 내가 학교에서 배운 교훈이었다. 아마도 아내와 아들은 이것을 배우거나 가르치기 위해 학교에 갔을 것이다. 내 이런 상념의 가부에 상관없이 여덟 살 아들은 이 질서에 순응하면서, 때로는 반항과 모험을 시도하며 건강하게 자랐다.

반면, 당시 삼십 대 중반이었던 나는 사회 질서에 제대로 적응하지 못한 채 시간을 흘려보내고 있었다. 밤의 몽상은 쉽사리 잠들지 못했고 낮의 우울은 간헐적인 발작을 일으켰다. 그러나 대부분의 사람들처럼 나 역시 이 평범한 질병을 숨긴 채 미소를 지으며 사람들과 어울렸다. 큰 실수를 저지르지도 대단한 업적을 달성하지도 못한, 그저 그런 시시한 삶이었다. 삶이 시시할수록 사람들은 자신의 삶을 주위로부터 숨기려 한다. 나는 스스럼없이 타인들에게 내 삶을 숨겼고 그들은 내 삶의 대수롭지 않은 외양을 보며 만족했다. 그러던 중 내가 문학상을 받고 작가가 되었을 때 주변 사람들은 아주 조금 놀랐다. 아마 가장 놀란 사람은 나였을 것이다. 작가가 된다는 건 그런 일이 아닐까, 라고 나는 생각한다.

부산에서 태어나 유소년 시기를 보낸 탓에 나는 이 도시에 대해서 잘 알고 있다고 생각했다. 고등학교 졸업 이후에는 전국 여러 도시에서 살았고, 잠깐이지만 헝가리에서 단기 체류한 적도 있었다. 결혼 직후에는 5년 동안 캐나다의 서부와 동부 두 도시에서 살기도 했다. 그래서인지 우여곡절 끝에 부산으로 되돌아오자 열아홉 해나 살았던 도시가 무척 낯설게 느껴졌다. 터를 잡은 영도가 특히 그랬다. 한국전쟁의 여파로 전국의 피난민이 몰려와 살게 되었다는 이 작은 섬에 대해서 내가 아는 바는 거의 없었다. 이사를 하고서도 꽤 오랫동안 나는 마치 이방인처럼 거리를 기웃거렸다.

어린 시절 영도와 관련한 작은 에피소드가 기억난다. 어떻게 된 일인지는 몰라도 열여덟 살에 나는 영도에 산다는 동갑내기 여자아이와 시내 거리를 걷게 되었다. 처음 보는 아이였고 이름도 서로 묻지 않았다. 함께 있었던 시간은 대략 한 시간 정도에 불과하다. 용두산 공원 아래 남포동에서 국제시장까지 이어지는 복잡한 거리였던 것 같다. 둘이 무슨 이야기를 한 것인지는 구체적으로 기억나지 않는다. 모처의 다방에서 만난 것 같기도 하고 나이트클럽에서 만난 것 같기도 한데 확실치는 않다. 그 아이는 얼굴이 예쁘거나 인기가 많은 타입은 아니었다. 그런 아이가 나와 함께 한 시간 가까이 있어 줄 까닭이 없으니, 그건 아마 정확할 것이다. 빨간 잠바에 유행하던 짧은 단발머리를 하고 몸에 꽉 끼는 청바지를 입은 건 어렴풋이 기억난다. 웃을 때 귀여운 표정과는 달리 말씨는 거칠었다. 그녀는 자신을 소개하며 영도에 산다고 말했는데 그것이 내게 조금 충격으로 다가왔다. 이상한 일이지만 나는 그때 처음으로 여자에게 두려움 비슷한 감정을 느꼈다. 단지 영도에 산다고 말했을 뿐인데 마음이 그렇게 반응한 것이다. 어쩌면 당시에 영도는 내게 다다를 수 없는 세계의 저편을 의미했을지도 모른다. (이에 대해서는 주변의 부산 출신 분들에게 물어보면 어느 정도 이해하게 될 것이다.) 내가 잘 알지 못하는 곳, 거친 위험이 도사린 세계로 인식되었을 수도 있다. 열여덟 살에 나를 둘러싼 지리적 경계는 그처럼 좁았다. 당시 십 대였던 나는 세월이 훌쩍 흘러서 아내와 아들과 함께 영도의 한 작은 아파트에서 살게 되리라고는 상상조차 하지 못했다. 아마 그랬더라면 그 여자아이를 그처럼 경계하지는 않았을 것이다. 친절하게 대해주고 가벼운 농담을 건넸을 수도 있었다. 하지만 그런 일은 일어나지 않았고 우리는 혼잡한 거리 어느 지점에서 급하게 헤어졌다.

그녀가 한 마지막 말은 비교적 생생히 기억난다. 성질이 드세고 바지 호주머니에 항상 칼을 가지고 다니는 남자 친구가 근처에서 어슬렁거리고 있는데 우리가 함께 있는 모습이 발각되면 무척 곤란해질 거라는 말이었다. 그녀가 떠나가면서 나를 향해 손을 흔들어 주었을까? 아마 그랬던 것 같다.

영국의 사실주의 화가 루시언 프로이드Lucian Michael Freud는 젊은 시절 수상하고 위험한 친구들과 어울렸다고 한다. 그들은 대체로 마약과 범죄에 연루되어 있었다. 이런 어두운 세계는 발자크나 디킨스와 같은 작가들이 호기심을 내보일 만한 거친 지하 세계이다. 당시 이십 대 청년 화가였던 프로이드는 자신의 스튜디오에서 이웃에 사는 한 소년의 초상을 그렸다. 제목은 「담배 피우는 소년Boy Smoking」이다. 프로이드의 인물화

Boy Smoking © Lucian Freud

는 대부분 근사하지만 나는 특히 이 소품에 마음이 끌렸다. 창백한 피부와 크고 푸른 눈동자, 넓은 코와 두툼한 입술, 입술 가장자리에 물고 있는 담배 등을 보고 있으면 천천히 그림 속으로 빨려들게 된다. 청년이 바라보고 있는 시선은 어느 곳에도 이르지 못하고 머릿속은 텅 비어 있는 것처럼 보인다.

화보에서 그림을 처음 보았을 때 나는 영도에 산다는 여자아이의 얼굴을 불쑥 떠올렸다. 빨간 잠바를 입고서 단발머리를 찰랑이던 그녀는 운동화 밑창으로 담뱃불을 밟아 끄며 내게 물었다. "너, 우리 오빠를 감당할 수 있겠어?" 그녀는 나를 흘깃 쳐다보며 피식 웃었다.

화가들은 세계를 재현하는 데 만족하지 않는다. 루시언 프로이드도 그런 예술가다. 대상을 묘사한 회화에서는 이야기와 내러티브가 표면에 드러나지 않는다. 그런데도 그의 그림을 바라보고 있으면 비밀스러운 이야기가 머릿속으로 자연스럽게 떠오른다. 나는 미술관에 가면 종종 그림보다는 그 이면에 숨어 있을 법한 가상의 이야기를 상상한다. 그래야 그림의 이미지가 제대로 들어오기 때문이다. 화가와 소설가는 각기 다른 장르에서 활동하지만 결국 같은 작업을 하고 있는지도 모른다. 한쪽은 이미지를 재현하고 다른 한쪽은 이야기를 구축한다. 그리고 이 기능적 역할 분담은 순환한다. 루시언 프로이드는 토머스 하디의 지루한 소설을 좋아한다고 고백했다. 나는 이 인터뷰 기사를 읽고서 내가 왜 그의 그림을 본 직후 기억에서 사라져버린 여자아이의 얼굴을 갑자기 떠올렸는지 이해하게 되었다.

2010년 공쿠르상을 받은 미셸 우엘벡의 《지도와 영토》는 루시언 프로이드와 같은 성공한 예술가의 일생을 다룬 소설이다. 나는 영도를 떠나 서울로 이사한 후 이 책을 읽었다. 그리고 이 책은 다가올 나의 십 년을 지배할 소설이 되었다. 십 대에 나는 도스토옙스키의 《죄와 벌》에, 이십 대에는 E. H 카의 《미하일 바쿠닌》에 빠져 살았다. 그리고 슬슬 중년 아저씨가 되어갈 즈음에 발견한 책이 우엘벡의 《지도와 영토》였다. 왜 좋은지는 논리적으로 잘 설명할 수 없다. 다만 '어느 페이지를 펼쳐서 읽어도 단 한 번도 실망한 적이 없다'는 무라카미 하루키의 말로 대신할 수는 있다. 하루키가 언급한 소설은 피츠제럴드의 《위대한 개츠비》이다. 나에게는 《지도와 영토》가 그런 책이다.

우엘벡은 조금 이상한 사람이다. 인터넷에 떠도는 사진을 보면 그는 알코올 중독자나 우울증 환자처럼 침울한 표정을 짓고 있다. 어떤 이는 그런 그를 비에 홀딱 젖은 개에 비유하기도 했다. 콧대 높은 프랑스 문학계는 아마도 이에 대해 상당한 불만이 있는 것 같다. 영화배우처럼 잘생기고 매력적인 알베르 카뮈와 프랑수아즈 사강을 대체한 인기 작가가 거리의 부랑자처럼 생긴 우엘벡이니 이해가 간다. 프랑스인들이 우엘벡의 외모를 창피해하는 태도에는 어느 정도 동감할 수 있다. 그럼에도 그에게 문학계 최고의 영예인 공쿠르상을 안긴 걸 보면 그가 쓰는 소설만큼은 인정하지 않을 수 없었던 것 같다. 나는 가끔 우엘벡이 예의 낡고 두꺼운 파카를 껴입고 줄담배를 피우며 노벨문학상 시상식에 들어서는 모습을 상상하면서 혼자 웃곤 한다. 만약 그가 아르마니 정장이나 턱시도를 입고 등장한다면 더 유쾌한 장면이 연출되지 않을까?

미셸 우엘벡은 종종 지나치게 노골적인 성 묘사로 심약한 독자의 정신세계를 흔들어 놓지만, 실상은 무서울 정도로 소설의 형식적 구성에 집착하는 완벽주의자다. 그는 허구와 시, 이론이라는 삼박자를 교묘히 배합시켜 소설을 실존의 문제로 끌어올린다. (이건 그가 추구하는 소설론이다.) 재밌는 이야기를 쓰는 것에 만족하려는 작가들은 '실존의 문제'라는 심오하고 성가신 목표를 문제 삼아 '소설이 그런 것까지 해야 해?'라고 반문하며 어리둥절해할지도 모른다. 나 역시 약간 그런 쪽이었는데 《지도와 영토》를 읽고서 생각을 바꿨다. 좋은 소설이란 확실히 다른 세계를 가리키고 있다는 것을 이해하면서부터였다.

《지도와 영토》의 주인공은 제드 마르탱이라는 화가이다. 그는 청년 시절에 범죄자들과 자유롭게 어울렸다는 루시언 프로이드와는 조금 성향이 다른 내성적인 성격의 예술가다. 그는 비교적 안전한 화실에서 사람들과의 교류를 끊고 홀로 자신만의 작업에 몰두한다. 프로이드가 인물 초상화를 시종 고집한 반면, 마르탱은 사진 작업에서 인물화로 옮겨가는 극적인 방향 전환을 시도하고 말년에는 비디오 아트까지 영역을 확장한다.

나는 종종 이 두 예술가를 비교하며 예술이 우리 삶에 던지는 질문들에 대해서 생각해 보았다. 한 사람은 죽을 때까지 왕성한 작품 활동을 한 전설적인 작가이며 다른 한 사람은 픽션의 세계에서만 존재하는 허구의 인물이다. 어느 쪽이 우월한지는 별 의미가 없다. 중요한 것은 그들이 예술로 세계에 영향을 미쳤다는 사실이다. 국립중앙박물관 특별전시에서 루시언 프로이드의 소품 초상화를 보았을 때 나는 그 사실을 알게 되었다. 자화상 속 루시언 프로이드를 보면서 나는 즉각 제드 마르탱을 떠올렸다. 그리고 제드 마르탱이 예술로 말하려고 했던 메시지가 무엇이었는지 얼핏 이해할 수 있었다. 제드는 말년에 자신의 영토에 틀어박혀 숲과 들판을 비디오 영상으로 기록했다. 소설의 마지막 문장은 이렇게 끝난다. "이윽고 정적이 흐른다. 오직 바람에 풀들만이 하늘거릴 뿐. 식물의 압승이다."

제드 마르탱은 적어도 내게는 루시언 프로이드나 데이비드 호크니와 같은 동급의 영향력 있는 화가로 인식된다. 솔직히 말하면 나는 두 화가보다 제드 마르탱의 작품 세계를 더 좋아한다. 어쩌면 나의 이런 고백이 어떤 사람들의 귀에는 괴상하게 들릴지도 모르겠다. 소설에서 가공으로 만들어진 화가의 작품과 프로이드나 호크니의 실재하는 작품과의 비교가 가능하냐고 질문할지도 모른다. 그런데 내게는 가능하다. 나는 이것을 소설의 힘이라고 믿는다. 소설 속 허구의 공간은 때때로 우리가 숨 쉬는 현실보다 더 리얼하다. 나는 이제껏 북아프리카 알제리에서 온 청년을 단 한 번도 만나본 적이 없지만, 알제의 해변을 거닐며 눈부신 태양을 바라보던 한 청년에 대해서는 마치 오래된 친구처럼 친밀감을 가진다. 그는 알베르 카뮈의 《이방인》에 등장하는 주인공 뫼르소다. 아직 한 번도 만나본 적이 없는 알제리 청년과 소설 속 뫼르소 중 누가 내게 더 많은 영향을 끼쳤을까를 생각해 보면 답은 쉽게 나온다. 나는 어머니의 장례식장에 참석해서 커피를 마시고 담배를 피우던 북아프리카 이민자 청년의 얼굴을 생생하게 떠올릴 수 있다. 훌륭한 소설은 현실을 압도한다. 나는 루시언 프로이드의 어린 시절에 대해서는 아는 게 전혀 없지만 제드 마르탱의 어린 시절에 대해서는 분명한 인상을 갖고 있다.

제드가 몇 살인지 기억도 못할 만큼 어린 시절에 그린 그의 첫 그림은 작은 공책에 색연필로 그린 꽃들이었다. 당시 그는 집에서 부모 대신 베이비시터인 바네사의 보호를 받았다. 엄마는 제드의 일곱 살 생일을 며칠 앞두고 돌연 자살했고, 건축가인 아버지는 집을 비운 채 일에만 매달렸다. 파리 제13대학 경제학과 1학년인 여대생 바네사는 본의 아니게 제드의 초기 습작을 목격한 유일한 증인이 될 수 있었다. 바네사는 제드가 그린 예쁜 꽃들을 칭찬해주었지만 마음속으로는 정확한 판단을 내릴 수 없었다. '왜 이 아이는 다른 남자아이들처럼 피투성이 괴물이나 나치 휘장이나 전투기를 그리지 않고 꽃을 그리지?' 그녀는 혼란스러운 표정으로 사내아이가 그린 꽃들을 바라보았다. 당시 제드는 물론이고 바네사 역시 알지 못했지만 "그가 그린 꽃은 사실 여성의 생식기, 즉 세상의 표면을 장식하며 음탕한 곤충들의 제물로 바쳐지는 얼룩덜룩한 질"이었다.

미셸 우엘벡은 세계의 풍경을 전복하려는 다소 위험한 인물이다. 그래서인지 그에게는 작가로서는 다소 불명예스러운 수식어구가 따라다닌다. 그는 우파 극단주의자, 인종차별주의자, 여성혐오론자로 지목되기도 하고 꼰대와 성도착자, 정신병자로 비난받기도 한다. 나는 그중에서도 '우파 아나키스트'라는 모순적인 정의가 그를 가장 잘 설명해준다고 생각한다. 우파 아나키스트는 '캐비어 좌파'의 상대적인 말이지만, 어쨌든 우엘벡만큼 이 범주에 들어맞는 사람은 없어 보인다. (사실 이럴 경우 '자유주의자' 혹은 '리버럴'이라고 하면 그만이지 않을까?)

문학을 지나치게 좁은 의미로 해석하려는 휴머니스트들은 우엘벡이 폭로하는 삶의 극단적인 묘사를 역겨워하며 증오심을 표출한다. 소설에서 오직 순수한 동심만을 발견하려는 독자들 역시 그를 피하는 게 좋다. '꽃은 자세히 보아야 예쁘다. 너도 그렇다.'는 아동시를 한국 최고의 현대시라고 여기는 사람들은 우엘벡을 견디지 못할 것이다. 나 또한 그들에게 그의 소설을 읽으라고 권할 마음은 없다.

《지도와 영토》의 제드 마르탱은 단순히 그림을 잘 그리는 사람이 아니다. 그는 그림을 잘 그렸지만 그 이상의 무엇을 향해 전진했기 때문에 성공한 예술가가 되었다. '그 이상의 무엇'이 무엇이냐고 묻는다면 소설 속에 좋은 단서가 있다.

우엘벡은 주인공 제드의 생애와 작품 세계를 묘사하면서 자신이 구축한 미의식을 직접적으로 드러낸다. 그는 "그림에서 아름다움은 부차적인 문제"라고 설파한다. 그리고 과거의 위대한 화가들이 수백 년의 세월을 견디고 생존한 근본적인 이유는 "그들이 세계를 바라보는 시각을 혁신적이고도 일관되게 발전시켜 왔기" 때문이라고 주장한다. 나는 소설에서 이 대목을 읽으며 잠시 숨을 멈췄다.

《지도와 영토》에는 예술이 무엇인지, 아름다움이 무엇인지에 대한 현대적 해석이 소설 곳곳에 마치 지뢰처럼 파묻혀 있다. 이 폭발물이 터질 때마다 나는 밤하늘에 솟구친 불꽃을 바라보듯 감탄했다. 이와 관련한 흥미로운 일화는 화랑을 운영하는 프란츠 텔레와의 만남에서 벌어진다. 첫 전시회를 성공적으로 끝낸 이후, 제드는 앞으로 어떤 작품 활동을 구체화할지 확신하지 못했다. 그래서 프란츠에게 솔직하게 자신의 심정을 털어놓았다. 그러자 프란츠는 자신이 관심이 있는 것은 작품이 아니라 제드가 지닌 '예술을 바라보는 태도'라고 말한다. 태도란 곧 예술가의 개성을 의미한다. 프란츠는 제드를 설득한다. "선생님이 내일 당장이라도 스프링노트를 찢어 '나는 작품 활동을 계속할지 말지도 모르겠다.'라고 써온다면, 저는 주저 없이 그 종이를 전시할 거예요." 제드와 프란츠는 이 만남 이후 성공적인 전시회를 열어 프랑스 미술계에 이름을 알린다. 그리고 우엘벡은 이 소설로 세간의 우려 섞인 시선에도 불구하고 공쿠르상을 수상했다.

　　작가들은 대체로 균형감을 갖춘 사람들은 아니다. 문학사에 이름을 남긴 작가들일수록 이런 편향성은 커진다. 균형은 작가들이 삶에서 추구하는 지향점이 아니다. 대차대조표로 차변과 대변을 설정해서 삶의 여러 면모를 플러스와 마이너스로 계산하는 방식은 작가들이 외면하는 삶의 방식이다. 그들은 생활에서는 물론, 사랑과 우정을 나누는 방식에서도 극단적인 선택을 해서 일상적인 궤도를 벗어나 버린다. 균형감을 잃은 대표적인 작가들 이름을 나열하면 다음과 같다.

　　미겔 데 세르반테스, 귀스타브 플로베르, 표도르 도스토옙스키, 프란츠 카프카, 어니스트 헤밍웨이, 제임스 조이스, 아쿠타가와 류노스케, 헤르만 헤세 등인데 세계문학전집에 이름을 올린 작가들 대부분이 이 범주에 속한다고 보면 된다.

　　미셸 우엘벡은 삶의 균형감을 잃어버린 사람이다. 어떻게 그토록 확신할 수 있는지는 그의 소설을 읽어보면 자연스럽게 알게 된다. 그가 균형을 유지하는 것은 오직 소설이라는 예술 형식을 통해서만 가능하다. 소설의 구조적 형식미는 설명하기 어려운 추상적인 영역인데, 솔직히 말하면 나도 정확히 알고 있지는 않다. 그러나 우엘벡의 소설을 읽으면 자연스럽게 형식의 균형미를 느끼게 된다. 주인공들의 삶이 혼란에 빠져 휘청댈수록 소설의 형식은 균형을 갖추게 되는 것이 보면 볼수록 놀랍다. 마치 놀이기구에서 내린 후, 유선형으로 끝없이 이어지는 철근 구조물을 바라볼 때와 유사하다고 할까? 롤러코스터란 탑승객의 흥분과 비명과는 상관없이 철저하게 과학적으로 설계된 기계장치이다. 롤러코스터의 과학적 설계의 진상을 알지 못해도 놀이기구를 즐길 수 있듯이 독자는 형식적 구조의 완결성에 상관없이 소설을 재밌게 읽을 수 있다. 이런 걸 과학에서는 추상화[abstraction] 라고 한다고 들었다. 우엘벡은 이 '형식미를 구축'하는 데 탁월한 능력을 지닌 작가다.

우엘벡의 소설을 읽다 보면 종종 그는 어떻게 해서 이렇게 소설을 잘 쓰게 되었을까, 궁금해진다. 그러던 중 우연히 인터넷에서 한 장의 사진을 보게 되었다. 우엘벡이 자기 서재 앞에서 찍은 사진이었다. 사진 속 그는 정리되지 않은 단발머리에 담배를 손가락에 끼운 채 기분 나쁜 표정으로 카메라를

응시하고 있다. 그가 《지도와 영토》에서 창조한 우아한 예술가 제드 마르탱과는 확연히 다른 분위기를 풍긴다. 그러나 이 사진에서 내가 발견한 것은 그가 아니라 배경에 찍힌 그의 서재였다. 나는 이 서재를 보고 충격을 받았다. 책장이 너무 깔끔하게 정리가 잘되어 있지 않은가! 약간의 배신감마저 들게 하는 단정함이다. 그에 비하면 주제도 분류하지 않고서 여러 권의 책을 아무렇게나 쌓아놓은 내 책장은 카오스 상태라고 할 수 있을 정도다. 나는 그동안 꾸준히 그의 소설을 읽어왔기 때문에 그가 이런저런 혼란스러운 상황을 견디며 소설을 쓰고 있다고 생각했다. 그의 개인사적 삶에 대해서는 별로 관심이 없지만 내 추측이 크게 빗나가지는 않을 거라고 짐작했다. 그래서 그의 책장이 보여주는 메시지는 강렬했다. '거대한 혼란이 있을 뿐'이라는 인간의 삶에도 질서는 엄연히 존재하는 것이다. 그는 아마도 아홉 시에 잠들어 새벽 네 시에 일어나서 아침 운동으로 달리기를 하고, 책상 앞에 앉아 소설을 쓴다는 편집광증(?)으로 성실한 작가는 아닐 것이다. 그럼에도 그는 자기만의 질서를 유지하는 데 분명한 시간과 열정을 바치고 있었다. 그의 책장이 호소하는 부인할 수 없는 메시지다.

나는 그의 책장을 훔쳐서 내 방으로 가져오면 어떨까, 생각해 보았다. 그렇게 되면 《지도와 영토》처럼 멋진 소설을 쓸

미셸 우엘벡 © Philippe Matsas / Flammarion

수 있게 될지도 모른다는 엉뚱한 생각에서 비롯된 망상이었다. 하지만 실제로 그런 일이 일어나도 나는 아마 중도에 포기하고 말 것이다. 우엘벡의 소설을 좋아하긴 하지만 그를 흉내낸 소설은 쓰고 싶지 않기 때문이다. 동시에 그의 소설이 모든 점에서 완벽하지도 않고 꽤 많은 결함을 안고 있음을 발견하기도 한다. 그럼에도 그의 작업실에 몰래 숨어들어서 책장을 들여다보는 일은 한 번쯤 시도해 볼 만한 가치가 있어 보인다.

열여덟 살에 나는 나의 지리적 경계를 넘어선 낯선 영토에 사는 동갑내기 여자아이에게 막연한 두려움을 느꼈다. 나이를 먹어 어른이 되었을 때는 루시언 프로이드처럼 범죄자들이 모여 사는 지하 세계를 경험하지 못한 것에 조바심을 내게 되었다. 작가가 되었을 때는 내가 균형 잡힌 삶에 안주하게 될까 봐 겁을 먹었다. 착실하게 공과금을 내고, 이웃과 친구들에게 좋은 인상을 주고, 삶의 대차대조표에 골몰해서는 작가가 될 수 없다. 그런 일은 훌륭한 아버지와 이웃에게 맡기면 된다. 혹은 저명한 인문학 교수나 비평가에게 양보하면 되지 않을까?

다행히 미셸 우엘벡의 책장을 훔치기 위해 비행기를 타고 프랑스까지 갈 일은 없다. 완전하지는 않지만 나는 그동안 읽은 소설을 통해서 그의 책장을 채우고 있는 책들을 유추해 낼 수 있다. 작가의 텍스트는 하늘에서 뚝 떨어진 완전히 새로운 것은 아니다. 우엘벡은 골방에 틀어박혀 선배와 동료 작가들이 쓴 책을 읽고 자신만의 소설을 완성했다. 인류의 모든 텍스트는 이런 식의 재공정 과정을 거쳐 나온다. 따라서 한 작가가 무엇을 읽었는지는 그의 텍스트에 지문처럼 남아 있어서 도저히 숨길 수가 없다.

제드 마르탱은 친한 친구가 없었고, 또 타인의 우정을 구하지도 않았다. 오후에는 내내 도서관에 틀어박혔고, 그 결과 바칼로레아에 단번에 합격한 열여덟 살 때는 또래의 젊은이들과 달리 인류의 문학적 유산에 대한 해박한 지식을 갖추게 되었다. 그는 플라톤과 아이스킬로스와 소포클레스를 읽었고, 라신과 몰리에르와 위고를 탐독했고, 발자크와 디킨스, 플로베르, 그리고 독일 낭만주의 작가들과 러시아 소설가들을 사귀었다.

나는 소설에서 언급된 책들이 제드의 책장뿐만 아니라 작가인 우엘벡의 책장에도 꽂혀 있으리라 믿는다. '무엇을 읽어야 할까?'에 대한 확실한 답은 사실 작가들의 책 속에 광맥을 이루어서 파묻혀 있다. 그러나 우리는 인류가 생산한 위대한 지적 유산들을 모두 게걸스럽게 먹어치울 수는 없다. 한정된 시간만이 허락된 개인은 선택의 여지없이 독서에서 편식을 해야만 한다. 나는 오랫동안 이 편식이라는 조건에서 가장 효과적인 방법이 무엇일까, 고민했다. 그리고 찾아낸 방법이 좋아하는 작가의 책장을 훔치는 것이라는 걸 알게 되었다. 이 방법은 지극히 합법적이며 동시에 시간을 아낄 수 있는 유용한 지름길이다.

미셸 우엘벡의 책장에서 훔칠 책은 수없이 많다. 당연한 말이지만 책장이 빈약해서는 성공한 작가가 될 수 없다. 오랜 고민 끝에 나는 그의 책장에서 두 작가의 책을 뽑았다. 한 권은 올더스 헉슬리의 《멋진 신세계》이고, 다른 한 권은 조리스카를 위스망스의 《거꾸로》이다. 어디서부터 시작할지는 아직 고민 중이다. 책을 읽는 행위는 이제껏 가보지 못한 영토를 방문하는 일과 유사하다. 그래서 위험하다. 지도가 있다면 길을 잃지 않고 무사히 여행을 마칠 수 있을 거라는 희망이 유일한 위안이다.

프로이드의 「담배 피우는 소년」을 보면서 나는 만약 내가 열여덟 살에 영도에 사는 여자아이와 잘되어 친밀한 관계를 맺었으면 어떻게 되었을까 상상해 보았다. 아마 바지에 주머니칼을 넣고 다닌다는 그녀의 남자 친구에게 칼침을 맞았을

지도 모른다. (생각만으로도 아찔하다.) 하지만 현실에서 그런 극적인 일은 일어나지 않았다. 그녀도, 나도 서로에게 이성으로서의 호감을 느끼지는 못했다. 그랬다면 아무런 인상적인 기억도 남기지 않은 채 혼잡한 거리에서 그렇게 시시하게 헤어지지는 않았을 것이다. 어쩌면 삶이란 이런 의미 없는 사소한 일들의 축적으로 이루어져 있는 것인지도 모른다. 방향도 없고 무게 중심도 없다.

　　부산의 영도는 내가 작가가 된 곳이기 때문에 나에게는 특별한 장소다. 그러나 이 사건이 내게 정말로 의미 있는 무엇이었는지에 대해서는 지금도 확신이 서지 않는다. 균형을 이루고 안정적인 삶을 살아가려 했지만 실패하고 말았다. 어린 시절을 보냈던 도시에서 여전히 십 대에 가졌던 불안을 떨치지 못한 채 표류하는 섬처럼 떠다녔다. 대차대조표의 대변에는 부채와 자본을 기재하는데 어떻게 된 일인지 나에게는 부채만 늘어났다. 아내와 아들이 학교에서 돌아오면 나는 미안함을 숨긴 채 그들을 맞았다. 그들은 고맙게도 학교에서 배운 사회의 질서를 까맣게 잊고서 나를 아빠와 남편으로 인정해 주었다.《지도와 영토》를 읽으면 내가 여전히 혼란 속에 서 있음을 알게 된다. 그래서 아마 이 책을 손에서 놓지 못하는 것 같다.

미셸 우엘벡의 책장에서 훔친 책

조리스카를 위스망스 《저 아래》

올더스 헉슬리 《멋진 신세계》

알렉시스 드 토크빌 《미국의 민주주의》

쇼펜하우어 《의지와 표상으로서의 세계》

샤를 피에르 보들레르 《악의 꽃》

표도르 도스토옙스키 《카라마조프가의 형제들》

블레즈 파스칼 《팡세》

토마스 만 《마의 산》

H. P. 러브크래프트 《크툴루의 부름》

오귀스트 콩트 《실증주의 서설》

그리고 로트레아몽, 베를렌, 네르발, 뮈세의 시집들

제2서가

Joris-Karle Huysmans

조리스카를 위스망스 1848~1907

《거꾸로 *A Rebours*》

《저 아래 *La-Bas*》

심장이 얼어붙는
아름다움

　세상에서 가장 아름다운 것은 무엇일까? 여자일까, 혹은 꽃일까? 아니면 다른 무엇일까? 나는 대체로 이런 질문에 대해서는 답할 수 없다고 생각해서 무심한 태도를 보였다. 퇴계와 율곡은 사단칠정론으로 논쟁을 벌이면서도 아름다움, 즉 미^美에 대해서는 무관심했다. 그들에게 중요한 것은 인·의·예지와 같은 관념적인 인간의 본성이지 눈에 보이는 미가 아니다. 그런데 나는 성리학자도 아니면서 왜 아름다움에 관심을 두지 않을까. 아마도 아름다움이란 관점의 문제, 'Beauty is a point of view'라는 관습적인 정의에 만족해서 게으르게도 고민하지 않았던 것 같다. 그런데 조리스카를 위스망스의 《거꾸로》를 읽고는 내가 실수를 범했다는 사실을 알게 되었다.

위스망스를 만난 건 미셸 우엘벡의 소설 《복종》을 통해서였다. 소설은 주인공 프랑수아가 파리-소르본 대학(파리4대학)의 심사위원 앞에서 자신의 박사논문 〈조리스카를 위스망스, 혹은 터널의 출구〉를 발표하면서 시작한다. 프랑수아의 머릿속은 파괴적이고 염세적인 세계관으로 흔들리고 있다. 그런 그에게 유일한 삶의 동반자이자 친구는 작가 위스망스였다. 논문을 발표하고 집으로 돌아온 밤 프랑수아는 술에 취해 비틀거렸다. 그는 자신의 삶의 일부가, 혹은 그의 인생의 정점이 끝났음을 깨닫는다.

《복종》을 읽으면서 나는 어리둥절했다. 내가 알지 못하는 작가의 이름이 첫 페이지부터 등장했기 때문이다. 이럴 경우 보통은 아무렇지 않게 넘어가는데 이번 경우는 심상치 않았다. 그래서 서점에서 곧바로 책을 주문해서 읽었다. 그리고 충격을 받았다. 위스망스는 내가 그동안 알고 있는 작가와는 차원이 다른 작가였다. 읽은 책은 《거꾸로》와 《저 아래》로, 한국에 번역된 장편소설은 이 두 권밖에 없었다. 그는 한국 독자들에게는 지독하게도 인기가 없어서 절판되지 않은 게 다행일 정도였다.

마지막 페이지를 덮고서 '나는 결코 이 소설을 이해할 수 없다'고 빠르게 결론지었다. 《거꾸로》는 실로 무지막지하게 어려운 소설이다. 논리적으로나 정서적으로도 동감하기 어렵지만 지적으로 대단히 난해하다. 대개 이런 식의 인문학적 지식으로 무장한 책들을 읽을 때면 은근한 짜증 탓에 속도가 나지 않는데(나에게는 제임스 조이스나 호르헤 루이스 보르헤스가 이런 경우에 속한다.) 이번에는 완전히 소설에 빠져들었다. 위스망스가 구축한 '미*란 무엇인가?'라는 주제에 압도당해서 소설을 다 읽고 나서는 잠시 멍한 상태가 되었다. 작가들은 아무리 노력해봐야 거기까지는 도저히 못 가겠다는 생각이 드는 작품과 마주치기 마련인데 내게는 《거꾸로》가 바로 그런 소설이었다.

1990년대 초 나는 잠시 헝가리에 머문 적이 있었다. 대학 전공인 헝가리어를 배우기 위해서였다. 하지만 실상 하라는 공부는 하지 않고 기숙사의 외국인 친구들과 어울려 술을 진탕 마시거나 축구 따위를 하면서 베짱이처럼 시간을 보냈다. 당시 헝가리는 공산주의 체제에서 벗어난 지 얼마 되지 않아서 나라 전체가 어두운 분위기를 풍겼다. (기숙사의 끔찍하게도 지저분한 공용 화장실이 한국으로 돌아온 이후에도 악몽으로 나타날 정도였다.) 수도인 부다페스트도 예외가 아니어서 동유럽의 진주라는 별명에 걸맞지 않게 거리는 무겁고 음울한 분위기에 휩싸여 있었다. 사람들은 갑자기 밀려온 자본주의 시장 경제의 경쟁 체제에 놀라서인지 긴장한 얼굴을 하고 있었다. 구소련에서 만든 녹슨 자동차 라다와 현대의 신차 액센트가 나란히 도로를 질주하고, 도심에는 공산주의 혁명가의 이름을 기념한 표지판과 다국적 기업의 대형 광고판이 뒤섞여 있었다. 구체제의 몰락 탓에 전반적으로 침체된 분위기였지만 동시에 변화를 열망하는 활기가 곳곳에서 감지되기도 하는 뒤죽박죽인 도시였다. 당시 이십 대였던 나는 인문학적 소양이라고는 눈곱만치도 없는 무지한 인간이어서 도시가 품은 아름다운 풍경을 무심히 지나쳤다. 그래서일까? 나는 얼마 되지 않아 부다페스트에서 기차로 세 시간 이상 떨어진 데브레첸이라는 작은 도시로 떠나게 되었다. 당시 함께 어학연수를 온 친구들은 부다페스트에 남았고, 나 혼자 아무런 연고도 없는 지방 도시로 내려간 것이다. (부다페스트에서보다 돈을 아낄 수 있다는 것이 가장 큰 장점이었다.) 나름 대단한 각오로 감행한 모험이었는데 결과적으로 이 도박은 대실패에 그치고 말았다. 나는 한국인이라고는 눈 씻고도 찾아볼 수 없는 고립된 동네에서 몇 개월 동안 외로움을 삼키며 겨우겨우 살았다. 데브레첸 대학 어학당에서 만난 외국인 친구들이 있었지만, 이들과는 친밀한 관계를 맺지는 못했다. 헝가리어 회화 수업 시간에는 캐나다에서 온 두 부부 커플과 일본인 아주머니 둘, 키프로스에서 온 젊은 여자 둘, 그리고 내가 참여했는데 나는 이들과 의례적인 인사 정도만 나누며 인간적 유대감 없이 지냈다. 캐나다 부부 커플은 꽤 나이 차가 나는 어른들이어서 그랬던 것 같고, 일본인 아주머니들은 나에게 상냥하게 대해 주었지만 약간의 정치적(?) 의도를 가지고 있어서 멀리했다. 언젠가 일본인 아주머니의 초대로 (김초밥과 튀김을 먹을 수 있다고 해서 고민하지 않고) 그들 뒤를 졸졸 따라갔다. 튀김은 그런대로 먹을 만했는데 불행히도 김초밥은 식초를 너무 많이 넣어서 도저히 삼킬 수 있는 상태가 아니었다. 그녀의 하숙집 응접실에서 난데없이 통일교 문선명 교주의 위대한 생애에 대해서 귀가 따가울 정도로 들은 이후로 나는 일본인 아주머니들이 상냥하게 웃으며 다가오면 이런저런 핑계를 대며 피해 다녔다. 이제 남은 것은 키프로스에서 온 귀여운 두 아가씨인데 이들과도 관계가 진전되지는 않았다. 그녀들은 나보다 서너 살 어렸지만 훨씬 더 똑똑했다. (영어를 매우 유창하게 구사했다.) 젊은 남자라고는 수업에서 나 혼자뿐이니 당연히 나에게 관심을 보일만도 한데, 아쉽게도 그런 행운은 일어나지 않았다. 우리는 몇 차례 우호적인 대화를 시도했으나 그럴 때마다 서로 만족한 답을 구하지 못한 채 삐걱거렸다. 솔직히 말하면 나는 그녀들에게 관심이 있었다. (왜 아니겠는가?) 키프로스라는 섬나라가 어디에 있는지 몰라 도서관에서 지도를 들춰보기도 했으니 이제 와서 진실을 덮을 수는 없다. (그때는 인터넷이 없던 시절이다.) 더구나 그녀들은 영화에서나 보던 전형적인 지중해풍(?)의 미인들이었다. 크고 신비로운 눈동자는 이국적인 빛을 발산하고 길고 풍성한 머리카락은 그리스 조각상에서나 보던 예쁜 곱슬머리였다. 웃으면 햇볕에 탄 피부와 희고 건강한 치아가 극적인 대비를 이루면서 보는 이의 눈에 상큼한 자극을 주었다. 그러나 불행히도 그녀들은 내 앞에서만큼은 환하게 웃지 않았다. 이해가 잘되지 않았는데 같이 수업을 들은 지 몇 주가 지나고서야 겨우 실마리를 찾을 수 있었다. 어이없게도 그것은 자존심에 관련된 문제였다. 헝가리는 당시 나라 살림이 변변치 않았지만, 대학은 국가의 지원을 받아서인지 학내 시설은 비교적 우수한 편에 속했다. 우리가 수업받는 교실만 해도 산뜻한 실내 장식에 최신 시설을 구비하고 있었다. 시청각 전자장비는 (실상 브라운관 텔레비전과 휴대용 카세트테이프에 불과하지만) 새로 출시된 삼성 제품이거나 LG, 아니 골드스타였다. 그러니까 나는 산뜻한 최신 전자제품을 생산하는 국가에서 온 청년이었다. 한국에 대해서 구구절절 설명할 필요는 없었다는 말이다.

그런데 그녀들은 아니었다. 나는 키프로스라는 나라가 어디에 있는지 잘 몰랐고 첫 만남에서부터 실수를 저지르고 말았다. 너희 나라가 혹시 그리스 영토 아니냐고, 생각 없이 질문을 던진 것이다. 친 그리스 군사 정권의 쿠데타와 터키의 키프로스 침공으로 분단된 나라의 아픈 역사에 대해 까맣게 몰랐던 나는 겁도 없이 그렇게 말했다. '한국은 일본의 식민지령 아냐?'라고 말한 것과 별반 다르지 않은 헛소리를 늘어놓은 것이다. 영어를 잘 못했기에 망정이지 큰 사고를 친 것이다. 작은 섬나라에서 온 그녀들은 자존심에 상처를 입었다. 수업 시간에 환하게 웃던 그녀들은 나에게만은 자세를 꼿꼿이 한 채 냉랭하게 대했다. 언젠가 야외수업을 나갔을 때 그녀들은 나에게 적선을 베푼다는 식으로 지중해의 아름다운 섬나라인 키프로스에 대한 자랑을 늘어놓았다. 지은 죄가 있는 나는 키프로스인들이 얼마나 풍부한 문화적 배경을 가졌는지, 현대 키프로스가 얼마나 대단한 물질적 풍요를 누리고 사는지 귀가 따갑게 들어야만 했다. 상냥한 일본인 아주머니와 달리, 이번 경우는 전적으로 내 잘못이었기 때문에 그녀들의 긴 설교를 감수해야만 했다. 그런데도 그녀들은 만족하지 않았다. 둘 중 키가 작고 눈동자가 더 큰 여자아이가 나를 흘겨보며 핀잔 섞인 불평을 한 것은 아직도 기억난다. "넌 아직도 내가 하는 말을 이해하지 못하지?(Jin! You don't understand what I am talking about?)"

그녀는 내가 헝가리어도 영어도 어눌하다는 사실을 한심해하며 그렇게 쏘아붙였다. 외국인을 만날 때, 특히 비슷한 또래인 이성의 경우 매우 조심해야 한다는 사실을 그때 깨달았다. 동시에 무식을 청춘의 전유물인 듯 착각해서도 안 된다는 사실을 알게 되었다. 이후, 나는 홀로 대화 상대도 없이 집과 학교를 오가며 지루한 하루를 보냈다. 시내를 어슬렁거리다가 몇몇 헝가리인과 이야기를 주고받긴 했는데 소통의 한계에 부딪혀 관계는 진전되지 않았다. 지금 생각해도 참 쓸쓸하고 외로운 시절이었다.

이런 시시한 날들이 이어지던 중 잊을 수 없는 경험을 했다. 시내로 향하는 버스였는데 나는 뒷좌석에 등을 파묻고 앉아 이어폰으로 프레디 머큐리의 솔로 앨범을 들으며 차창 밖 거리를 바라보고 있었다. 하늘은 높고 바람은 차가운 계절이었다. 널찍한 보도 위에는 커다란 낙엽이 나뒹굴었다. 버스가 신시가지에 들어서자 헝가리 공산당이 인민에게 무상으로 배분한 현대식 아파트가 줄지어 늘어선 모습이 눈에 들어왔다. 나는 고풍스러운 건축물들이 모인 구시가도 좋아했지만, 신시가지가 연출하는 이색적인 도시 풍경에도 얼마간 마음을 빼앗겼다. 헝가리가 아니고서는 결코 볼 수 없는 풍경들이었다. 공산주의 체제가 남긴 유산은 헝가리 국민들에게 좌절과 슬픔을 안겼지만, 이방인인 나의 눈에는 모든 풍경이 낯설고 신기하게 다가왔다. 내가 대로에 늘어선 구 인민 아파트를 바라보는 동안 버스가 정차하고 대여섯 명의 남녀가 버스에 올라탔다. 그들의 등장과 동시에 조용하던 버스 내부가 일순 떠들썩한 파티 장소처럼 변해버렸다. 모양새를 보니 대충 짐작이 갔다. 그들은 몰락한 헝가리 공산당을 증오하고 서구의 타락한 록스타를 선망하는 철없는 젊은이들이었다. 가죽바지와 높은 부츠, 화려하게 염색한 머리, 짧은 미니스커트, 망사 스타킹을 보면서 나는 그들의 진지하지 못한 태도에 눈살을 찌푸렸다. 그러다 문득, 지금 내가 에이즈로 죽은 프레디 머큐리의 노래를 이어폰으로 듣고 있음을 알아차렸다. 나는 조용히 이어폰을 빼서 가방에 넣고 거리 풍경에 집중하려고 애썼다. 그때 한 여자아이의 새된 목소리에 신경이 거슬려서 반사적으로 고개를 들어 그녀를 바라보았다. 그녀는 친구들과 대화에 집중해서인지 자신의 목소리가 지나치게 높다는 사실을 알아차리지 못하고 있었다. 슬슬 짜증이 나려 할 때, 고개를 돌린 그녀의 얼굴을 정면으로 보았다. 그 순간 나는 가슴에 강한 타격을 입은 듯 얼어붙었다. 그녀는 말로 표현하기 힘들 정도로 아름다웠다. 나는 너무 놀라 멍하니 그녀를 바라보기만 했다. 그녀는 가을에 어울리는 브라운 톤으로 빛나고 있었다. 나는 이제껏 나무색이라고 부르는 갈색이 사람의 심장을 얼려버릴 만큼 아름다울 수 있다는 사실을 전혀 몰랐다. 헝가리는 말 그대로 미인들이 득실거리는 나라여서(놀랍게도 헝가리 관광청은 지금도 공식 홈페이지에서 이 사실을 자랑한다) 나는 그즈음 어지간 해서는 여자들을 보고 감동하지는 않았다. 아, 여기도 예쁘고 저기도 미인이네, 하며 일상적인 감상으로 지나쳤던 것이다. 그런데 눈앞에서 버스 손잡이를 잡고 친구들과 큰 소리로 수다에 열중인 여자는 차원이 달랐다. 나는 그녀가 내뿜는 아름다움에 강한 충격을 받았다. 심장이 두근대고 옅은 현기증이 날 정도였다. 그런 일은 처음 겪는 일이어서 당황할 수밖에 없었다. 심장박동이 거세게 뛰는 이유는 내가 이제 어떻게 대처해야 할지 고민했기 때문이다. 나는 그녀에게 말을 걸어야 한다고 생각했다. 내가 하고 싶은 말은 '나는 당신의 아름다움에 반했습니다.'였다. 그런데 어떻게? 그곳은 사람들로 가득한 버스 안이었다. 그리고 가장 큰 문제는 내가 헝가리어에 서툰 외국인이라는 사실이었다. 나는 그녀에게 말을 걸었을 때 벌어질 일을 상상하며 혼자 얼굴을 붉혔다. 그러다 시간이 흘러 버스가 시내로 진입해서 쇼핑센터에 정차했을 때 그녀는 친구들과 함께 버스에서 우르르 내렸다. 나는 내가 어디로 향하고 있었는지도 잊어버린 채, 버스에 앉아 차창 밖으로 멀어지는 그녀의 뒷모습을 좇았다. 그 순간 흥분으로 날뛰던 마음은 평정을 되찾았지만, 나는 뭔가 중요한 것을 잃어버렸다는 생각을 떨쳐버릴 수 없었다. 창피를 당하더라도 용기를 내어 말을 건넸어야 했다는 후회가 밀려왔다. 그러나 그녀는 사라지고 버스는 도심을 빠져나와서 시 외곽 지역을 향해 속도를 올리고 있었다. 한동안 나는 마음의 갈피를 잡지 못한 채, 단조로운 도시의 지평선을 망연히 바라보기만 했다.

조리스카를 위스망스의 《거꾸로》는 유미주의 소설의 최대 걸작이다. 유미주의는 범위를 확장하면 탐미주의, 예술지상주의, 퇴폐주의, 데카당스 등 여러 이름으로 불린다. 이름이 무엇이든 이 문예사조의 예술적 성취가 오로지 '미에 대한 맹목적인 충성과 복종'임은 틀림없어 보인다. 대중에게 널리 알려진 작가로는 오스카 와일드와 미시마 유키오가 있다. 만약 유미주의에 입문하고 싶어 하는 독자가 있을 경우 나는 대체로 미시마 유키오의 《금각사》를 추천한다.

주인공 소년은 어린 시절 시골의 소박한 승려 출신인 아버지로부터 교토의 금각사에 대한 이야기를 듣게 된다. 그의

아버지는 "이 세상에 금각처럼 아름다운 것은 없다"고 단언한
다. 이후 소년은 아름다움과 미에 대한 강박 관념에 사로잡힌
다. 그는 자신이 아직 가보지 못한 곳에 아름다움이 존재한다
는 사실을 인식하며 불만을 느낀다. 소년은 자신의 초조한 심
정을 한 문장으로 결론짓는다. "미가 완벽히 그곳에 존재하고
있다면, 나라는 존재는 미로부터 소외된 것이 된다."

　　아름다움을 이처럼 멋지게 정의하기란 쉽지 않다. 몇 해
전 일본 교토 여행을 갔을 때 나는 화염에 휩싸인 금각사를
상상하며 소설 속 문장을 떠올렸다. 그러나 훗날 방화범이 된
소년이 느꼈던 처절한 감상이 온전히 전달되지는 않았다. 벗

焼失後の金閣寺　昭和25年7月2日

금각사 2024 © 이서희

꽃이 흩날리는 아름다운 계절이었지만 주변에 관광객들이 너
무 많아서 집중하기가 어려웠고, 남의 나라의 옛 건축물에 대
해 이러쿵저러쿵 논할 심미안도 없었기 때문이다. 그럼에도
나는 미시마 유키오가 한 말에는 동감하지 않을 수 없었다. 미
란 결국 인간을 소외시킨다. 아름다움을 좇는 것은 연금술에
도전하려는 욕망보다 백배는 더 어리석은 짓일 것이다. 세상
에 완벽한 미란 존재하지 않는다. 조리스카를 위스망스의 《거
꾸로》는 이 진실을 극명하게 드러내는 작품이다.

《거꾸로》의 주인공인 플로레싸 데 제쌩트는 문학사에서 가장 독특한 개성을 지닌 남자일 것이다. 귀족 가문에서 태어난 그는 두 볼이 움푹 파였고 차디찬 푸른 눈빛에다가 코는 약간 들렸지만 곧은 편이며, 깡마르고 길쭉한 손을 가진, 창백하고 신경이 예민한 삼십 세의 허약한 청년이다. 이 소설에는 별다른 서사 구조가 없어서 눈여겨볼 애정 관계도 원한 관계도 존재하지 않는다. 단지 '세상에 염증을 느낀 한 귀족 청년이 일 년간 자신이 꾸민 인공낙원에서 칩거를 시도하나 결국 실패한다'는 식으로 어영부영 소설이 끝나버린다. 그러나 역설적으로 이 미지근한 결론은 《거꾸로》를 유미주의 문학사의 최고 정점에 올려놓았다. 왜 그런지는 소설을 다 읽고 나야 이해할 수 있다. 나는 《거꾸로》만큼 괴상한 소설을 아직 보지 못했다. 작가인 위스망스마저 책이 출간된 지 이십여 년이 흐른 후 쓴 서문에서 이렇게 밝혔다.

> 내가 나 자신을 이해하지 못하였는데, 하물며 다른 사람들이 데 제쌩트의 충동들을 어찌 이해할 수 있었으랴! 《거꾸로》는 문학의 장에 마치 혜성처럼 떨어졌고 그 결과는 경악과 분노였다. 여론은 대혼란에 빠졌다.
>
> ―조리스카를 위스망스, 《거꾸로》, 유진혁 옮김, 문학과지성사, 2007, 31쪽.

백 년이 훌쩍 지나서야 이 소설을 읽은 나도 책장을 덮으며 경악하지 않을 수 없었다. 나는 위스망스의 독백을 읽으며 전율을 느꼈다.

> 나를 사로잡고 있던 욕망, 즉 편견을 떨쳐내고 소설의 한계들을 부수며 그 안에 예술, 과학, 역사를 집어넣고픈 욕망, 한마디로 이 문학 형식을 그 안에 보다 더 진지한 작업을 집어넣기 위한 틀로써만 사용하고픈 욕망이 있었다. 전통적인 줄거리, 나아가 열정, 여자를 제거한다는 것, 그리고 촉광燭光을 한 인물에게만 집중한다는 것, 그리고 무슨 수단을 써서라도 새것을 만들어 낸다는 것 등이 이 시기에 나를 사로잡고 있었던 것이다.
>
> ―같은 책, 26쪽.

소설에서 '여자를 제거한다는 것' 하나만 봐도 보통 정신 나간 짓이 아님을 알 수 있다. 소설에서 어떻게 여자를 없애버리지? 1775년 사무엘 존슨이 쓴 영어 사전에 따르면 소설은 '작은 이야기, 일반적으로 사랑을 다룬다'고 정의되어 있다. 상황이 이런데 소설에서 사랑의 대상인 여자를 지워버린다고? 이 모든 의문은 책을 다 읽고 나서도 해결되지 않는다. 그러나 작가가 애초에 내건 '무슨 수단을 써서라도 새것을 만들어 내겠다.'라는 목표는 확고히 달성되었다.《거꾸로》는 출간 이후 세기말의 혼란스러운 시대에 염증을 느꼈던 데카당스의 열렬한 지지를 받았다. 만약 이 세계가 지옥이라고 느끼는 독자가 있다면《거꾸로》를 읽어야 한다.

> 인류에 대한 데 제쎙트의 경멸은 커져만 갔다. 마침내 그는 세상이 대부분의 경우 무뢰한과 멍청이들로 이루어져 있다는 것을 깨달았다. (…) 그는 점점 신경이 예민해져 불안해했고 통용되는 고정관념들의 무의미함에 분노하여, 니콜이 언급한 대로, 어디를 가나 고통스러워하는 사람처럼 되어갔다.
> ─같은 책, 39쪽.

　나 역시 염세적인 성향을 갖고 있지만 이 정도는 아니다. 얌전히 사회생활을 해서 나름의 경제적 안정을 이룬 사람들이 부를 과시하거나 자만심에 들떠서 타인의 삶을 평가하려 들 때면 나도 본능적으로 발끈하지만, 데 제쎙트처럼 인류 전체를 경멸의 대상으로 공격하지는 않는다. 오히려 그들이 다정하게 밥이라도 사주면 순순히 고마워하고 만다. 인간의 삶이란 결국 거기서 거기지, 라고 낙담해 버리는 것이다. 그러나 데 제쎙트는 혐오스러운 세계에서 마지막으로 남은 미를 찾아서 새로운 도전에 몸을 던진다. 그가 지상최대의 지고지순한 미를 발견한 것인지는 확신할 수 없다. 아마 실패 쪽이 더 가까운 것 같다. 그런데도 책을 덮고 나면 소설에 내재한 위대한 미감을 느끼게 되는 것은 무슨 이유일까? 이것이 《거꾸로》가 던지는 최대 미스터리다.

조리스카를 위스망스는 스무 살에 프랑스 내무부에 들어가서 32년간 공직 생활을 하며 주로 근무 시간 중 메모지에 소설을 썼다고 한다. 32년이라는 작가의 이력을 읽고서 나는 깜짝 놀랐다. 이런 게 가능해? 《날개》를 쓴 이상도 졸업 후 조

선총독부에서 일했다고 하고, 《변신》을 쓴 카프카도 몇 년간 공무원으로 일했다지만 32년이라는 긴 세월은 아니었다. 위스망스는 정년까지 일해서 프랑스 정부가 주는 레지옹 도뇌르 훈장까지 받은 성실한 공무원의 표본이었다. 이런 사람이 데카당스를 정의한 미술사전에 나오는 《거꾸로》라는 역작을 썼다는 사실을 어떻게 믿을 수 있겠는가. 나는 대체로 전업 작가가 쓴 글이 아니면 신뢰하지 않는데 위스망스의 경우는 전혀 달랐다. 오히려 32년간이나 공직 생활을 해야 이 정도 소설을 쓸 수 있는 것인가, 의문이 들 정도였다. 그러다 그의 책장을 보고서야 고개를 끄덕였다.

사진을 보면서 나는 자연스럽게 웨스 앤더슨 감독의 영화들, 그중에서도 특히 「그랜드 부다페스트 호텔」을 떠올렸다. 아름답게 대칭적으로 양분된 세계가 이미 백 년 전 위스망스의 서재에서 모습을 보이지 않는가. 독서와 미의식을 실생활 공간에서도 실현하려는 철두철미한 탐미주의자의 면모가 드러나는 사진이다. 그의 서재에 어떤 책이 꽂혀 있는지는 《거꾸로》를 읽으면 알 수 있는데 여기에서는 일일이 나열할 수가 없다. 그는 엄청난 책을 읽고 소화한 당대 최고의 지식인이었다. 나 같은 아마추어 독서가는 감히 명함도 내밀 수 없는 어마어마한 수준의 독서량이다. (꽤 독서를 했다고 자부한다면 꼭 읽어보길 권한다. 굉장한 좌절감을 맛볼 것이다.) 그는 인터뷰에서 "머리들에게 단단히 빗장이 잠긴 난해한 책을 썼다"고 솔직하게 회고했다. 방대한 독서량과 더불어 그는 취향에서도 까칠한 성미를 드러낸다.

> 산문에서도 이집트 콩이란 별명으로 불리는 키케로의 장황한 언어, 반복되는 비유들, 애매한 여담들은 역시나 그를 매료시키지 못했다. 수다스러운 돈호법, 애국심에 젖은 다량의 후렴구들, 과장된 훈시들, 살집 많고 영양 상태는 좋으나 비계로 변하여 골수와 뼈는 없는 육중한 몸집의 문체, 문장을 시작하는 기나긴 부사들의 견딜 수 없는 군더더기, 접속사들의 끈으로 잘 연결되지 않는 비만한 문장들의 천편일률적인 서식, 그리고 진력나는 동어반복 습관은 데쎙트를 사로잡지 못하였다. ─같은 책, 64쪽.

위스망스는 작가인 동시에 뛰어난 비평가였다. 만약 세상에 그와 같은 깐깐한 비평가만 있다면 생존할 수 있는 작가는 손에 꼽을 만큼 줄어들 것이다. 키케로가 누구인가. 그는 고전 라틴어 표현의 전형으로 평가받는 로마제국의 최대 문장가였다. 그런 키케로마저 위스망스의 비평에서는 무참히 난도질당한다. 《거꾸로》에서 위스망스는 문장 미학을 최극단으로 끌어

올려서 범상한 글쓰기에 만족하려는 작가들의 기를 꺾어놓았다. 그는 이 소설로 당시에 그가 속해 있던 세계와 완전히 결별했다. 세기말 프랑스 문학계는 에밀 졸라로 대표되는 자연주의가 득세하는 시기였다. 에밀 졸라와 위스망스는 스승과 제자, 혹은 동업자로 깊은 유대감을 맺고 있었다. 그런데도 그는 과감히 이 끈을 끊어버리고 새로운 영토를 찾아 모험을 떠났다. 자기가 속한 세계를 버리겠다는 결심은 어느 영역에서도 결코 쉬운 일이 아니다. 그러나 세계 문학사에 이름을 올린 작가들은 자신의 운명을 결정지을 선택에서 머뭇거리지 않았다. "사람이 무슨 아름다움에, 여자의 몸이나 혹은 심지어 여자의 몸의 한 부분에라도 반해버리면 그녀를 위해 자기 자식까지도 내놓고, 아버지와 어머니도, 러시아도, 조국도 파는 법이야. 아름다움은 말이다. 섬뜩하고도 끔찍한 것이야." 도스토옙스키가 《카라마조프가의 형제들》에 쓴 대목이다.

작가들은 문장의 아름다움에 현혹된 사람들이다. 그래서 그들의 개인사를 추적해보면 글을 쓰기 위해서 처자식과 부모를 버리고 조국마저 버린 사람을 꽤 많이 발견할 수 있다. 위스망스는 새로운 미학을 발견하기 위해 당대의 주류인 에밀 졸라와 자연주의와 결별했다. 그리고 데카당스라는 변방으로 스스로 내려갔다.

나는 작가로서 나 자신을 한심하게 생각할 때가 많다. 가족을 버리고 도망칠 용기가 없을 뿐만 아니라 쓸데없이 나라 걱정을 하며 투표장을 찾는 소시민적 삶을 영위하고 있기 때문이다. 젊었던 시절에도 사정은 별반 다르지 않았다. 학내에는 끊이지 않고 과격한 시위가 이어졌지만, 나는 이 폭력적인 혼돈의 현장에서 모래알처럼 흔들리며 환멸만을 맛보았다. 형가리에서의 짧은 체류 기간은 내면의 상처를 더 악화시켰다. 시민들은 공산당에 적개심을 품었고 자신들이 그동안 허무맹랑한 거짓 이념에 속았다는 사실에 놀라워하고 있었다. 나는 내가 꿈꾼 세계가 철없는 망상이었음을 인정해야만 했다. 무엇을 위해 살아야 할지, 어떻게 살아야 할지 답을 찾을 수가 없었다. 데브레첸의 인민 아파트에서 나는 세상이란 참 이상한 곳이다, 라고 생각하며 외로움을 견뎠다. 버스에서 예쁜 형가리 여자를 보고 정신줄을 놓은 것도 아마 이런 정신적 착란 현상의 하나일지도 모른다. 그즈음 나는 혼잣말을 하며 중얼거리며 실없이 웃음을 터트렸다. 그러던 중 어느 날 주방에서 저녁밥을 준비하다가 놀라운 장면과 맞닥뜨렸다. 좁은 창에 드리워진 검은 그림자 때문이었다. 나는 긴장한 채 창가로 다가가 고개를 올려다보았다. 그것은 하늘을 뒤덮은 검은 새들이었다. 그렇게 많은 철새들을 본 것은 처음이었다. 혹독한 겨울이 다가옴을 본능적으로 느낀 새들이 날개를 펼치고 남부 유럽을 향해 날아가고 있었다. 새들에게는 복잡하게 꼬인 유럽의 국경이 아무런 장애가 되지 않았다. 철새의 이동은 대략 한 시간 가까이나 이어졌다. 자연의 아름다움을 의심했던 나로서는 믿을 수 없을 정도로 아름다운 장관이었다. 나는 밥 짓는 것도 잊은 채 주방 창가에서 철새들의 이동을 지켜봤다.

무슨 이유인지는 몰라도 나는 그날 이후 난생처음으로 소설이란 걸 썼다. 헝가리에서 만든 질 나쁜 노트에다 청색 모나미 볼펜으로 빽빽이 단어를 채워 넣었다. 완성되기까지 대략 한 달 정도가 걸렸다. 무슨 내용을 쓴 것인지는 기억나지 않는다. 내가 쓴 소설을 다시 읽을 용기가 없어서 데브레첸을 떠나기 전, 공책을 쓰레기통에 버렸다. 그렇게 내 첫 소설은 세상에서 사라졌다. 나는 겨울이 시작되기 전, 기쁨에 들떠서 기차를 타고 부다페스트로 되돌아왔다. 내가 그곳에서 무엇을 했는지 아무도 모른다는 것에 혼자 만족했던 것 같다.

헝가리에서 단기 어학연수를 끝내고 돌아와 대학에 복학해서 겨우 졸업까지 했다. 아내를 만나 결혼했고 이듬해에 아들이 태어났다. 아들이 아직 돌도 되지 않았을 시절, 나는 침대에 누워 아들과 함께 낮잠을 잤다. 잠에서 깬 아들이 손바닥으로 내 볼을 비비며 잠을 깨웠다. 눈을 떠보니 아이가 환하게 웃고 있었다. 나는 그때 본 아들의 귀여운 미소를 기억에서 잊은 적이 없다. 인간은 아름다움을 정의할 수는 없지만 사람들은 저마다 아름다운 기억을 머릿속에 저장하고 있다. 글을 쓴다는 건 이 기억을 되살려내는 단순한 일인지도 모른다.

대학 졸업을 앞두고서 나는 시내에서 한 예쁜 여자에게 말을 걸었다. 그녀는 서점에서 영어수험서를 고르고 있었다. 나는 무엇엔가 홀린 듯 버스정류장까지 따라가서 그녀에게 말을 걸었다. 그녀는 얼굴을 붉히며 놀라워했지만 내 제안을 거절하지 않았다. 우리는 다음날 도서관에서 만났고 카페에서 커피를 마시며 이야기를 나누었다. 그때 그녀에게 무슨 이야기를 들려준 것인지는 기억나지 않는다. 그래도 카페 차창 밖으로 보이는 천변 풍경은 어렴풋이 기억난다. 창백한 푸른 하늘 아래 겨울 철새가 물길을 따라 이동하고 있었다. 나는 그녀가 책을 좋아하고 특히 소설을 좋아한다는 이야기에 놀라워하며 그녀를 바라보며 웃었다.

조리스카를 위스망스의 책장에서 훔친 책

에밀 졸라 《목로주점》

페트로니우스 《사티리콘》

찰스 디킨스 《올리버 트위스트》

오노레 드 발자크 《고리오 영감》

샤를 피에르 보들레르 《파리의 우울》

사드 후작 《미덕의 불운》

에드거 앨런 포 《갈까마귀》

귀스타브 플로베르 《성 앙투안의 유혹》

에드몽 드 공쿠르 《포스탱》

스탕달 《적과 흑》

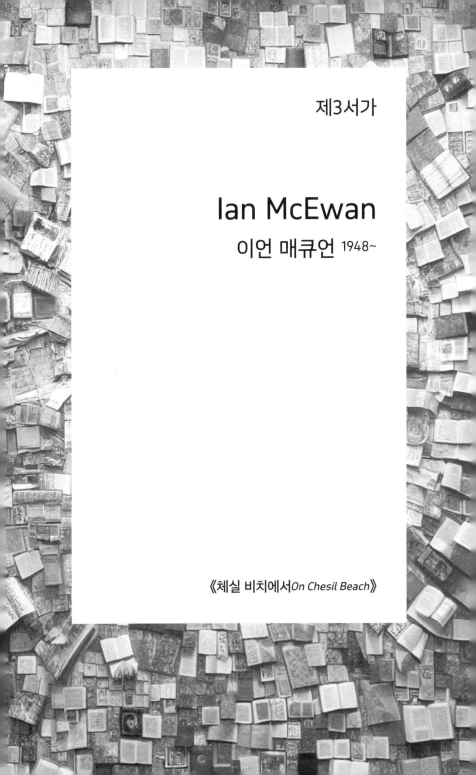

제3서가

Ian McEwan
이언 매큐언 1948~

《체실 비치에서*On Chesil Beach*》

소설 기계의
시대에 관한 질문

      세계일보에서 주관하는 문학상을 받았을 때 나는 부산에서 살고 있었기 때문에 상을 받으려면 서울까지 올라가야만 했다. 시상식 날 공모전 심사위원이었던 세 분 원로 소설가 선생님들을 처음 만나 인사를 드렸다. 현기영과 박완서, 박범신 선생님이었다. 나는 이들 작가들의 소설을 좋아했기 때문에 내가 그날 행사의 주인공임을 잊은 채 주위를 두리번거리며 신기해했다. 세계문학상은 당시 문학계의 큰 이벤트 중 하나여서 나는 내 미래에 은근한 기대를 품었다. 그러나 아쉽게도 그런 장밋빛 미래는 펼쳐지지 않았고 내 첫 소설은 출간 후 베스트셀러 목록에서 빠르게 자취를 감췄다. 속이 상하기도 했지만 의외로 담담하게 나는 현실을 받아들였다. 공모전에서 뽑힌 것만으로도 정말 운이 좋아서임을 잘 알고 있었기 때문이다. 자랑할 일은 아니지만, 나는 이른바 습작이라는 과정을 거치지 않았다. 나는 당시 마음을 잡지 못한 채 곤궁한 생활을 이어가고 있었는데 시내에서 우연히 서점 유리창에 걸린 광고를 보고 가던 발걸음을 멈췄다. 대형 포스터의 선전물은 전해 세계문학상 수상작이었고 선인세 고료가 무려 1억 원이라는 사실을 알게 되었다. 나는 굶주린 들개처럼 광고물을 쏘아보며 그 자리에서 소설을 써야겠다고 결심했다. 나는 소설을 좋아했지만 내가 직접 소설을 쓸 수 있을 거라고는 생각해 본 적이 없었다. 당연히 습작이라는 과정도 거치지 않았다. (형가리에서 제멋대로 쓴 소설은 도저히 습작이라고 할 정도의 텍스트는 아니었다.) 그런데 걸신들린 듯 돈에 홀려서 무작정 소설을 쓰기로 마음먹은 것이다.

당선을 통보받은 이후 나는 아홉 명의 심사위원으로부터 따가운 질책을 받았다. 쏟아지는 비판 중에서도 가장 뼈아픈 지점은 '이 작가는 문장에 대한 고민이 없다'는 것이었다. 나는 이후로 새로운 소설을 쓰기 위해 노트북 앞에 앉을 때마다 암울한 걱정에 휩싸였다. '아, 나는 문장에 대한 고민이 없는 작가야, 이제 어떻게 하지?' 하고 무기력한 상태가 되는 것이다. 일종의 만성질병이라고 할 수 있는 이 감정 상태는 쉽사리가라앉지 않고 머릿속을 괴롭혔다. 소설도 많이 읽지 않고 습작도 해보지 않은 베짱이가 덜컥 소설가가 되었기 때문에 일어난 일이었다. 그러다 대학 선배의 주선으로 백화점 문화센터에서 소설 강의를 맡게 되었다. 일주일에 한 번, 한 권의 소설을 소개하는 일인데 그로부터 지금까지 십 년이 흘렀다. (강의 목록을 보니 십 년간 400권이 넘었다.) 그러면서 조금씩 소설에 눈을 떴다. 나는 용기를 갖고 소설을 다시 바라보기 시작했다. 소설 강의에서 만난 작가들은 많지만 그중에서도 최고를 뽑으라고 하면 나는 주저하지 않고 이언 매큐언을 꼽는다. 그는 '소설 기계'라고 불러도 전혀 어색하지 않은, 최고의 작가다.

　이언 매큐언의 소설을 읽을 때마다 나는 묘한 질투심을 느낀다. 그는 어떻게 이렇게 소설을 잘 쓰게 되었을까? 천재적인 재능, 혹은 필사의 노력? 아니면 그 이상의 형이상학적인 무엇이 그에게 내재되어 있는 걸까, 의문이 가시지 않았다. 나는 변덕이 심한 편이어서 내가 읽자고 선택한 소설도 강의 도중 종종 깎아내리는데 그럴 때면 강의에 오신 점잖은 분들은 당황한 표정으로 나를 바라보았다. 가와바타 야스나리의 《설국》이 그중 가장 심해서 나는 이삼 년의 간격을 두고 이 소설을 칭찬했다가 다시 엉터리라고 비판했다가 마지막 강의에서야 최고의 미학적인 소설이라고 치켜세웠다. 다음에《설국》을 다시 읽으면 어떻게 될지는 나도 잘 모르겠다. 변명하자면 소설이란 원래 그렇게 생겨먹은 거라고 말할 수밖에 없다. 그런데 이언 매큐언의 전작 대부분을 소개하면서는 이런 일이 거의 일어나지 않았다. 나는 늘 그의 소설에 동감하며 놀라워했다.

이언 매큐언은 1972년 첫 소설집을 발표한 이후 지금껏 꾸준히 작품을 쓰고 있다. 햇수로만 무려 45년이다. 데뷔를 이른 나이에 한 탓이긴 하지만 대단한 일이긴 하다. 작가라는 직업은 해병대와 비슷해서 한번 작가면 영원한 작가라는 인식이 널리 퍼져 있으나, 실상 생의 대부분을 전업 작가로 인정받으면서 꾸준히 양질의 작품을 발표하기란 무척 어렵다. 내가 그를 '소설 기계'라고 부르는 이유가 여기에 있다. 그는 시대의 흐름을 읽으며 자신만의 호흡으로 독창적인 소설을 제작한다. 한 작가의 작품을 전체적으로 살펴보면 '아, 이 작가는 여기까지야.'라는 기분이 들기 마련인데 매큐언은 늘 내 예상을 벗어나 전진해 있는 것을 발견했다. 그의 소설은 진정한 의미에서 진화하고 있는 것이다.

매큐언의 17편에 이르는 소설에서 단 한 편을 뽑기란 쉽지 않다. (아직 읽지 않은 책도 몇 권 있다.) 그래도 주제를 좁혀야 하니 후보군을 좁혀 본다. 우선 그의 출세작인 《속죄》를 가장 먼저 올려야 하고 개인적으로 선호하는 《검은 개》도 빠뜨릴 수 없다. 그러다 고민 끝에 《체실 비치에서》를 선택했다. 여러 장점이 있는 소설이지만 내가 이 소설을 뽑은 가장 큰 이유는 이 소설을 읽었을 때 느낀 강렬한 인상 때문이다. 나는 책장을 덮으며 매큐언은 혹시 귀신이 아닐까, 하고 감탄했다. 이 소설은 표면적으로는 신혼여행을 떠난 젊은 부부의 실패담을 담고 있는 것처럼 보이지만, 실은 소설 저변에서 영국의 근현대사와 실존의 문제에 직면한 인간의 실패를 그려내고 있다. 소설은 이야기이면서도 이야기가 아니라는 역설을 가장 잘 보여주는 모범적인 작품이 《체실 비치에서》이다. 정상급의 프로 작가가 되기 위해서는 이 특출한 능력을 독자에게 보여줘야 하는데 매큐언은 이 점에서 거의 실수가 없다. 그는 소설이 무엇을 보여주고 무엇을 숨겨야 하는지 정확히 알고 있는 작가다. 당연한 말이지만, 소설은 이야기와 알레고리를 통해 작가가 말하고자 하는 바를 공교하게 배치해 놓아야 성공한다. 작가가 전면에 나서 큰 소리로 메시지를 던지기 시작하면 독자는 하품을 하거나 딴청을 부리며 도망가 버린다. 그렇다고 주제 의식을 너무 깊이 감춰놓거나, 아예 설정해 놓지 않으면 소설은 무게를 잃어버린다. 매큐언은 이 양날의 검을 자유롭게 휘두르며 독자를 유혹한다.

소설에서 매큐언은 막 결혼한 신혼부부의 정치적 경향성을 슬쩍 내보이며 큰 주제를 끌어낸다. 주인공 에드워드와 플로렌스는 1945년에 노동당이 압승으로 선거에 이겼듯이 앞으로 다가올 선거에서도 진보세력인 노동당이 승리하기를 열렬히 바란다. 냉전시대 영국은 이빨 빠진 호랑이였고 세계를 주도하는 두 강대국은 미국과 러시아였다. 신혼부부는 호텔 아래층에서 들려오는 텔레비전 소리에 귀를 기울이면서도 오늘밤 벌어질 신혼 첫날밤에 대한 공포와 흥분으로 들떠 있다. 그런데 왜 이 첫날 밤 이야기에 갑자기 선거 이야기가 나올까? 소설에 익숙한 독자들은 작가가 슬쩍 끼워넣은 듯한 서술을 무심코 지나치지 않는다. 주인공 남녀인 에드워드와 플로렌스는 서로를 진심으로 사랑하고 정치적 입장도 동일하다. 그래서 결혼식까지 올렸다. 이제 남은 것은 신혼여행 첫날밤 침대에서 육체를 상대에게 허락하며 행복을 확인하는 일뿐이다. 그러나 그들은 정신적으로 성장한 성인임에도 불구하고 섹스에 대해서는 막연한 환상과 불안을 가진 순진한 청년들이다. 긴장이 고조되면서 예고된 밤이 찾아온다.

성 묘사는 작가들이 성가시게 여기는 부분이다. 독자에게 어디까지 보여줄지 확신하기 어려울 뿐만 아니라 자칫 잘못하면 작품의 분위기를 망쳐버리기 때문이다. 이언 매큐언은

《체실 비치에서》에서 정공법을 선택했다. 그는 3인칭 화자의 시점으로 성에 무지한 신혼부부의 섹스 장면을 가감 없이 그려낸다. 노골적인 성 묘사는 위험부담이 크다. 나 같은 경우, 처음에는 대체로 찐하게(?) 썼다가 점점 더 직접적인 단어와 비유를 줄여나가는 전술을 채택한다. 좋게 말하면 교양을 유지하는 것이고 나쁘게 말하면 젠체하는 것이다. 이유는 독자의 변덕 탓이다. 독자는 소설에서 섹스 장면을 발견할 때마다 호기심으로 눈을 반짝이며 몰입하지만 뒤돌아서면 '이렇게까지 노골적으로 쓸 필요는 없지.'라며 짐짓 도덕적인 태도로 작가를 비난한다. 특히 오백 년 동안 관념론자들이 실권을 쥐었던 유교 국가인 한국에서는 노골적인 성 묘사는 짚 더미를 안고 불 속으로 뛰어드는 자살 행위와 다름없다. '저 작가는 천박한 사람'이라는 틀에 갇히게 되면 좀처럼 빠져나오기 힘들기 때문에 조심하지 않을 수 없다. 그렇다고 너무 맹맹하게 섹스 장면을 처리하면 또 시시하고 좀스럽다는 평가를 받게 된다. 나의 경우 첫 소설을 발표하고 '좀 더 화끈하게 쓸 수 없어?'라는 불평을 자주 들었다. 그래서 다음 소설에서 그렇게 했더니 '그런 분인지 몰랐다'고 또 한소리를 들었다. 한마디로 수위 조절을 잘해야 한다는 것이다. 그래서 자체 검열을 무시한 매큐언의 정공법은 독자에게 상당히 당혹스럽게 다가온다.

플로렌스는 에드워드와의 첫 관계에서 자신이 성적 불능 상태임을 깨닫는다. 그녀는 남성의 육체에 대해 뿌리 깊은 두려움을 안고 있다. 에드워드를 사랑하나 그를 침대에서 받아들일 수는 없다. 검은 자갈 해변에서 파도치는 바다를 바라보며 플로렌스는 에드워드에게 놀라운 제안을 한다.

그녀의 제안은 충격적이다. 그녀는 오직 음악에만 충실하고 싶다고 고백한다. 성적인 문제에서 남편인 에드워드가 다른 여자와 성관계를 가져도 질투하지 않을 거라고 말한다. 자기가 평생 바이올린을 연주하며 경력을 쌓는 동안 상냥한 에드워드가 곁에 있어주길 원한다. 그러나 진보적인 노동당의 승리를 기원하고 핵무기 감축 시위에 앞장서 나가지만 성적인 문제와 결혼 제도에 대해서만큼은 여전히 인습의 감옥에 포위된 에드워드로서는 도저히 받아들일 수 없는 제안이다. 제안을 들은 그는 경악한다. 그들이 결합한 해는 1962년으로 68혁명이라는 거대한 파도가 유럽 대륙에 들이치려면 아직 몇 해가 남아 있었다. (68혁명은 정치사적 의미도 크지만 프리섹스로 대변되는 성 혁명으로도 유명하다.) 고지식한 에드워드는 플로렌스의 제안을 모욕으로 받아들인다. 그의 머릿속을 지배하고 있는 관념은 '결혼은 신성한 것'이라는 낡은 생각이다. 그날 밤 그들은 격렬한 말다툼 끝에 헤어진다. 로맨틱한 사랑을 약속한 신혼여행지 체실 비치는 이제 두 사람에게 절망과 고통만이 출렁이는 악몽이 된다. 그러나 변하지 않는 것은 없다. 마침내 시간의 파도가 덮친 후에야 에드워드는 그날의 실수를 깨닫는다.

플로렌스와 헤어진 후 에드워드는 긴 세월을 정처 없이 떠돌아다녔다. 그는 유럽과 미국을 배회하며 자유롭고 지성적인 여자들을 만났다. 1960년대가 저문 시점에 그는 런던의 한 거리로 되돌아와 혼자 고독하게 살았다. 그때는 플로렌스가 체실 비치에서 제안했던 이야기가 역겹지도 모욕적으로 느껴지지도 않았다. 사람들은 변화의 파도에 실려 진보된 생활과 철학으로 무장한 채 새로운 시대를 향유했다. 플로렌스의 제안은 죄의식에서 해방된 솔직한 성의식이었고 동시에 예술에 대해 진지한 태도를 저버리지 않으려는 젊은 예술가의 외로운 투쟁이었다. 시간이 흐르면서 플로렌스가 시대를 뛰어넘은 반면 에드워드는 시대에 굴복한 채 뒤처졌음이 자명해진다.

《체실 비치에서》를 읽은 후, 만약 내가 에드워드였으면 어땠을까, 상상해 보았다. 플로렌스의 제안을 악의 없이 받아들일 수 있었을까? 솔직히 말하면 자신할 수 없다. 아마도 나 역시 에드워드와 다르지 않은 어리석은 선택을 했을 것 같다.

나는 스스로를 진보주의자라고 믿는 사람들을 알고 있다. 그들 대부분은 좋은 교육을 받았고 전문직에 종사하며 소위 진보 계열이라 분류된 신문을 읽고 선거에서는 민주당에 표를 던진다. 《체실 비치에서》를 읽고서 나는 '나를 포함한 이들이 정치문화사적 의미에서 진정한 진보주의자일까?' 질문을 던졌다. 어쩌면 우리는 시대의 변화를 예감하지 못한 채 여전히 기존의 체제가 강요하는 도덕적 질서에 굴복, 혹은 군림하고 있는 것은 아닐까, 하는 걱정을 지울 수 없었다. 에드워드는 대학에서 역사학을 공부했고 로큰롤을 들으며 선거에서 노동당의 승리를 기원한다. 그러나 그는 클래식 바이올린 연주자로 콘서트에서 마지막 빅토리아인 노인들에게 연주를 들려주는 플로렌스가 제안한 혁신적인 결혼 생활을 받아들이지 못했다.

《체실 비치에서》를 통해 이언 매큐언은 독자에게 '당신은 시대의 변화에 어떻게 대처하고 있습니까?'라고 정중하게 질문하고 있다. 알레고리가 저변에 깔려 있어 소설을 상대적으로 많이 읽지 않은 독자들은 애초에 이 질문을 발견하지 못한 채 오직 주인공들의 감정적 실패에만 초점을 맞춘다. 그렇게 해서는 《체실 비치에서》를 읽었다고 할 수 없다. 에드워드의 실패는 현대 지성의 실패이고 역사 발전을 믿는 진보 진영의 실패다. 내가 이언 매큐언은 귀신이 아닐까, 의심했던 것은 그

가 이 거대 담론을 작은 이야기로 끌어내는 데 성공했기 때문
이다.

이언 매큐언 2015 © Jenny Lewis / Contour

　　나는 작가들의 서재를 찍은 사진 중 이언 매큐언의 사진
을 매우 좋아한다. 그의 깔끔하고 실용적인 책장이 그의 소설
만큼이나 미학적이고 충실해 보이기 때문이다. (언젠가 국내 유
명 소설가의 엄청난 규모의 서재를 보고 깜짝 놀란 일이 있었는데 대충
보아도 만 권은 넘어 보였다. 작가에게 책장은 필수품이지만 책이 많다
고 보란 듯 자랑할 일은 아니라고 생각한다.)

이언 매큐언의 책장에서 훔칠 책은 못해도 수백 권에 이른다. 그는 자신의 독서 편력을 17편에 이르는 소설에 흩뿌려놓았다. 그래서 정리하기가 만만치 않은데 매큐언은 2012년에 《스위트 투스》를 써서 독자들에게 무엇을 어떻게 읽어야 하는지 친절하게 알려주었다. 이 소설은 표면적으로 첩보와 추리, 장르 소설의 얼굴을 차용하고 있지만, 실상 현대소설이란 무엇인가를 설명하는 독창적인 포스트모더니즘 소설이다. (과연 매큐언다운 공교함이다.) 그는 이 소설에서 자신이 젊은 시절을 보낸 1970년대의 영국을 냉소적인 시각으로 바라본다.

　　《스위트 투스》를 보면 이언 매큐언의 문학이 어디를 향해 나아가고 있는지 알 수 있다. 스위트 투스Sweet Tooth의 사전적 의미는 단것을 좋아한다는 뜻인데 매큐언은 이 단어를 소설의 제목으로 가져와서 사랑스럽고 행복한 결말만을 원하는 소설 독자들을 우회적으로 비판한다. 그에 따르면 로맨티시즘은 현대소설이 지향하는 바가 아니다. 소설이란 모름지기 '나와 결혼해줘'라는 진부한 결말로 끝나야 한다는 생각에 매큐언은 진저리를 친다. 그는 이런 식의 달콤한 해피엔딩은 소설이 가야 할 길이 아니라고 주장한다.

　　놀라운 건 그가 비판하는 작가 그룹에 제인 오스틴이 슬그머니 포함되어 있다는 것이다. 진실 여부는 이 글에서 중요하지 않으니 넘어가는 게 좋을 것 같다. (요즘은 제인 오스틴을 비판하면 왠지 공적公敵이 되어가는 분위기다.) 나는 최근에 '단것을 좋아하는 독자들'을 위해 로맨스 장르 소설을 수개월 동안 쓴 탓에 제인 오스틴의 소설이 새롭게 보였다. 오스틴의 모든 소설이 '나와 결혼해줘'와 같은 해피엔딩으로 끝나는 걸 무작정 비판할 수는 없다는 생각이 들었다. (독자들도 그렇지만 작가들도 당이 떨어지면 단것을 먹으며 조금은 쉬어야 하지 않을까.) 사정이 어찌됐든 소설에서의 행복한 결말에 대해 매큐언은 심드렁한 태도를 취하고 있는 건 분명하다. 그렇다면 그는 어떤 소설들을 읽어야 한다고 말하는 걸까?《스위트 투스》에서 추려낸 도서 목록은 아래와 같다.

아서 쾨슬러의 《한낮의 어둠》과 블라디미르 나보코프의 《밴드 시니스터》, 조지 오웰의 《1984》, 알렉산드르 솔제니친의 《이반 데니소비치의 하루》가 중요한 소설로 언급되고 단지 작가의 이름만 제시된 경우는 시도니 가브리엘 콜레트와 도리스 레싱, 아이리스 머독, 호르헤 루이스 보르헤스, 존 바스, 토마스 핀천, 윌리엄 개디스, 노먼 메일러, 필립 로스, 존 업다이크 등이 있다. (다행히 위에 언급된 작가들의 소설 한두 권은 읽은 적이 있어 《스위트 투스》를 읽으며 나는 안도의 한숨을 쉬었다.)

매큐언은 존 파울즈에 대해서는 따로 섹션을 마련해 둘 정도로 애정을 기울인다. 소설 속 주인공은 특히 존 파울즈의《마법사》와《컬렉터》,《프랑스 중위의 여자》를 찬양했다. 나 역시 한 때 존 파울즈의 소설에 깊이 빠진 적이 있어서 위의 글을 발견하고는 무척 기뻤다. 확실히 매큐언처럼 좋은 작가는 심미안도 좋다. 그는 소설을 시대를 비추는 거울이라는 도구로 이용하는 데 탁월한 능력을 갖춘 작가다. 그러면서도 그는 흥미를 기대하는 독자들의 요구를 무시하지 않는다. 이 균형을 유지하기란 실로 어렵다. 시대의 변화만큼이나 소설도 변화하고 있다. 만약 현대소설이 어떤 진화의 과정에 있는지 확인하고 싶다면 이언 매큐언의 소설을 놓쳐서는 안 된다.

데뷔를 앞두고 나는 다수의 심사위원에게 '이 작가는 문장에 대한 고민이 없다'는 비판을 받았다. 나는 이 약점을 보완하기 위해 나름대로 최선을 다하고 있다. 아름다운 문장이 독자를 매혹하는 무기임을 어떻게 부정하겠는가. 최선의 방법은 열심히 쓰는 일밖에 없다고 생각한다. 그래도 위안이 있다면 시상식 날 한 원로 선생님이 격려 차원에서 해주신 말이다. "나는 자네 단문이 아주 마음에 들어."

소설에서 보편적이고 절대적인 비결은 존재하지 않는다.

이언 매큐언 1987 © Bryn Colton

나는 헤밍웨이의 미학적인 문장들을 보면 넋을 잃고 바라보게 되지만 한국의 최고 스타일리스트로 거론되는 몇몇 작가들의 문장들에 대해서는 별 감흥이 일지 않는다. 국어사전에서나 찾을 수 있는 형용사와 부사로 화려하게 치장한 꽃다발 같은 문장보다는 일상적인 언어로 결합한 단단한 문장에 더 마음이 끌리기 때문이다. 소설은 최극단에 이르면 결국 문장 미학으로 승패가 갈리게 된다. 독자들은 거의 무시하는 영역이지만 프로 작가들은 사활을 걸고 투쟁하고 있다. 여기에는 과학이 존재하지 않는다. 과학은 미학의 왕국을 침범할 수 없기 때문이다. 결국 작가들이란 증명할 수 없는 이론을 두고 고군분투하고 있는 꼴이 된다. 누가 승자가 될지는 많은 세월이 지난 후에야 밝혀진다. 만약 어떤 작가가 백 년을 두고 살아남을지를 걸고 도박을 한다면 나는 주저 없이 이언 매큐언을 지지한다. 그의 문장이 아름다워서가 아니라 그의 소설이 우리가 사는 시대를 정밀하게 비추고 있기 때문이다. 게다가 나는 그의 간결하고 핵심을 찌르는 문장을 무척이나 좋아한다. 한마디로 그는 공수의 능력을 모두 갖춘 전천후 작가다.

아내는 내가 유독 미셸 우엘벡과 이언 매큐언을 좋아한다는 사실에 흥미로운 관점을 제시한 적이 있었다. "혹시 이 두 작가가 자기보다 못 생겨서 좋아하는 거 아냐?"

나는 이 질문에 즉각 답하지 못했다. 이 두 작가가 못생겼다고는 단 한 번도 생각해본 적이 없기 때문이다. 솔직히 말하면 내 눈에는 알베르 카뮈보다 미셸 우엘벡이 더 잘생겨 보인다. (이건 좀 심했나?) 아무튼 나는 이 두 작가가 미남이라고 생각한다. 좋은 소설만 쓰면 장땡인 게 이 동네의 룰인데 어쩌겠는가? 좋은 소설은 독자들을 낯설고 아름다운 세계로 인도한다. 좋은 소설이 무엇인지는 불분명해 보여도 이 지점만큼은 부인할 수 없다. 이언 매큐언의 소설이 감각과 표상의 세계를 뛰어넘었는지는 확실치 않지만, 그의 소설에 들어서면 우리는 제3의 눈으로 세계를 들여다볼 수 있다.

구름 한 점 없는 하늘 아래 지평선이 끝없이 펼쳐지는 아주 황량한 지역에 와 있다고 생각해보자. 바람이 불지 않는 가운데 초목이 서 있고, 동물도 사람도 흐르는 물도 없이 가장 깊은 정적만 감도는 곳 말이다. 그런 환경은 진지해지라는 외침, 의지와 보잘것없는 것에서 떨어져 관조하라는 호소와도 같다.

― 쇼펜하우어, 《의지와 표상으로서의 세계》 3권 39장 중에서(미셸 우엘벡, 《쇼펜하우어를 마주하며》, 이채영 옮김, 필로소픽, 2022, 52쪽에서 재인용).

이언 매큐언은 《체실 비치에서》를 써서 우리가 어떻게 진정한 사랑을 잃게 되는지 순수한 관조의 눈으로 바라볼 수 있도록 도와준다. 실증주의 소설을 쓰는 그는 형이상학자인 쇼펜하우어의 초월적 세계를 부정할지도 모른다. 그런데도 그의 소설을 읽으면 존재의 심연 속에 서 있다는 느낌을 받게 된다.

2017년 스웨덴 한림원이 가즈오 이시구로를 노벨문학상 수상자로 발표했을 때 나는 이들이 언제 이언 매큐언에게 노벨상을 줄지 궁금해졌다. 이시구로보다는 매큐언이 나이도 많고 소설도 더 많이 발표했는데 무슨 심보인지 아직도 상을 주지 않고 있다. 그렇게 보면 우리가 살고 있는 현실도 앨리스의 낯선 나라처럼 이상한 곳인지도 모르겠다는 생각이 든다.

이언 매큐언의 책장에서 훔친 책

존 파울즈 《프랑스 중위의 여자》

아서 쾨슬러 《한낮의 어둠》

블라디미르 나보코프 《밴드 시니스터》

조지 오웰 《1984》

알렉산드르 솔제니친 《이반 데니소비치의 하루》

도리스 레싱 《금색 공책》

호르헤 루이스 보르헤스 《픽션들》

토마스 핀천 《중력의 무지개》

필립 로스 《굿바이 콜럼버스》

존 업다이크 《달려라 토끼》

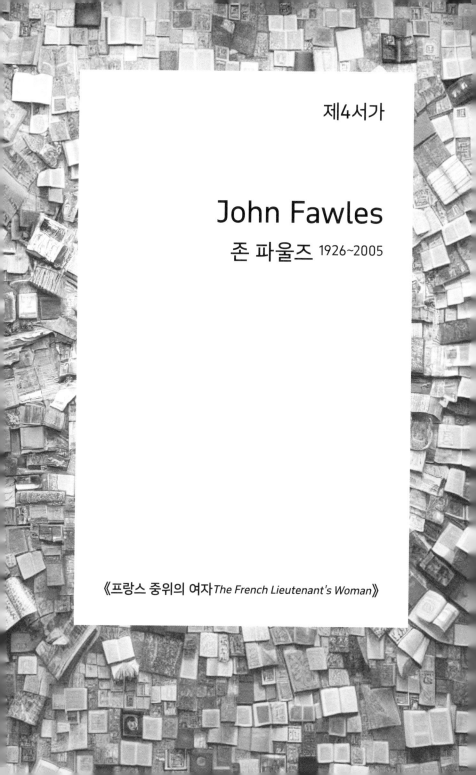

제4서가

John Fawles

존 파울즈 1926~2005

《프랑스 중위의 여자 *The French Lieutenant's Woman*》

맥주를 마시며
소설을 읽는 시간

아이스크림을 가장 맛있게 먹는 초간단한 방법을 알고 있다. 무척 단순하긴 한데 여자 친구의 얼마 남지 않은 아이스크림을 뺏어 먹는 것이다. 그 순간에는 상대의 초조한 시선을 철저하게 무시한 채 아이스크림의 맛에만 집중해야 한다. 보증컨대 효과는 만점이다. 나는 때때로 소설 속에서 아이스크림과 같은 달콤함을 찾을 때가 있다. 그럴 때면 주저하지 않고 책장에서 무라카미 하루키를 찾는다. 그의 소설을 펼치면 놀이공원의 표를 끊고 게이트를 통과해 동화의 세계에 들어섰을 때처럼 몸이 가벼워진다. 하루키 소설을 '소설 놀이공원'이라고 한 김응교 평론가의 지적은 무척 유효하다.

하루키는 1979년 자신이 운영하던 재즈 바에서 《바람의 노래를 들어라》라는 중편을 써서 작가로서 데뷔했다. 이 가볍고 경쾌한 소설은 작가로서 하루키가 나아갈 미래 세계를 비추고 있다. 하루키는 친구 '쥐'의 소설을 칭찬하며 이렇게 말한다. "그의 소설에는 뛰어난 점이 있다. 우선 섹스 신이 없는 것, 그리고 한 사람도 죽지 않는다." 사람은 내버려두어도 죽고 여자하고 잔다. 그러니 소설에서까지 굳이 이런 이야기를 쓸 필요가 있을까? 라고 반문한다. 그러나 여기에는 트릭이 숨어 있다. '섹스와 죽음'은 시와 소설, 그리고 모든 예술의 중심축이다.

　　위에서 장담한 것과 달리 하루키의 소설에는 섹스와 죽음이 풍성하다. 그러나 그가 다루는 성과 죽음은 놀이동산에서 파는 아이스크림처럼 달콤하고 가볍다. 성과 죽음을 뜻하는 라틴어 에로스와 타나토스는 그의 소설에서 마치 솜사탕과 풍선처럼 다루어진다. 에로스와 타나토스를 무겁게 다루었던 T. S. 엘리엇과 필립 로스와는 확연히 다른 접근법이다. 나는 '무라카미 하루키는 가벼워서 싫다'는 사람들을 의외로 자주 많이 만났다. 그럴 때마다 나는 여자 친구에게서 뺏어 먹은 아이스크림을 떠올리며 이 사람들은 왜 솜사탕처럼 가벼운 달콤함을 거부할까, 하고 의아해했다.

무라카미 하루키는 아마도 감각적인 문장을 잘 쓰는 작가 중 한 사람일 것이다. 그는 인간의 감각 세포에 대해 훤히 꿰뚫고 있는 것처럼 독자의 오감을 자극한다. 소설을 읽다 보면 맥주를 마시고 담배를 피우고 여자와 자고 싶다는 기분에 푹 빠져서 헤어나기 힘들어진다. 그는 삶을 무겁게 받아들이지 않는다. (어쩌면 그럴지도 모르지만.) 프루스트와 도스토옙스키를 읽을 때와 달리 긴장하지 않아도 된다는 것이 그의 소설을 읽는 최고 미덕이다. 체육관에서 벤치 프레싱을 하려면 먼저 가볍게 몸을 풀어야 하듯이 진지한 독서를 위해서는 뇌의 근력도 차근차근 강도를 올려야 한다. 소설이 어렵다는 독자들을 만나면 나는 종종 무라카미의 소설을 권한다. 무거운 역기를 들어 올리려면 우선 가볍게 스트레칭부터 하는 게 정석이기 때문이다. 무라카미의 소설을 읽는 또 다른 장점은 그가 훌륭한 작가들을 소설 속에서 소개한다는 점이다. 그는 책 읽는 독자의 모습을 아주 쿨하게 묘사해서 책을 사랑하는 사람들을 기쁘게 해준다.

《바람의 노래를 들어라》의 두 주인공 청년 '나'와 '쥐'가 'J's바'라는 술집에서 나누는 대화는 흥미롭다. 맥주를 마시는 동안 '나'는 전갱이 조각을 삼키며 플로베르의 《감정 교육》을 읽고 있다. '쥐'는 그런 친구의 모습이 이해가 되지 않아서 '왜 수백 년 전에 죽은 작가의 책을 읽느냐'고 질문하다. 이 질문에 대한 '나'의 대답이 무척 쿨하다. 그는 살아 있는 작가 따위는 아무 가치가 없다고 말하며 결정적인 한 방을 덧붙인다. "죽은 사람에 대해서는 대개의 것을 용서할 수 있을 것 같은 기분이 드니까." 현대 문학사에서 수많은 논쟁을 일으킨 플로베르의 《감정 교육》을 이처럼 멋지게 소개한 것은 아마 하루키가 처음일 것이다.

소설을 읽다 보면 자연스럽게 맥주가 마시고 싶어지고, 동시에 플로베르의 《감정 교육》을 읽고 싶다는 생각이 번쩍 떠오른다. 그가 이런 식으로 소설 속에서 소개한 책과 작가는 무척 많다. 기억이 나는 대로 작가들의 이름을 떠올려 보면 대충 이렇다. 스콧 피츠제럴드, 안톤 체호프, 프란츠 카프카, 토마스 만, 레이먼드 챈들러, 커트 보네거트, 레이먼드 카버, 어니스트 헤밍웨이, 존 치버, 대실 해미트, 존 업다이크, 존 파울즈 등. 현대소설에서 빠져서는 안 될 중요한 작가들이다. 대체로 영미 문학에 편중되어 있는데 일본인인 그는 자국의 소설과 작가들에 대해서는 대체로 인색한 편이다. 나쓰메 소세키와 다니자키 준이치로의 소설을 좋아하는 나로서는 조금 이해가 안 되는 지점이긴 하다. (미안하지만 무라카미는 그들에 비하면 한 길 아래의 작가라고 생각한다. 백 년 뒤에는 어떻게 될지는 몰라도 현재는 그렇다는 뜻이다.) 아무튼 그의 소설에서 이런 작가들의 이름을 발견하고 아직 읽어보지 못한 새로운 소설을 찾아 읽는 재미는 쏠쏠하다. 무라카미 하루키의 신작이 나오면 또 같은 이야기야, 라고 툴툴대면서도 매번 찾아서 읽는 이유가 여기에 있다.

무라카미 하루키는 1949년생으로 이제 그도 일흔을 넘긴 노년의 삶에 접어들었다. 인터넷에서 노인이 된 그의 최근 사진을 보니 정말 격세지감을 느낀다. 뭐랄까, 아버지의 죽음과 마주했을 때와는 조금 다른 애처로운 감정이다. 도리스 레싱과 필립 로스의 부고 기사를 신문에서 보았을 때와 조세희와 밀란 쿤데라가 사망했다는 소식을 접했을 때와 유사한 감정적 동요다. 동시대 소설을 읽는 행위가 서글픈 일이라는 것을 나는 이들 작가의 죽음을 통해서 알게 되었다. 무라카미 하루키는 평소 건강관리를 잘해서 장수하리라 생각하지만 사람 일이라는 건 알 수가 없는 법이다. 부디 건강하게 사셔서 독자들이 그의 전매특허인 달콤하고 경쾌한 소설을 계속 맛볼 수 있도록 해줬으면 좋겠다.

이언 매큐언이 《스위트 투스》에서 존 파울즈를 언급했을 때 나는 이미 파울즈의 전작 대부분을 읽은 상태였다. 그래서

《스위트 투스》를 굉장히 재미있게 읽었다. 이 행운은 그냥 온 것이 아니고 무라카미 하루키 덕분이다. 그의 소설 속 주인공이 존 파울즈의 《프랑스 중위의 여자》를 읽고 있었기 때문이다. (어느 소설인지는 까맣게 잊어버려서 기억나지 않는다. 다만 무라카미 하루키의 소설이 대부분 그렇듯 장소가 어둑한 술집이고 미인은 아니지만 매력적인 젊은 여자가 곁에 있었던 것은 분명한 것 같다.) 존 파울즈는 내가 좋아하는 작가들이 반복해서 언급하는 작가여서 피해 갈 수는 없지만 그를 처음 만난 건 무라카미 하루키의 책장에서였다.

《프랑스 중위의 여자》는 당대에 유행하던 실험적인 작품이며 최근에는 페미니즘 열풍과 더불어 재조명받는 소설이다. 나는 무엇보다 이 소설의 재미에 흠뻑 빠졌다. 가독성이 좋아서 한번 붙잡으면 쉽게 놓을 수 없다. 《마법사》나 《컬렉터》와 같은 장편도 뛰어나지만 《에보니 타워》와 같은 단편 소설도 걸작이다. 한국에서는 장편과 단편을 모두 소설이라는 한 틀에 넣어서 두루뭉술하게 통칭하는데 두 장르는 엄연히 다른 문학 장르다. 영어로 장편은 노블이고 단편은 쇼트 스토리라고 부른다. 솔직히 나는 이런 세분화된 분류법이 마음에 든다. 소설을 쓴다는 것은 장편소설인 노블을 쓰는 행위이고 소설가는 장편소설을 쓰는 사람을 일컫는 말이어야 한다. 평생 단

편 소설만 발표한 레이먼드 카버의 경우 쇼트 스토리 작가^{short story writer}라고 하지 아무도 소설가^{novelist}라고 하지 않는다. 존 파울즈는 장편과 단편 모두 멋지게 소화한 보기 드문 작가다. 육상 경기에서 단거리 100미터와 장거리 10,000미터 경주 모두에서 좋은 성적을 거두는 게 얼마나 어려운 일이지 상상해 보면 납득이 갈 것이다.

《프랑스 중위의 여자》는 우선 제목이 근사하다. 아마 프랑스라는 국가 브랜드가 풍기는 고급스러운 이미지 탓일 것이다. 그런데 여기에는 심각한 오해가 숨어 있다. 영국인에게는 이 제목이 전혀 다른 의미로 다가온다는 점이다. 만약 이 제목을 한국식으로 바꾸면 이해가 쉬울 것이다. '일본인 중위의 여자'라고 제목을 붙이면 한국의 독자들은 누구나 쉽게 그 의미를 이해할 수 있다. 결국 '프랑스 중위의 여자'는 '프랑스 군인과 놀아난 여자' 정도의 비아냥거림 혹은 독설인 것이다.

입에 담기는 거북하지만 '걸레'라는 표현이 있다. '헤픈 여자'의 속어라고 할 수 있는데 최근에 읽은 박태원의 《소설가 구보씨의 일일》에 '노는 년'이라는 표현이 있어 조금 놀란 적이 있다. 결론적으로 말해 '걸레'보다는 '노는 년'이 훨씬 귀엽고 깜찍하게 들린다. (이건 단순히 개인적 감상에 불과하니 시비 걸지 마시길.) 표현이 어찌 됐든 소설에는 이런 문제적 여성이 자주 등장한다. 왜냐면 그래야 소설이 뜨거워지기 때문이다. '평범한 남자와 여자가 만나 사랑하고 평생 서로를 배신하지 않고 행복하게 살다 죽었습니다.'라고 해서는 소설이 되지 않는 것이다. 그런 도덕적인 이야기는 스님이나 목사님의 설교를 듣는 것만으로 충분하니 소설은 그렇게 진부한 이야기를 늘어놓으면 안 된다. 나는 오래전 '섹스 장면도 없고 아무도 죽지 않는 소설'을 썼다가 된통 당한 적이 있으므로 소설을 구상할 때 늘 긴장한다. 독자들은 늘 '엇갈린 사랑' 이야기에 열광하기 때문에 소설가들은 불가피하게 주변을 살피며 뜨거운 이야기를 찾아다닌다. 결국 한 집단에서 '걸레'라 비난받는 헤픈 여자는 작가들에게는 소중한 존재인 것이다.

캐나다에서 일어난 일이다. 밴쿠버나 토론토 같은 대도시가 아니라 앨버타주의 작은 대학 도시였다. 한국인들이라고는 손에 꼽을 정도로 적었고 그나마 대부분은 유학생들이었다. 나 역시 비슷한 처지였는데 다른 점은 내가 결혼해서 온 늦깎이 학생이었다는 점이다. 기억으로는 여학생이 대여섯 명 정도였고 남학생은 열 명 남짓이었다. 워낙 소규모 인원이었던 탓에 우리는 서로의 얼굴과 이름을 알고 지냈다. 어느 여름 저녁, 친한 동생 한 명이 집으로 찾아와서 내게 고민 상담을 청한 적이 있었다. 자신이 최근에 한 여자를 알게 되었는데 그녀와 사랑에 빠져서 어떻게 해야 할지 모르겠다고 말했다. 그는 나보다 네 살 어린 스물여섯 살이었고 군대까지 갔다 온 건장한 체격의 남자였다. 청춘 남녀가 만나 사랑에 빠지는 게 무슨 문제인가 싶었는데 상대 여자의 이름을 듣고는 나도 모르게 숨을 깊이 들이마셨다. 그녀는 남학생들 사이에서 은밀하게 '걸레'라고 불리는 여자였다. 그녀와 나는 서로의 존재에 대해서 알고 있었지만, 교류를 할 만큼 가까운 사이는 아니어서 우연히 학교에서 만나게 되면 서로 못 본 척 지나치거나 가벼운 눈인사 정도만 하는 사이였다. 나는 먼저 어떻게 그녀와 만나게 되었는지 궁금해서 질문을 던졌다. 그는 능글맞게 웃으며 그냥 그렇게 돼버렸다고만 말했다. 그럼 고민의 핵심이 뭐냐고 묻자, 그는 사랑에 빠진 게 문제라고 했다. 그게 왜?

"형, 잘 알잖아요. 그 애 소문이 어떻다는 걸."

"소문은 소문일 뿐이잖아. 네가 사랑한다면 문제 될 건 없는 것 같은데."

"그건 그렇죠. 근데 소문이 거짓이 아니어서 문제죠."

"무슨 말이야?"

"걔 사생활이 실제로 좀 복잡해요. 나와 사귀면서 다른 남자를 만나는 것 같아서요."

'그럼, 진짜 걸레야?'라는 말은 다행히 내뱉지 않았다.

"너보다 연상이지 않아?"

"네, 세 살이 많죠."

흠, 나는 무심코 고개를 끄덕였다. 그렇다면 그녀의 나이
는 스물아홉이다. 나와 겨우 한 살 차이. 결혼은 아직 하지 않
았다. 나는 머릿속을 정리한 다음 말했다.

"그쪽은 아무래도 너와 가볍게 만나는 것 같은데 너도 그
래야 하지 않을까?"

"나도 처음엔 그냥 그렇게 생각했죠. 근데 몇 번 자고 나
서는 마음이 바뀌었어요."

"왜?"

"이런 말 하기는 좀 부끄럽지만, 아무튼 걔는 명기예요."

명기? 나는 이맛살을 찌푸렸다.

"무슨 소리야?"

"형도 알잖아요. 섹스에서 끝내준다는 말이잖아요."

그리고 그는 제법 길게 잠자리를 묘사했다. 상스러운 말
이 많아서 여기서는 생략하겠다. 나는 그의 말에 귀를 기울이
면서도 온전히 믿지는 않았다. 사람들은 자신에게서 일어난
일을 과장하는 데 익숙했고 그는 운동 신경이 뛰어난 남자들
이 흔히 그렇듯 허풍기가 심했다.

"그래서 이제 어쩔 셈이야?"

그는 나를 보며 어깨를 으쓱이며 웃었다.

"그걸 알려고 형을 찾아온 거잖아요."

"내가 왜?"

"형은 결혼했고 여자에 대해서 잘 알잖아요."

나는 웃었다. 결혼한 건 사실이고 여자를 모른다고도 할 수는 없지만 그렇다고 그가 말하는 명기에 대해서는 알지 못했다. 솔직히 말하면 그런 비속어 자체가 허풍쟁이들이 지어 낸 거짓말이라고 믿는 쪽이었다.

"네가 그 사람을 좋아하게 된 이유는 그게 전부야?"

그는 눈을 껌벅이더니 실실 웃었다.

"아뇨. 걔와 함께 있으면 그냥 좋아요. 요리도 잘하고 공부도 잘하는 게 마음에 들어요."

"그런데 널 만나면서 다른 남자들을 동시에 만나는 게 문제라는 거지?"

"그렇죠. 그게 제일 큰 골칫거리예요. 어떻게 하죠?"

그는 그날 밤 우리 집에서 함께 저녁 식사를 한 후 집으로 돌아갔다. 아내에게 그는 그 이야기를 털어놓지 않았다. 사실 그와 사귀는 여자의 평판에 대해서는 한국인 여학생들 사이에서 더 많이 회자되었을지도 모른다. 아내도 나와 함께 학교에 다니고 있었으므로 그녀를 둘러싼 소문에 대해서는 아내도 알고 있었다. 저녁밥을 먹고 그가 돌아간 뒤 아내와 나는 대학 캠퍼스 주변을 산책했다. 우리는 학생 부부를 위한 교내 타운하우스에 살고 있었다. 집 밖을 나가면 앨버타 대평원의 언덕이 물결치듯 펼쳐졌다. 이 거대한 정원의 주인은 사람들이 아닌 다람쥐와 코요테와 같은 동물들이었다. 나는 이제 겨우 돌을 넘긴 아들의 유모차를 끌며 아내에게 말했다.

"명기가 뭔지 알아?"

"명기?"

나는 후배 이야기는 생략한 채 대충 설명했다. 그런데 눈치 빠른 아내는 금방 알아차리고서 말했다. "○○씨 이야기지?"

나는 어쩔 수 없이 고개를 끄덕였다. 그에게 비밀을 지키지 못한 것 같아서 미안했다.

"잘된 거 아냐? 혼자서 그동안 외로웠을 거야."

"그런데 소문이 마음에 걸리는가 봐. 실제로도 좀 그런 것 같고."

"그래? 그 소문이 진짜래?"

우리는 테니스 코트 옆을 지나 잔디가 깔린 운동장으로 향했다. 계곡에서 올라온 캐나디언 순록 가족들이 한여름 밤의 노을이 깔린 들판을 유유히 가로지르고 있었다. 아내와 나는 그날 밤 대화에서 결론을 끌어내지는 못했다. 한 개인의 사랑 이야기에는 집단의 오해와 편견이 끼어들기 마련이라는 진부한 결론을 내린 채 집으로 돌아갔다. 나는 농담이랍시고 허접한 소리를 늘어놓았다. "그런데 명기라는 건 대체 뭘까?"

아내는 나를 물끄러미 쳐다보더니 말했다. "오늘 밤에 확인해 볼래?"

그 일이 있고 난 뒤 우리는 동네 대형 마트에서 우연히 그들 커플을 보았다. 후배 녀석은 채소를 고르는 그녀 곁에 서서 바보같이 웃고 있었다. 그 모습이 무척 행복해 보였다. 후일담은 없다. 우리는 이후 온타리오 주로 이사했고 그동안 함께 알고 지냈던 이들과 연락이 끊어졌다. 아마도 후배 녀석은 소문이 무성한 여자를 사랑해서 순탄치 못한 복잡한 감정을 경험했을 것이다. 얼마 못 가서 헤어졌을 수도 있고 영원한 사랑을 맹세했을 수도 있다. 일이 어찌 됐든 그에게는 다행스러운 일이라고 생각한다. 마트에서 우연히 보았던 그는 행복해 보였다. 사랑이라는 게 뭔지 잘 몰라도 그 정도면 된 것 아닐까. 나는 그를 생각할 때마다 골프 연습장에서 보았던 그의 호쾌한 드라이버 샷을 떠올린다. 미사일처럼 공중으로 솟구치며 날아가는 공은 감탄을 자아냈다. 아마 그의 불같은 사랑도 그렇게 시원시원하게 날아가지 않았을까.

《프랑스 중위의 여자》는 빅토리아 여왕이 통치하던 영국 사회와 풍습을 보여주는 역사 소설이다. 이 시대의 영국 여성들은 순결과 정절을 강요받았다. 외국인, 그것도 프랑스 군인과 육체적 관계로 얽힌 혐의를 받는 여주인공 사라 우드러프는 인습과 체면을 앞세우는 사회의 희생물로 등장한다. 우연한 만남 이후 그녀를 사랑하게 된 남자 주인공 찰스 스미스는 약혼녀와 사라 사이에서 갈등한다. 사건이 일어난 시점과 존 파울즈가 《프랑스 중위의 여자》를 쓴 시기와는 거의 100년의 시간차가 있다. 68혁명의 파고를 넘어가는 유럽인의 숨 가쁜 시선에서 바라보면 소설 속에서 묘사되는 시대적 제약과 도덕률은 견딜 수 없을 만큼 답답하다. 그러나 두 주인공의 안타까운 사랑은 소설 속에서 새로운 의미로 확장한다. 주인공 사라와 찰스가 첫 키스를 하는 장면을 묘사하면서 작가는 그들의 사랑이 단순한 성적 욕망에서 비롯된 말초적인 자극이 아니라고 말한다. 그것은 당시 빅토리아 여왕 시대를 풍미한 낭만주의와 자연주의 그리고 새로운 시대를 예감한 모더니즘의 총합으로 빚어진 '모험과 죄악, 광기, 야수성 같은 금지된 모든 것에 대한 억제할 수 없는 욕망'이었다.

《프랑스 중위의 여자》는 단순한 사랑 이야기가 아니다. 1860년대에 만난 사라와 찰스는 다가올 새로운 세기를 예감하는 인물들이다. 철학과 예술은 인습의 정형화된 틀을 벗어나 자유로운 날개를 펼친다. 68혁명의 모토는 '금지된 것을 금지한다'는 것이었다. 1969년에 발표된 《프랑스 중위의 여자》는 자유를 갈구하는 청년들의 전폭적인 지지를 받아 혁명의 지침서가 된다. 낭만과 모험, 죄악, 광기, 야수성이 시대의 키워드로 떠오른다. 헤픈 여자? 그런 건 이제 세상에 존재하지 않는다. 오히려 그런 시대착오적 표현은 구체제를 보호하기 위해 안간힘을 쓰는 기성세대가 만들어낸 프로파간다임이 폭로된다. 헤픈 여자, 걸레, 노는 년 등과 같은 성차별적인 말은 사라진다. 여성은 역사상 처음으로 자신의 목소리를 갖게된다. 이제 여성은 생물학적인 성이 아니라 사회적인 성으로서의 평등을 요구한다. '페미니즘'의 거대한 폭발이다.

놀라운 건 대한민국이 이 도도한 역사의 흐름에서 벗어나 있었다는 것이다. 유럽에서는 68혁명이, 미국에서는 베트남전 반전 시위가, 가까운 일본에서는 전공투 운동으로 전역이 들끓는 동안 한국은 마치 조류의 흐름에서 밀려난 섬처럼 조용했다. 정확히 말하면 조용하지는 않았다. 한국은 근대화와 산업화라는 전혀 성격을 달리한 용광로에서 끓고 있었다. 독재자 박정희의 3선 개헌과 유신 전야가 바로 이 시기였다. 서유럽의 68혁명은 정치사회문화 혁명이었고 이 혁명의 여파는 문학에도 지대한 영향을 미쳤다. 작가들은 공동체보다는 개인의 의식에 더 큰 의미를 부여하며 자유와 평등사상을 확장해 나갔다. 그러나 한국 사회는 이를 돌아볼 여유가 없었다. 개인보다는 공동체의 부조리와 모순이 더욱 심각했기 때문에 한국의 작가들은 개인의 자유를 묵살하고 군부 독재와 싸우기 위해 오히려 집단의 충성을 요구했다. 이 암울한 시대적 상황에서는 사회주의 리얼리즘이 한국 작가들의 유일한 무기였는지도 모른다.

1980년대 후반이 되자 정치적 상황은 조금씩 변화했지만 문학계의 지형도는 쉽게 변하지 않았다. 소설은 사회적 메시지를 담은 어둡고 무거운 이야기로 대중에게 인식되었다. 작가들은 사회주의 리얼리즘으로 무장한 단편 소설들을 쉴 없이 쏟아냈다. 이 전통은 아직도 실천문학이라는 이름으로 우리 문학의 주류로 남아있다. 이 시기에 슬며시 한국 독자의 마음을 흔들며 파고든 작가가 무라카미 하루키였다. 그의 소설은 아이스크림처럼 달콤하고 솜사탕처럼 가벼웠다. 화염병을 던지고 짱돌을 던져야만 한다는 의무감에서 벗어나게 해준 작가가 무라카미였다. 그는 팝뮤직과 재즈에 정통했고 미국 맥주를 마시고 지중해를 여행하며 자유롭게 살았다. 그의 깃털처럼 가벼운 소설은 골방에 파묻혀 시대와의 불협화음을 기록해야 한다는 의무감에 휩싸인 한국의 젊은 작가들에게는 충격적으로 다가왔다. 시간이 흘러 2024년이 되었다. 누가 올바른 선택을 한 것인지는 별 의미가 없다. 누군가는 하루키를 좋아하고 또 누군가는 하루키를 싫어한다. 소설이란 원체 그렇게 생긴 예술 장르다. 이런 다양성을 인정하는 데 걸린 시간이 이처럼 길었다는 사실이 오히려 놀라울 따름이다.

《프랑스 중위의 여자》는 시대적 화두를 던진 문제작임이 틀림없다. 특히 남혐과 여혐으로 나뉘어 젠더 갈등을 겪고 있는 한국 사회에서는 여전히 유효한 텍스트다. 시간이 쏜살같이 흘러서 나는 어느새 중년 아저씨가 되었다. 캐나다에서 유모차에 실린 채 사슴 가족을 호기심 가득한 눈동자로 바라보던 아들 녀석은 이제 이십 대 중반이 되어 여자 친구와 연애를 즐기고 있다. 아내와 내가 충고랍시고 조언을 하려 하면 귀를 닫고서 못 들은 척한다. 나는 아들의 그런 모습을 보면서 자연스럽게 젊은 시절 나의 모습을 되돌아보았다. 나 역시 부모의 말이라면 질색하며 무시하기 일쑤였다. 결혼 전 아내 역시 부모를 속이고 몰래 나를 만났다. 여자와 남자의 만남이란 원래 그런 것인지도 모른다. 타인들이 이해할 수 없는 비밀과 오해가 숨어 있는 것이다. 소설은 우리가 오해하는 삶의 진실을 드러내는 예술이다. 아들에게 쓸데없는 잔소리를 늘어놓는 것보다는 《프랑스 중위의 여자》를 읽어보라고 권하는 게 훨씬 효과적임을 나는 안다.

며칠 전 거리에서 우연히 카페 창가에 앉아 책을 읽는 한 청년의 모습을 보았다. 그 모습이 너무 신기하고 대견해 보여서 나는 가던 길을 멈추고 그를 몰래 지켜보았다. 거리가 멀어서 책의 제목은 알지 못했다. 나는 그를 지나치며 그가 지금 읽고 있는 책이 혹시 존 파울즈나 무라카미 하루키였으면 좋겠다고 생각했다. 만약 그렇다면 그와 나는 언제든 친구가 될 수 있지 않을까, 하는 기분이 들었다. 책을 읽는 즐거움을 아는 사람과는 누구든 친구가 될 수 있는 게 이 세계의 룰이다. 나는 불현듯 갈증을 느껴서 마트에 들어가 차가운 맥주를 샀다. 집으로 돌아가서 식탁에 앉아 맥주와 땅콩을 펼쳐놓고 예전처럼 존 파울즈의 길고 두꺼운 소설을 읽고 싶었기 때문이다. 책을 읽는 행위는 고립 속에서 연대감을 확인하는 일이다. 몰라도 여태껏 전 세계 수백만 명이 존 파울즈의 소설을 읽으며 맥주를 마셨을 것이다. 이 즐거움을 모르고 사는 인간은 불행해지리라고 나는 확신한다. 왜 그런지는《프랑스 중위의 여자》의 첫 페이지를 펼쳐보면 알게 된다.

존 파울즈의 책장에서 훔친 책

알베르 카뮈《이방인》

장 폴 사르트르《구토》

윌리엄 셰익스피어《맥베스》

토마스 하디《테스》

프란츠 카프카《소송》

제인 오스틴《오만과 편견》

D. H. 로렌스《채털리 부인의 연인》

안톤 체호프《개를 데리고 다니는 여인》

표도르 도스토옙스키《죽음의 집의 기록》

스콧 피츠제럴드《위대한 개츠비》

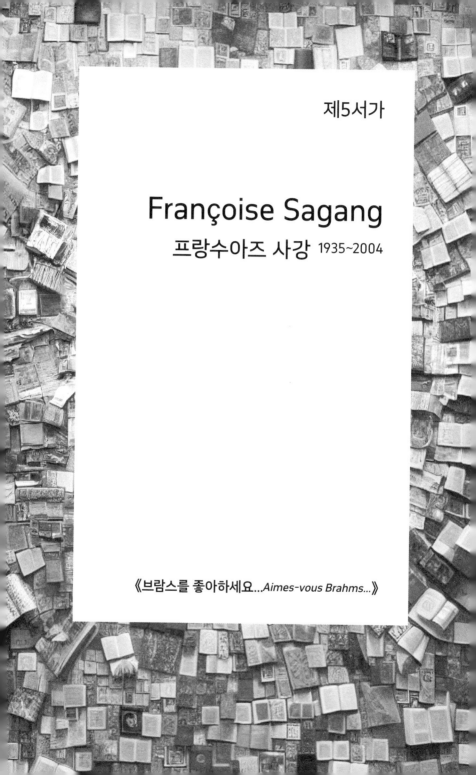

제5서가

Françoise Sagang

프랑수아즈 사강 1935~2004

《브람스를 좋아하세요...*Aimes-vous Brahms...*》

타인이 꿈꾼 세계를
엿보며

유미주의의 대가 다니자키 준이치로는 언젠가 여자에 대해서 이렇게 묘사했다. '하얗고 부드러운 것.' 한국의 여성주의 작가들이 들으면 화들짝 놀라겠지만 최극단의 예술지상주의를 표방한 다니자키로서는 지극히 자연스러운 진술일 수도 있겠다는 생각이 든다. 그는 평생 여체에 대한 아름다움을 찬미한 작가다. 그런 그를 완고한 페미니즘의 비평적 시각으로만 판단하면 오류에 빠지게 된다. 만약 페미니스트들이 고집을 꺾지 않는다면 세계 문학사의 9할이 넘는 텍스트가 모두 사라져 버릴지도 모른다. 정치적 올바름 여부에 상관없이 근대소설은 남성 작가들이 주도했음을 부인할 수는 없다. 현재에는 상황이 전도되어 오히려 여성 작가들의 수가 더 많을지도 모르니 너무 화를 낼 필요는 없다는 게 내 생각이다. 어쨌든 나는 다니자키가 말한 '하얗고 부드러운 것'에 대해서 고민해 봤는데 이 정의가 상당수의 경우에는 들어맞지는 않다는 결론을 내렸다. 주위를 돌아보면 쉽게 확인할 수 있다. '하얗고 부드러움을 드러내는' 여성들을 만나기가 의외로 쉽지 않기 때문이다. 다니자키가 젊었던 20세기 초반(다이쇼 시대)은 어땠는지 몰라도 지금은 그렇지 않다. 현대 여성들은 이제 '하얗고 부드러움'에서 벗어나 새로운 진화의 과정에 돌입해 있다. 그녀들은 오히려 거칠고 강함을 지향한다.

대학에 입학한 첫 해 가을에 나는 총학생회에 들어갔다. 공식 직위는 총학생회 체육부 차장이었다. 이름만 그럴듯했지 내가 하는 일의 대부분은 학내 행사의 허드렛일에 불과했다. 집회가 있으면 앰프와 스피커를 설치하고 현수막을 달고 대자보를 쓰고 화염병 제작을 도왔다. 내가 의식화 과정도 거치지 않은 채 총학생회에 들어간 건 순전히 근로 장학금과 호기심 탓이었다. 나는 총학생회 간부인 형들과 누나들의 부름에 달려가는 잡역부 역할에 만족했다. 바람만 불어도 마음이 싱숭생숭해지는 스무 살이었기 때문에 잡념을 지우는 육체노동은 일종의 치유제로 작용했다. 체육부의 가장 큰 행사는 역시 가을에 열리는 전교 체육대회인 대동제였다. 행사 일주일 전부터 체육부는 바쁘게 움직였다. 과별, 단대별 대진표를 짜고 행사 섭외를 하고 대회장을 정비하느라고 정신이 없었다. 대동제가 한참 열리던 날에 나는 K 작가를 만났다. 그녀는 총학생회 초청으로 온 외부 손님이었다. 나이는 스물아홉이었고 미대를 졸업한 이후 전국 대학을 돌며 그림을 그렸다. 그녀가 그리는 그림은 당시 수요가 많았던 민중 미술이었다. 곡괭이와 죽창을 든 노동자와 농민이 앞장서고 그 뒤를 성난 사람들이 뒤따르는 전형적인 사회적 리얼리즘 그림이었다. 그녀는 광장에서 넓고 두꺼운 천을 펼쳐놓고 학생회관 외벽에 걸 대형 걸개그림을 그렸다. 나는 행사장을 오가며 그녀가 붓을 들고 색칠하는 모습을 지켜봤다. 그림이 완성된 날에 나는 건물 옥상에 올라 그림을 건물 외벽에 설치하는 작업을 도왔다. 그리고 그날 밤 저녁에 총학생회 간부들과 함께 뒤풀이 모임을 가졌다. 조촐한 모임이어서 참석한 사람은 몇 사람 되지 않았다. 말석에 앉은 나는 예술가를 처음 보았기 때문에 그녀를 흥미롭게 지켜봤다. 검고 풍성한 곱슬머리에 렌즈가 두꺼운 뿔테 안경을 쓰고 있었다. 그녀는 여러 사람이 권하는 막걸리를 사양하는 법 없이 수줍은 미소를 지으며 마셨다. 나는 스물아홉 살이나 먹은 성인 여자와 어른으로서 대화하는 게 거의 처음이었던 탓에 유독 긴장했었다. 대화는 주로 그녀가 주도했다. 대체로 당시에 유행하던 시국 비판이었을 것이다. 시간이 흘러 꽤 밤이 깊어졌을 때였다. 그녀는 담배를 피우며 내 옆자리에 앉은 선배의 이야기에 귀를 기울였다. 그때 갑자기 한 불청객이 나타나더니 그녀의 손가락에 매달려 있던 담배를 빼앗아 운동화 밑창으로 비벼 껐다. 우리는 모두 무슨 일이지 몰라 동시에 그를 바라보았다. 술에 취한 그는 옆자리 동료들의 응원을 바라는 눈빛으로 침을 튀기며 고함을 질렀다. "형님, 가이내가 이 백주대낮에 담배나 꼬나물고, 말세 아니요?"

목소리에는 전라도 사투리 억양이 진하게 묻어났다. 나는 상황을 파악하기 위해 그가 건너온 테이블을 바라보았다. 호남향우회였다. 대부분 군대를 나온 예비역이었고 모두 술에 잔뜩 취해 있었다. 그들은 앞에 선 남자의 영웅적인 행동에 휘파람을 불거나 손뼉을 쳤다. 지금은 상상도 할 수 없는 장면이지만 당시만 해도 여학생들이 교내에서 담배를 피우려면 상당한 용기가 필요할 때였다. 옆자리에 앉은 형들이 기다렸다는 듯 동시에 일어났다. 그들은 싸움이라면 이골이 난 총학생회 간부였다. 쇠 파이프 하나만 들려주면 혼자 중대 병력의 전투경찰들에게 달려드는 무모한 인간들이었다. 숫자가 적다고 물러날 선배들이 아니었다. 큰 싸움이 벌어질 걸 직감한 나는 얼른 술에 취한 남자를 막아서서 선배들로부터 떼놓았다. 드잡이가 시작되고 여기저기서 고함이 들렸다. 다행히 시비는 폭력 사태로 번지지는 않았다. 호남향우회 쪽에서도 상대가 누구인지 알아차린 것이다. 여차저차 상황이 정리된 후 우리는 계속 술자리를 이어갔다. 당연히 분위기는 이전과 달리 좋지 않았다. 일이 어찌 됐든 손님을 초대해놓고 험한 꼴을 보인 셈이었다. 그때 K 작가가 예의 수줍은 미소를 지으며 이렇게 말했다. "사내아이들은 참 시시해. 이런 일로 싸움까지 벌이고."

K 화가가 추구하는 아름다움은 다니자키 준이치로가 열망하는 미와는 상당한 거리가 있다. 그녀는 하얗고 부드럽기보다는 타오르는 횃불처럼 붉고 뜨거웠다. 나는 그녀가 떠나간 후 몇 개월 동안 학생회관 외벽 건물에 걸린 대형 핏빛 걸개그림을 바라보며 그녀가 했던 마지막 말을 떠올렸다. '사내아이들은 시시해.' 독재 타도와 민주화를 부르짖는 대학에서조차 여성은 담배를 내놓고 피우지 못할 만큼 사회의 분위기는 억압적이었다. 가부장적인 남성 사회에서 그녀는 그림을 그리며 분노를 삭이고 있었다. 아마 그녀의 적색 페인트가 더 붉게 느껴지는 건 그 탓일 것이다. 나는 미술관에서 민중미술 회화 작품들을 만날 때마다 혹시 K가 그린 그림은 아닐까 유

심히 들여다본다. 그녀의 이름을 기억하지 못하기 때문은 아쉬움은 더 크다. 그녀는 내가 만난 최초의 강한 여자였다.

또 다른 강한 여성은 같은 과 후배인 C이다. 일 년 후배인 그녀는 사람들 앞에서 나를 공공연하게 비판해서 곤혹스럽게 했다. 그녀는 곧잘 나를 '프티부르주아 반동'이라는 다소 과장된 말로 불렀다. 내가 소부르주아 반동으로 내몰린 가장 큰 이유는 아마도 서유럽 자본주의 국가의 소설을 읽고 평등보다는 자유를 우선시했기 때문인 것 같다. 당시에는 주변 분위기가 심하게 경직되어 있어서 나중에는 스스로도 '나는 반동일까?'라고 의심했다. 솔직히 나는 사회적 연대와 동질성만을 강요하는 학내 분위기를 견디지 못했다. 그러나 베토벤을 듣고 니체를 읽는다고 반동으로 낙인찍히는 일은 좀 억울했다. (물론 술도 많이 먹고 게으르고 불성실하기도 했다.) 일이 어찌 됐든 나는 그 후배를 좋아했다. 옆에서 지켜보면 반하지 않을 수 없었다. 그녀에게는 꺾이지 않는 마음이 있었다. 그녀가 겪는 시대와의 불화는 당시 우리가 쉽게 벗어던질 수 없던 굴레였다. 돌이켜보면 나는 그녀의 용감한 선택을 지지하지 않을 수 없다. 놀라운 사실은 그녀가 아직도 진보주의의 이상을 포기하지 않고 있다는 점이다.

사회사적인 측면에서 보면 여자를 '하얗고 부드러운 것'으로 정의한 다니자키는 조금 한심해 보인다. 어떻게 여자가 하얗고 부드럽지, 라고 반문하지 않을 수 없다. 그런데도 나는 다니자키의 소설을 좋아해서 그의 소설을 읽다 보면 쉽게 설득당한다. 아, 여자란 하얗고 부드럽지, 라고 생각해 버리고 마는 것이다. 다행히 이런 메커니즘에는 심각한 독소가 숨어 있지는 않아서 크게 걱정할 일은 아니다. 소설은 예술 장르여서 정치사회학적인 관점에서만 해석하면 오류에 빠지게 된다. 북한이 자랑하는 집단 공연인 「피바다」보다는 헤르만 헤세의 《데미안》이 지닌 개인의 갈등이 훨씬 더 매력적으로 다가옴을 굳이 설명할 필요가 있을까. 문학이란 원래 그런 것이다. 나 역시 게오르그 루카치가 《소설의 이론》에서 정의한 소설의 역사적 의미에 공감한다. 그러나 창작의 영역에서 소설을 이데올로기의 잣대로 도식적으로 판단하려는 시도에 대해서는 반감을 갖지 않을 수 없다. 페미니즘도 마찬가지다. 사회적 정의를 구현하기 위해 여성주의 소설의 확산을 내세우는 것도 필요하겠지만 한 개인의 혼란스러운 역사를 읽는 것으로 의미를 집중하는 쪽이 소설이라는 예술 장르를 더 정확히 읽어낼 수 있는 효과적인 방법이라고 생각한다.

여성 작가 중에서 나의 마음을 가장 먼저 움직인 작가는 프랑수아즈 사강이다. 프랑스의 '매혹적인 작은 악마'라는 별명답게 사강의 삶은 억제할 수 없는 충동으로 점철되어 있다. 그녀는 악명 높은 스피드광으로 젊은 시절 애스턴 마틴 스포츠카로 과속하다 심각한 교통사고를 내서 거의 죽을 뻔했다. 이때 치료를 목적으로 한 모르핀에 중독되어 평생 약물 중독에서 벗어나지 못했다. 중년이 되어서는 그동안 인세로 벌어들인 돈 대부분을 카지노에서 잃고 빈털터리가 되었고 프랑스의 카지노 출입이 금지되자 바다 건너 영국 도버의 카지노까지 찾아가는 열정을 보였다. 그녀는 한 인터뷰에서 '도박이야말로 일종의 정신적인 정열'이며 '돈이란 본래 있던 장소로 되돌아가는 것'이라고 태연히 말했다. 말년에는 코카인 소지 혐의로 서게 된 법정에서 '타인에게 피해를 주지 않는 한, 나는 나를 파괴할 권리가 있다.'라는 유명한 말로 평범한 일상의 안녕에 안주하려는 사람들에게 충격을 던졌다.

프랑수아즈 사강의 문학 세계를 이해하는 첫 단추는 단연 그녀의 데뷔작인 《슬픔이여 안녕》이다. 요트 사고를 당해 병상에 있으면서 심심풀이로 6주 만에 썼다는 소설이다. 당시 그녀는 열아홉 살이었는데 책은 발표된 해에만 50만 권이 팔려나가 베스트셀러가 되었다. 나는 개인적으로 《슬픔이여 안

프랑수아즈 사강 © ullstein bild

녕》보다는 《브람스를 좋아하세요...》를 더 좋아한다. 사랑과
열정이라는 주제를 성숙한 여자의 시선으로 그려낸 흥미로운
소품이다. 무엇보다 사강은 심각하지 않아서 좋다. 카페 테라
스에 앉아 태양과 독서를 즐기는 데 안성맞춤인 소설이 사강
의 소설이다. 사강 특유의 경쾌한 문장에 몸을 맡기면 자연스

럽게 마음이 가벼워진다. 동시에 그녀 내면을 지배하는 세계에 대한 환멸과 비애감을 맛보는 것도 굉장히 멋진 경험이다.

타자기 앞에서 귀여운 포즈를 취한 앙팡 테리블 작가의 책장에는 과연 어떤 작가들이 있을까? 실상 그녀의 독서 목록은 현대문학사를 축소한 지도이다. 시작은 앙드레 지드다. 다음으로 알베르 카뮈와 아르튀르 랭보, 윌리엄 셰익스피어, 장 자크 루소, 스탕달, 귀스타브 플로베르, 마르셀 프루스트, 스콧 피츠제럴드, 어니스트 헤밍웨이, 장 콕토, 장 폴 사르트르 등이 차례로 등장한다. 사강처럼 되려면 우선 이 위대한 작가들을 먼저 거쳐야만 한다. 그녀는 프랑스 지식인 학술 단체인 아카데미 프랑세즈(프랑스 지식인 학술 단체)의 종신 회원직을 제안받았을 때 정중히 거절하며 다음과 같은 말을 남겼다.

"나는 《슬픔이여 안녕》의 문학적 가치와 그것을 둘러싼 소란 사이의 차이를 알 만큼 좋은 책을 많이 읽었다."

《슬픔이여 안녕》이 공전의 히트를 친 베스트셀러지만 이 소설만으로는 프랑스 최고 권위의 학술원의 종신회원이 될 자격에는 못 미친다는 겸손한 태도를 보인 것이다. 나는 이 장면이야말로 프랑수아즈 사강을 가장 입체적으로 보여준다고 생각한다. 자신이 어디에 서 있는지 정확히 인식하는 것은 작가가 되기 위한 첫 시험단계이다. 사강의 단호한 태도는 장 폴 사르트르가 노벨문학상을 거부한 것만큼이나 용감한 행동이었다. 그녀는 대학교수나 학술원 종신회원 자리에 연연하지 않았다. 그녀가 원한 건 오직 작가로서의 열정적인 삶일 뿐이다. 소설 속에서 젊고 잘생긴 연하의 애인을 어떻게 떠나보냈는지 알아보면 그녀가 꿈꾼 세계의 일부를 엿볼 수 있다. 그녀는 연상의 여주인공을 사랑하는 청년 시몽에게 근사한 선물을 준다. 선물이란 다름 아닌 두 연인의 이별이다. 젊은 시몽은 얼마간 슬픔에 사로잡히겠지만 그에게는 밝은 미래가 있다. '예상컨대 앞으로 다가올 훨씬 멋진 수많은 아가씨들'에게 그를 넘겨주겠다는 계획이다. 그렇다면 작가인 사강은 사랑에 목숨을 걸었을까? 그녀는 한 인터뷰에서 이렇게 말했다. "농담하세요? 제가 믿는 건 열정이에요. 그 외엔 아무것도 믿지 않아요. 사랑은 이 년 이상 안 갑니다. 좋아요. 삼 년이라고 해두죠."

만약 여자를 '하얗고 부드러운 것'으로 정의한 다니자키가 열아홉 살의 매혹적인 작은 악마 사강을 만났더라면 어땠을까 상상해본다. 아마 다니자키는 곧바로 이 열정적인 외국인 소녀와 사랑에 빠졌을 것이다. 이유는 그의 소설 《미친 사랑痴人の愛》을 읽으면 알게 된다.

최근의 대학 캠퍼스 풍경은 많이 바뀌었다. 흡연 구역에서 담배를 피우는 이들 중에는 여학생들의 모습이 많이 보인다. 나는 가끔 그녀들을 바라보며 향우회 모임에서 객기를 부린 남자아이의 얼굴을 떠올린다. 그는 이제 생각을 바꿨을까? 글쎄 모를 일이다. 프랑수아즈 사강은 이른 나이에 담배를 피우고 타자기 앞에 앉아 소설을 썼다. 그녀는 열아홉 살에 소설을 완성해서 세계를 깜짝 놀라게 했다. 아무나 할 수 있는 일은 아니다. 자기가 속한 세계의 이식된 전통과 관념을 받아들이는 일은 쉽다. 반면 그 세계의 부조리를 고발하고 낡은 생각을 벗어던지는 일은 무척이나 어렵다.

니체는 《차라투스트라는 이렇게 말했다》에서 세 가지 변신을 이야기하면서 인간 정신을 세 단계로 나누었다. "어떻게 해서 정신은 낙타가 되고, 낙타는 사자가 되며, 사자는 마침내 어린아이가 되는가." 니체의 아포리즘은 질 들뢰즈의 분석적인 해설을 들으면 분명해진다. 낙타는 사막에서 물건을 실어 나르는 동물이다. 이때 낙타의 등에 실린 물건은 한 인간이 자신이 속한 사회에서 물려받은 기성의 가치들, 교육, 도덕, 문화를 의미한다. 어느 날 사막에서 낙타는 이 짐들을 벗어던진다. 이 순간 낙타는 사라지고 인간의 정신은 사자로 변신한다. 사자란 곧 위대한 비판 정신이다. 사자는 우상 파괴를 감행하

고 심지어는 자신이 짊어졌던 짐들을 짓밟으며 앞으로 나아
간다. 모든 기존 가치들에 대한 전면적인 비판이 이루어진다.
그리고 니체는 말한다. 사자로 변신한 정신은 또 다른 혁명적
변화를 통해 나아가야만 한다. 그 변화의 종착점은 어린아이
다. 어린아이가 되면 정신은 순수한 형태의 유희를 즐길 수 있
고 동시에 새로운 가치에 대한 창조자가 될 수 있다.

　니체의 눈으로 보면 향우회 모임에서 소란을 일으킨 술
취한 남학생은 낙타이고 대형 걸개그림을 그리던 K 화가는 사
자이다. 그런데 여기에는 함정이 있다. 낙타로 살면 안전하고
사자로 살면 위험해진다. 그래서 함부로 타인에게 '당신은 사
자가 되어야 한다.'고 말할 수 없다. 사자가 되기 위해서는 오
직 순수한 자의적인 선택만 있을 뿐이다. 프랑수아즈 사강이
사자인 것만큼은 부정할 수 없다.《슬픔이여 안녕》과《브람스
를 좋아하세요...》를 읽으면 독자는 사자가 된 사강을 만날 수
있다. 그런데 사자가 된 사강이 어린아이로의 변신에까지 성
공했는지는 잘 모르겠다. 들뢰즈의 말에 따르면 어린아이에
는 비극적인 결말이 존재하고 있다. 나는 사강이 행복했으면
좋겠지, 비극적인 결말은 맞이하지 않았기를 바란다. 사강은
2004년 심장병과 폐혈전으로 노르망디의 한 병원에서 사망
했다.

추신: 사강이 좋아했다는 프랑스 담배 이름이 참 예쁘다. '골루아즈gauloises.' 사전을 찾아보니 '골족 여인'이라는 뜻이라고 한다.

프랑수아즈 사강의 책장에서 훔친 책

스탕달 《연애론》

귀스타브 플로베르 《세 개의 짧은 이야기》

윌리엄 포크너 《소리와 분노》

어니스트 헤밍웨이 《태양은 다시 떠오른다》

알베르 카뮈 《시지프 신화》

스콧 피츠제럴드 《밤은 부드러워라》

마르셀 프루스트 《잃어버린 시간을 찾아서》

장 콕토 《앙팡 테리블》

미셸 우엘벡 《소립자》

파트리크 모디아노 《잃어버린 상점들의 거리》

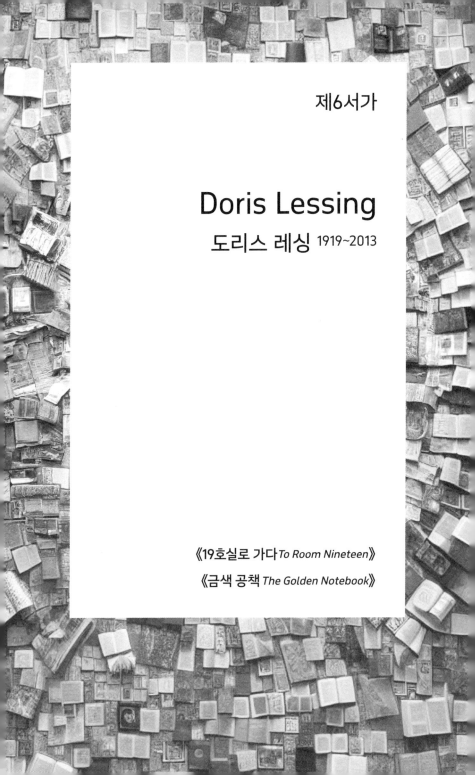

제6서가

Doris Lessing
도리스 레싱 1919~2013

《19호실로 가다 *To Room Nineteen*》

《금색 공책 *The Golden Notebook*》

환멸과
몰락

나를 사로잡은 또 다른 여성 작가는 도리스 레싱이다. 레싱은 내가 열 손가락에 꼽는 최고의 스타일을 지닌 현대 작가 중 한 명이다. 그녀의 폭넓은 작품 세계는 20세기 소설의 미덕을 한눈에 보여준다. 그녀는 아마도 난폭하고 혼란스러운 시대를 산 가장 용감하고 지적인 여성일 것이다. 작가들은 소설을 쓸 때 도입부에 공을 많이 들인다. 레싱도 그런 작가 중 한 명이다. 내가 좋아하는 소설의 첫 문장을 무작위로 뽑아 보았다. 읽어보고 소설의 제목이 곧바로 떠오르면 당신은 독서력이 상당한 수준에 오른 교양인일지도 모른다. 퀴즈에 도전해 보라. 예상치 못한 속임수가 있어서 만점을 받는 건 불가능하다.

① 오늘, 엄마가 죽었다. 아니 어쩌면 어제인지도. 나도 모르겠다.

② 국경의 긴 터널을 빠져나오자, 눈의 고장이었다. 밤의 밑바닥이 하얘졌다. 신호소에 기차가 멈춰 섰다.

③ 그레고르 잠자는 어느 날 아침 불안한 꿈에서 깨어났을 때, 자신이 잠자리 속에서 한 마리 흉측한 해충으로 변해 있음을 발견했다.

④ 꽤 부유한 축에 드는 남자가 독신으로 있을 경우, 사람들 누구나가 그에겐 아내가 필요하리고 믿어버린다.

⑤ 내 속에서 솟아 나오려는 것, 바로 그것을 나는 살아보려고 했다. 왜 그것이 그토록 어려웠을까.

⑥ 행복한 가정은 살아가는 모습이 서로 엇비슷하지만 불행한 가정은 저마다 다른 모양으로 괴로워하는 법이다.

⑦ 솔직히 말해서 찰스 스트릭랜드를 처음 만났을 때 나는 그에게서 보통 사람과 다른 점을 조금도 발견하지 못했다. (…) 한 가지 의심할 수 없는 가장 흥미로운 부분은 그가 천재였다는 사실이다. 예술에서 가장 흥미로운 부분은 예술가의 개성이 아닐까.

⑧ 무진에 명산물이 없는 게 아니다. 나는 그것이 무엇인

지 알고 있다. 그것은 안개다. 아침에 잠자리에서 일어
나서 밖으로 나오면, 밤사이에 진주해 온 적군들처럼
안개가 무진을 삥 둘러싸고 있는 것이었다. (첫 문장은
아니다)

⑨ Robert Cohn was once middleweight boxing champion
   of Princeton. Do not think that I am very much
   impressed by that as a boxing title, but it meant a lot
   to Cohn.

⑩ 이 이야기는 도박과 여자에 관한 것이다.

　　도입부를 어떻게 장식하는가, 라는 문제는 조금 과장하면
소설의 성공 여부와 직결되어 있다. 첫 문장을 어떻게 쓰는가
에 따라서 작품의 분위기가 결정되기 때문이다. 퀴즈를 풀어
보았는가? 10점 만점을 받는 건 불가능하리라 생각한다. 이
유와 정답은 잠시 뒤에 알려주겠다. 그 전에 다음 도입부를 보
자. 도리스 레싱의 단편 소설이다.

　　이것은 지성의 실패에 관한 이야기라고 할 수 있다. 롤링스 부부의 결
　　혼 생활은 지성에 발목을 붙잡혔다.
　　─도리스 레싱, 《19호실로 가다》, 김승옥 옮김, 문예출판사, 2018, 277쪽.

최근에 읽은 소설 중에서 나는 위의 도입부가 제일 멋지다고 생각한다. 과연 '지성의 실패'와 평범한 중산층 부부의 '결혼 생활'이 어떻게 연결될지 궁금해서 소설을 읽지 않을 수 없다. 레싱의 《19호실로 가다》는 최근 페미니즘을 대표하는 소설로 독자에게 소개되고 있다. 소설을 읽어보면 알겠지만, 이 소설은 무심한 남성들이 지배하는 사회에 '여성주의'가 어떤 질문을 던지는지 정확히 알려준다. 가히 페미니즘 소설의 백미, 혹은 압권이라고 할 수 있다. 그러나 나는 무엇보다 이 소설에서 보여준 레싱의 소설 작법에 더 관심이 끌렸다. 압도적인 도입부, 흥미로운 플롯, 독자의 감정을 흔드는 묘사와 서술, 삼인칭 작가의 적절한 개입, 사실주의의 불편한 교훈과 망상, 자본과 물질적인 삶에 대한 환멸과 지성의 몰락에 대한 주제 의식 등, 모든 요소가 완벽한 단편 소설이다.

《19호실로 가다》의 주인공 부부는 행복한 결혼 생활을 유지하기 위해 무엇보다 그들의 지성을 동원한다. 여기에서 지성이란 그들이 속한 사회적 공간에서 지성적인 관찰을 통해 교훈을 얻는 것이다. 그들 주위에는 결혼 생활이 파탄나면서 서로를 괴롭히는 사람들이 가득했다. 주인공들은 절대로 이런 실수를 저지르지 않을 것을 서로에게 약속한다. 분위기를 보

면 예상할 수 있겠지만 이들 부부의 '지성적 삶'은 실패하고
만다. 결혼 생활은 파탄 나고 오히려 지성에 의해 비극이 심화
한다. 소설의 주인공 롤링스 부부는 전형적인 1960년대 영국
의 중산층 부부이다. 이들은 지성으로 결혼 생활을 보호하려
고 한다. 여기서 말하는 지성이란 '성' 즉, 섹스는 결혼 생활에
서 중요하지 않다는 뜻이다. 더 구체적으로 말하면 파트너의
성적 자유를 인정하자는 뜻이다. 이게 대체 무슨 소리지? 나
를 포함한 대부분의 한국 독자들은 어리둥절할 수밖에 없다.
어느 날 늦은 밤, 남편 매슈는 파티에 갔다가 우연히 만난 어
떤 아가씨를 집까지 데려다줬다고 말한다. 이 진술에는 단순
히 데려다준 것이 아니라 그녀의 집에서 함께 자고 왔다는 솔
직한 고백이 덧붙여진다. 지성을 앞세운 부부에게 이 해프닝
은 진부하다. 수전은 담담하게 남편을 용서한다. 아니 그녀는
'용서'가 아니라 '이해'로 받아들여야 한다고 생각한다.

　응? 남편이 다른 아가씨와 자고 왔는데 수전은 그를 용서,
아니 이해해주어야 한다고 생각했다고? 이 생각은 감정보다
는 이성에 근거하고 있다. 그들은 훌륭한 교육을 받았고 수많
은 심리학과 사회학, 인류학에 관한 책들을 읽었다. 그리고 거
기에는 일부일처제에서 이루어지는 야만적인 통제와 감시에
대한 당연한 비판 의식이 있다. 롤링스 부부는 결혼제도의 관

습적 제약에서 벗어나길 원했다. 사랑과 섹스는 분리되어 있기 때문에 여기에 발목이 잡혀서는 안 된다고 생각한 것이다. 그러나 인간의 감정은 지성의 힘만으로 감출 수 없다. 질투와 절망감이 수전의 지성을 무너뜨린다. 이성이 무너진 그녀는 결국 자기 집에서 유령을 만난다. 어느 날 수전은 정원에서 흘러가는 강물을 지켜보다 한 남자가 하얀 돌 벤치에 앉아 있는 것을 발견한다. 사내는 그녀를 바라보며 환하게 웃었는데 손에는 길고 휘어진 막대기가 있었다. 그는 막대기로 풀밭에 똬리를 튼 풀뱀을 휘저었다. 뱀은 곧 항의의 춤을 추듯이 빠르게 몸을 비틀며 눈앞에서 사라진다. 이후로 유령은 형태를 바꾸며 그녀 삶의 중심부를 차지해 버린다.

철옹성처럼 여겼던 수전의 결혼 생활은 그렇게 무너졌다. 그녀는 변두리 외곽의 낡은 호텔 19호실로 도피한다. 그녀는 그곳 외로운 섬에서만 숨을 쉴 수 있다. 혼외정사는 현대소설이 다루는 가장 큰 중심 소재일 것이다. 조금 과장하면 소설의 과반이 될지도 모른다. 나 역시 결혼제도와 혼외정사라는 소재로 《결혼하지 않는 도시》라는 소설을 썼다. 놀라운 건 작가들이 소설에서 혼외정사를 다루면서 아무런 답을 주지 않는다는 것이다. 뛰어난 작가들일수록 이런 경향성은 깊어진다. 대신 작가들은 혼외정사라는 사회적 현상을 통해 시대와 역사를 읽어낸다. 도리스 레싱도 그런 작가다. 우리는 《19호실로 가다》를 읽으며 1960년대 서유럽 사회의 지성적 삶의 몰락을 목격한다. (만약 혼외정사의 구체적이고 실효적인 해답을 원한다면 알랭 드 보통의 《낭만적 연애와 그 후의 일상》을 추천한다. 무척 재밌다.)

레싱은 여성 작가 중 드물게도 남성적인 목소리를 지닌 작가다. 그녀의 빛나는 지성은 하나의 성이라는 편협한 한계를 벗어나 보편성이라는 드넓은 하늘로 솟구친다. 내가 작가들의 서재 혹은 작업실에 주목한 것도 도리스 레싱 때문이었다. 나는 그녀의 책장에 마음을 빼앗겼다.

이 사진을 보면서 과연 노벨문학상을 받은 대가의 작업실답다고 생각했다. 이런 멋진 프로필 사진을 갖는 건 모든 작가의 꿈일지도 모른다. 도리스 레싱의 대표작은 《금색 공책》이다. 나는 이 지루하고 실험적인 긴 소설을 읽으면서 20세기 영국의 지성사를 이해할 수 있었다. 그녀는 젊은 시절 아프리카 짐바브웨의 열렬한 공산당원이었고, 영국으로 돌아와서는 자신의 공산주의 이념이 현실 정치에서 영국노동당에 의해 와해되는 장면을 무력하게 지켜보았다. 그러나 이 소설을 단순한 실패의 기록으로 받아들일 수는 없다. 그녀의 이야기를 들어보자.

이 책이 중고등학교와 대학에서 역사와 정치학 수업의 읽기 교재로 쓰인다는 말도 들었다. (…) 《금색 공책》은 시대에 대한 하나의 유용한 증언이라고 나는 생각한다. 세상 모든 곳에서 공산주의가 이미 사망했거나 사망하고 있고, 그게 아니라도 성격이 변질되고 있기에 더욱 그렇다. 이제 그 신념은 바람과 함께 사라졌고, 사람들이 품었던 그 믿음보다 더 가능할 법하지 않은 것도 없는 듯하다.
– 도리스 레싱, 《금색 공책》, 권영희 옮김, 창비, 2019, 8쪽.

위의 진술과 관련해서 함께 읽어볼 책들은 다음과 같다.

이언 매큐언의 《검은 개》와 다자이 오사무의 《사양》, 알렉산드로 솔제니친의 《이반 데니소비치, 수용소의 하루》, 아서 쾨슬러의 《한낮의 어둠》, 줄리언 반스의 《시대의 소음》과 같은 본격 정치 소설이다. 다자이 오사무의 《사양》이 비교적 쉽게 접근할 수 있고 아서 쾨슬러의 《한낮의 어둠》은 러시아 볼셰비키 운동사에 대한 사전 지식이 필요해서 진입장벽이 조금 높다. 도리스 레싱은 힘찬 남성적인 목소리를 지니고 있지만 동시에 여성적인 관능미를 지닌 육감적인 작가이기도 하다.

그녀는 자신을 여성 작가라는 틀 속에 가두려는 시도에 당혹해한다. 레싱은 《금색 공책》의 1971년 서문에서 '여성 독자들이 이 소설을 성대결의 유용한 무기로 삼았고 그때부터 줄곧 자신이 곤란한 입장에 처했음'을 솔직하게 털어놓았다.

레이첼 블로 듀플레시스라는 평론가는 이 소설에 대해 '세계 문학 최초의 탐폰'이라는 선정적인 평가를 내렸는데 나는 동의하지 않는다. 《금색 공책》은 단순한 여성주의 소설이 아니다. 이 소설은 20세기 지성의 실패에 대한 기록으로 읽혀야 마땅한 텍스트이다. 나는 개인적으로 한국의 여성 작가들과 독자들이 개인의 불만족스러운 경험에 기초한 소설에 만족해서는 안 된다고 생각한다. 소설은 결코 작가의 개인적 체험과 울분을 토해내는 장르가 아니다. 도리스 레싱의 《금색

Doris Lessing © Roger Mayne / National Portrait Gallery, London

공책》을 읽으면 내가 무슨 이야기를 하는지 이해할 수 있을 것이다. 바다 건너 프랑스의 또 다른 노벨문학상 여성 작가인 아니 에르노를 읽는 것도 도움이 될 수 있다. 아! 에르노로 넘어가기 전에 퀴즈의 정답을 알려주겠다. 정답을 보면 만점을 받는 게 어려울 거라 장담한 이유를 알게 될 것이다. (작가의 이름과 대표작의 제목을 기억하는 건 치매 예방에도 도움이 될 것 같은데 과학적 증거를 갖춘 주장은 아니다.)

① 알베르 카뮈 《이방인》
② 가와바타 야스나리 《설국》
③ 프란츠 카프카 《변신》
④ 제인 오스틴 《오만과 편견》
⑤ 헤르만 헤세 《데미안》
⑥ 레프 톨스토이 《안나 카레니나》
⑦ 윌리엄 서머싯 몸 《달과 6펜스》
⑧ 김승옥 《무진기행》
⑨ 어니스트 헤밍웨이 《태양은 다시 떠오른다》
⑩ 신경진 《슬롯》

시험 삼아 아내에게 풀어보라고 했더니 10번 문제를 포함해서 여섯 문제를 맞혔다. 나쁘지 않은 점수라고 생각한다. 만약 당신이 열 문제 중 아홉 개를 맞췄다면 만점이라고 생각해도 된다. 마지막 10번 문제의 정답을 알아내는 건 내 가족과 친구, 지인들을 제외하고는 거의 불가능하지 않을까? (어쩌면 기대와 달리 그들 상당수도 모를 수 있지만.)

도리스 레싱의 책장에서 훔친 책

카를 마르크스 《공산당 선언》

시몬 드 보부아르 《제 2의 성》

버지니아 울프 《자기만의 방》

표도르 도스토옙스키 《백야》

D. H. 로렌스 《아들과 연인》

미하일 불가코프 《희곡선》

장 폴 사르트르 《실존주의 철학》

스탕달 《파르마 수도원》

올라프 스태플든 《최후와 최초의 인간》

이드리스 샤흐 《수피즘》

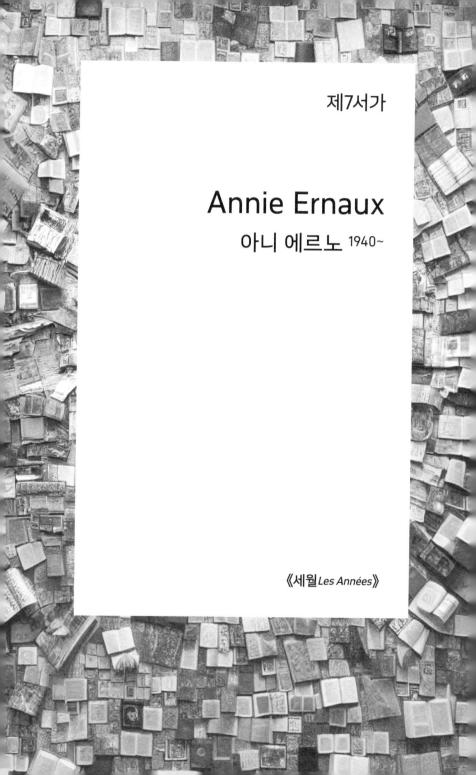

제7서가

Annie Ernaux

아니 에르노 1940~

《세월 Les Années》

우린 아직 혼란 속에
서 있다

2022년 노벨 문학상 수상자는 프랑스의 여성주의를 대표하는 작가 아니 에르노였다. 평소 나는 노벨 문학상에 대해서는 시큰둥한 태도를 보였는데(밥 딜런을 좋아하지만 이건 아니다 싶었다.) 그해 수상자 발표 소식을 듣고는 마치 내 일처럼 기뻐했다. 스웨덴 한림원이란 곳은 성미가 까탈스럽고 변덕이 심해서 미국 현대소설의 4대 작가라 불리는 필립 로스와 토마스 핀천, 돈 드릴로, 코맥 매카시 중 누구에게도 상을 주지 않았다. (심지어 존 업다이크조차 그들은 가볍게 무시했다.) 2014년 프랑스의 파트리크 모디아노가 수상자로 결정되었을 때 〈뉴요커 The New Yorker〉는 결국 참았던 분통을 터뜨리며 현대소설의 영웅인 필립 로스에게는 상을 주지 않고 듣보잡에 불과한 무명의 남자에게 상을 주냐는 식의 뒤끝 있는 긴 사설을 썼다. 편집자는 69세의 모디아노가 프랑스에서는 유명하겠지만 미국에서는 '듣보잡'에 가깝다며, "이 작가는 누구이며, 도대체 그가 밝혀냈다는 잡을 수 없는 인간의 운명이란 무엇인가?"라며 모디아노의 수상을 비꼬았다.

나는 뉴요커의 주장에 공감하지만, 모디아노의 《어두운 상점들의 거리》를 읽고서는 이런 방식도 나쁘지 않다고 생각을 바꿨다. 만약 모디아노가 노벨상을 받지 않았다면 나와 같은 전 세계의 독자들이 지금처럼 그의 소설을 많이 읽지는 않았을 것이다. 스웨덴 한림원이 모디아노와 같은 특출한 작가들을 소개해서 문학의 저변을 확산한다면 굳이 반대할 생각은 없다. (그럼에도 필립 로스에게 끝내 상을 주지 않은 건 분명 너무했다. 혹시 이들은 골수 반미주의자들이 아닐까?) 자, 다시 아니 에르노로 돌아가 보자. 그녀의 대표작은 누가 뭐래도 《단순한 열정》이다. 그런데 나는 처음 이 소설을 읽었을 때 큰 감흥을 받지는 못했다. 솔직히 말하면 조금 범작에 불과하다고 생각했다. 그러나 막상 이 소설을 강의에서 소개했을 때 터져 나온 반응을 보고 깜짝 놀랐다. 평일 오전의 백화점 문화센터 강의라는 특성상 내 수업을 듣는 참여자들은 대부분 여성들이다. 《단순한 열정》은 중년 여성의 성적 욕망을 전면에 내세운 소설인데 강의 내내 분위기가 심상치 않을 정도로 뜨거웠다. 이런 일은 거의 처음 있는 일이었다.

에르노는 소설 도입부에서 그녀다운 독특한 생각을 밝혔다. 어렸을 때는 누구나 그러하듯 '모피 코트나 긴 드레스, 혹은 바닷가에 있는 저택' 따위가 사치라는 단어에 부합한다고 생각했다. 성인이 되어 대학에 들어갔을 때는 '지성적인 삶을 영유하려는 태도'가 사치스러운 것이라고 생각을 바꿨다. 그리고 중년의 삶이 시작되자 모든 것이 변했다. 사치란 물질적 풍요도 지성적인 삶도 아니었다. 그녀에게 사치란 '한 남자, 혹은 한 여자에 대한 사랑의 열정'을 의미하게 되었다.《단순한 열정》은 아니 에르노의 대부분 소설이 그렇듯 자기 고백적인 자전 소설이다. 나는 이 소설을 읽고서 내가 여자의 성에 대해서 얼마나 무지한지를 알게 되었다. 조금 과장해서 말하면 '여자의 성'이란 외부인의 출입을 금하는 철벽으로 둘러싸인 초현실적인 풍경을 담은 세계와도 같았다.

아니 에르노는 나와 같은 남자들의 순진한 망상을 깔끔하게 깨뜨려버린다. '여자의 성'이라는 고풍스러운 표현에는 여성을 대상화하는 남자들의 오만하고 보수적인 성의식이 깔려 있을 뿐이다. 에르노는 소설에서 여주인공과 젊은 연하 남성

의 정사를 적나라하게 묘사한다. 젊은 애인이 떠난 후 그녀는
파괴적으로 어질러진 침실과 복도를 바라본다. 샴페인을 담은
유리잔과 음식 부스러기가 남은 접시, 꽁초가 쌓인 재떨이, 바
닥에 아무렇게나 흩어져 있는 속옷들, 흐트러진 침대 시트….
그러나 이 모든 무질서는 그녀에게 삶의 기쁨으로 다가온다.
그녀는 이 물건들을 정리하지 않는다. 대신 이 모든 무질서를
그대로 보존하고 싶은 욕망에 사로잡힌다. 그녀는 내밀한 욕
망을 느낀다. "그 사람이 내게 남겨놓은 정액을 하루라도 더
품고 싶다." 그녀는 그날 밤 샤워를 하지 않고서 잠을 청한다.

　개인적으로 위생에 조금 민감한 편이어서 나는 무라카미
하루키의 "거울을 보면서 면도하고 비누 거품을 내어 꼼꼼히
귀두와 항문을 깨끗이 씻었다."와 같은 문장을 보면 안도하는
편이다. 그래서 아니 에르노의 서술을 읽고서는 마음이 불편
해졌다. 왜? 더럽게 샤워를 안 하지, 라며 아메바처럼 생각한
것이다. 나는 강의를 듣는 분들도 대체로 나와 비슷하게 여길
거라고 생각했는데 내 예상은 보기 좋게 빗나갔다. 그들은 눈
동자를 반짝이며 자신 넘치는 목소리로 아니 에르노를 이해
할 수 있다고 말했다. 이번에는 내가 확실히 헛다리를 짚은 것
이다. 영국의 전위 예술가 트레이시 에민Tracey Emin은 자신의 복

잡한 성생활을 암시하는 침실을 그대로 갤러리에 가져와 전시한 적이 있었다. 그녀의 침대는 머저리 같은 순진한 남자들이 생각하는 것과는 확실히 다르다.

Sleep © Tracey Emin / SAARCHI GALLERY

《단순한 열정》은 남성적 서정주의 일색이었던 문학계에 반기를 들며 여성의 성적 욕망을 공개적으로 알린 기념비적인 작품이다. 에르노는 사랑에 빠진 한 여성의 내면세계를 누구보다 정확히 묘사한다. 여주인공 '나'는 식료품점의 계산대나 은행 창구에서 흔히 만나게 되는 중년 여성들을 바라보면서 그녀들이 지금 무슨 생각으로 살아가고 있는지 궁금해한다. "나와 같이 오직 사랑하는 '한 남자' 생각을 하면서 살고 있을까, 아니면 내가 예전에 그랬듯 주말 약속이나, 혹은 근사한 레스토랑에서의 식사, 헬스클럽과 미용체조 강습, 아니면 아이들의 성적표나 기다리며 무의미한 시간을 보내고 있을까?" 열정적인 사랑에 빠진 그녀는 불현듯 이 모든 것들이 이제는 하찮고 무의미한 것이 되어버렸음을 깨닫는다.

페미니즘 비평이 공격하는 '남성적 서정주의'의 대표 작가 중에는 내가 좋아하는 헤밍웨이와 필립 로스가 포함되어 있다. 유감스러운 일이지만 여성주의의 시각에서는 그럴 수도 있겠다는 생각이 든다. 일이 어찌 됐든 헤밍웨이와 필립 로스는 남성의 성적 욕망에 대해서는 큰소리로 떠벌렸지만 여성의 성적 욕망에 대해 침묵한 건 사실이니까, 그 정도의 비판은 달게 받아야 한다. 여성의 성이 소외되는 현상에는 서구 공동체가 추구해온 가족주의라는 함정이 도사리고 있다.

아니 에르노는 모성이라는 이름으로 행해지는 일상의 억압을 폭로한다. 《단순한 열정》의 여주인공은 자신이 한 남자와 사랑에 빠졌음을 가족에게 숨긴다. 자식은 육체적으로 가장 친밀한 존재이면서도 부모의 성적 본능을 자연스럽게 받아들이지 못한다. 이 지점에서도 자식들은 남성인 아빠보다도 여성인 엄마에게 더 가혹하다. 아이들은 엄마의 침묵과 멍한 시선 속에 도사린 육체적 욕망을 거부하며 혐오한다. "아이들은 그런 순간에 빠져 있는 엄마를 발정난 암고양이쯤으로 생각할 뿐이다."

아니 에르노는 1940년생으로 젊은 날에 68혁명을 맞이한 전형적인 프랑스 68세대다. 이들 세대는 80년대 이후, 프랑스의 정치적 진보 그룹을 대표하는 세대가 되었다. 그들은 장폴 사르트르를 혁명의 스승으로 모시고 질 들뢰즈와 피에르 부르디외의 사회과학 서적을 탐독했다. 특히, 에르노는 자신의 소설 세계가 부르디외의 아비투스 이론에 깊은 영향을 받았다고 고백했다. 만약 에르노의 소설 세계를 깊이 알고 싶다면 부르디외의 사회학 서적을 읽어보면 된다. 그런데 나도 아직 읽어본 적이 없어서 추천은 하지 못하겠다. 사실 소설을 이해하려고 배경지식이 되는 다른 책을 찾아 읽기 시작하면 끝도 없이 독서목록이 넘쳐나서 시작하기도 전에 포기할 수 있으니 이런 접근법은 '비추'다. 소설은 그냥 재밌게 읽는 게 우선이다.

아니 에르노의 글쓰기에는 군더더기가 없다. 그녀의 최대 무기는 솔직함이다. 그녀는 '한 사람이 나를 욕망하느냐, 욕망하지 않느냐'라는 문제에 원초적으로 대응한다. 그녀는 담대하게 "그것은 그 사람의 성기를 보면 당장에 알 수 있는, 유일하고도 명백한 진실"이라고 단언한다. 남성 독자의 한 사람으로서 나는 위의 글을 읽고서 마음 한구석이 찔렸다. 음, 그렇게 단순하면 얼마나 좋을까, 라는 생각과 함께 조금 억울한 마음이 들기도 한다. 입장을 바꿔놓으면 이해가 쉬울 것 같다. 그 여자가 나를 욕망하느냐 욕망하지 않느냐 하는 것. 그것은 그 사람의 성기를(젖어 있다?) 보면 당장에 알 수 있는, 유일하고도 명백한 진실이었다. 라고 남성 작가가 쓰면 아마 그 작가는 수많은 여성 독자로부터 매장당하지 않을까? 이래서 섹스는 함부로 다루면 위험해진다. 아니 에르노는 2008년, 프랑스 여성의 삶의 여정을 담은 소설《세월》을 발표한다. 자전적 요소가 강해서 그런지 위키피디아에는 논픽션이라 분류해 놓을 정도다. 이 소설은 서구 자본주의 체제에 사는 교육받은 여성의 사회적 위치를 마치 현미경으로 들여다보듯이 보여주는 걸작이다.《세월》을 읽지 않고 아니 에르노를 거론하는 것은 거의 불가능할 정도다. 나는 이 소설에 깊은 감명을 받았고 미셸 우엘벡이 그토록 증오하는 68혁명, 특히 여성해방 운동에 대한 새로운 인식에 눈을 뜰 수 있었다. 아마도《세월》은 작가의 노벨문학상 수상에 적어도 절반 이상은 기여했을 만큼 중요한 작품이다. 시간과 기억, 글쓰기에 대한 그녀의 시선은 노년이 되면서 차분해진다. 그녀는 자신을 둘러싼 세계의 풍경이 모두 사라질 것임을 예감한다.

아니 에르노는 노르망디의 한 시골 마을에서 태어났다. 부모는 교육받지 못한 노동자 계급 출신으로 지방 도시의 변두리에서 술집과 식료품점을 운영했다. 그녀는 부모의 상스러운 행동과 저급한 언어에 마음속 깊은 상처를 입었고 자신의 정체성을 친구들에게 숨겼다. 유년의 콤플렉스는 그녀가 루앙 대학을 졸업할 때까지 지속되다 마침내 교수자격시험에 합격하고 작가가 된 이후에서야 서서히 사라졌다. 이 시기에 그녀는 피에르 부르디외의 사회적 구별짓기, 즉 아비투스 이론을 수용해서 어린 시절의 열등감과 수치심을 극복한다. 사춘기 시절, 그녀는 장 폴 사르트르의 《구토》를 읽은 후, '하늘은 텅 비었고 신은 대답이 없다'라고 혼잣말을 중얼거린다. 1956년에는 라디오와 신문으로 '부다페스트의 봄'에 대한 소식을 접하며 '너지 임레'와 같은 이국적인 혁명가의 이름을 반복해서 불러본다. 그녀는 일기장에 《슬픔이여 안녕》을 읽고서 '부도덕하나 진실한 악센트'가 있는 프랑수아즈 사강의 소설이 마음에 든다고 쓴다. 여름 캠프에서 첫 성 경험을 한 이후 십 대 소녀에겐 새로운 목표가 생긴다.

첫째, 날씬해지고 금발 머리가 되는 것. 둘째, 자유롭고 독립적인, 세상에 쓸모 있는 사람이 되는 것.

자유를 꿈꾸는 소녀의 중요한 독서 리스트가 이 시기에 만들어진다. 그녀는 《감정 교육》이 자신의 사춘기 시절 독서 목록 중 첫 번째 현대소설이었음을 밝힌다. 그녀는 친구들과 헌사를 써서 책을 주고받는다. 그녀가 살던 시대에는 카프카와 도스토옙스키, 버지니아 울프, 로렌스 더럴이 최고의 작가들이었다.

　이 회상에서 "《감정 교육》은 첫 번째 현대문학 소설이었다."를 결코 놓쳐서는 안 된다. 십 년 넘게 소설에 대한 대중 강의를 하고 소설을 쓰면서 내가 도출해 낸 결론을 말하겠다. 현대소설을 이야기하는 방식은 복잡하고 다양하지만, 그럼에도 불구하고 독자의 한 사람으로서 우리는 현대소설의 근원을 찾아가야만 한다. 현대소설사에서 가장 중요한 두 작가가 공교롭게도 같은 해에 태어났는데 나는 이 1821년을 현대소설이 시작된 해라고 결론지었다. 프랑스에서는 귀스타브 플로베르가 러시아에서는 표도르 미하일로비치 도스토옙스키가 태어났다. 플로베르와 도스토옙스키가 없었다면 현대문학의 지도는 지금과는 완전히 달라졌을 것이다. 만약 아직 이들 두 작가의 영토에 들어서지 못했다면 당신은 현대소설에 대해 무지한 상태로 있음을 인정해야 한다. 지구 멸망이 찾아와서 모든 기록이 잿더미가 되어 사라질지라도 이 두 작가의 텍스트가 살아남는다면 현대소설은 부활할 수 있다. 그 정도로 중요한 작가들이다. 그런 의미에서 이 책을 읽고 가장 먼저 해야 할 일은 플로베르의 《감정 교육》을 주문해서 당신의 책장에 꽂는 것이다. 무려 노벨문학상을 수상한 작가가 한 말이니 부디 내 말을 믿어주길 바란다. 다시 그녀의 이야기로 돌아가자. 대학을 졸업한 후 그녀는 노동자 계급 출신의 소녀에서 마침내 소부르주아 중산층으로 편입된다. 에르노는 중등교사가 되어 현대문학을 아이들에게 가르치고 작가가 되어 자신의 작품을 대중에게 선보인다. 그러나 그녀의 삶이 혁명적으로 바뀐 것은 아니다. 중산층이라는 20세기의 신상품은 소비자에게 주체할 수 없을 정도로 깊은 만족감을 주기도 했지만 권태라는 새로운 고통을 동시에 안겨줬다. 권태는 이전 세기에서는 없던 신종 바이러스에 의한 질병과도 같다. 밀란 쿤데라가 '참을 수 없는 존재의 가벼움'이라고 진단한 바로 그 병이다.

에르노는 결혼과 안정적인 직장을 구한 후 자신의 세대, 특히 여성들이 안락한 중산층의 환상에 안주했음을 솔직하게 인정한다. 그녀들은 은행 계좌를 열고 대출을 얻어서 커다란 냉장고와 최신식 가스레인지 등을 사들였다. 부모에게서 받은 자신의 성을 버리고 남편의 성으로 개명한 후 '마담'이라고 불리는 것이 한편으로는 자랑스러우면서도 다른 한편으로는 거북스러운 혼란스러운 상황에 직면한다. 그녀들은 '가족'이라는 이름하에 새로운 공동체를 만들었다. 아이들이 태어나고 시집 식구들이 중요한 위치를 차지하게 된다. 그러나 이 만족감은 영원히 지속될 수 없다. 그녀는 가끔씩 남편과 아이, 집과 같은 자신이 절실히 원했던 것을 소유한 채 여기에 머물러 있는 것에 흠칫 놀란다. 이 괴이한 신종 질병에 대한 치료제는 전혀 엉뚱한 곳에서 발견된다. 바로 혁명이다.

어느 날 그녀는 라디오를 통해 소르본 대학에서 일어난 소요 사태에 귀를 기울인다. 그녀는 언제나 그랬듯 이번 소요도 정부와 관료, 경찰에 의해 진정될 것이라고 짐작한다. 그러나 사태는 그녀의 예상을 뛰어넘어 걷잡을 수 없이 확대된다. 대학들이 문을 닫고 공무원들의 자격시험이 취소되고 거리 곳곳에서 시위대가 경찰들과 대치한다. 마치 알제리 민주화 혁명에서처럼 거리에는 화염병이 날아다니고 부상자들이 속출한다. '가족'과 '결혼 생활'에 안주하려 했던 그녀는 이 소요의 열병에 사로잡힌다. 다음 날이 되자 이제 다시는 이전의 정상적인 생활로 돌아가고 싶지 않다고 일기에 쓴다. 반항과 혁명은 그녀의 잠든 의식을 깨운다. 그녀는 생각하고 말하고 글을 쓰고 다른 방식으로 존재하는 방법을 모색한다. 1968년은 그녀에게 세상의 첫해였다. 그녀의 책장은 새로운 책으로 채워진다.

작가로서 아니 에르노의 책장은 이때 완전한 형태를 갖추게 된다. 그녀는 사회를 바꾸겠다는 일념으로 통합사회당에 가입한다. 그곳에서 중국의 마오이즘과 소련의 트로츠키주의에 대해서 알게 된다. 엄청난 양의 사회학 서적들과 잡지들이 쏟아져 나오고 철학가들, 비평가들의 이름을 듣게 된다. 이들은 프랑스를 대표하는 진보주의 이론을 이루게 된다. 놀랍게도 이 이름들은 이후 한국에서 민주화 운동이 정점에 도달했을 때 부활한다. 나열하면 다음과 같다.

'부르디외, 푸코, 바르트, 라캉, 촘스키, 보드리야르, 빌헬름 라이히, 이반 일리치, 구조주의, 분석철학, 서사학, 생태학 등등.' 그녀는 자신이 이 모든 것들을 몰랐다는 사실에 놀라워한다.

68혁명은 지배 이데올로기에 반하는 민중 혁명임과 동시에 인류역사상 처음으로 여성의 권리와 해방을 전면에 내건 성 혁명으로 진화한다. 에르노는 여성의 삶을 되돌아보며 남성들을 위해 존재하는 모든 것들을 자신들이 충분히 갖지 못했다는 사실을 깨닫게 된다. 그러나 이 모든 것이 당시에 벌어진 사태의 진상일까? 혁명을 몸으로 겪은 세대로서, 동시에 여성 작가로서 아니 에르노의 시선에는 주목할 지점이 있다. 그녀는 진보주의 이념을 생활에 이식하려는 시도에서 자신이 실패했음을 솔직하게 인정한다. 시위나 이론 논쟁의 현장에 있을 때 그녀는 자신이 '남편과 아이들을 떠날 수 있음을, 모든 것으로부터 해방될 수 있음'을 믿었지만 집으로 돌아오면

아니 에르노의 집에서 1998 © Louis MONIER / Gamma-Rapho

이 모든 결의가 완전히 식어버리고 오히려 죄책감을 느꼈다. 집에서 만난 남편은 시위 현장에서 외치던 타도의 대상이 아니었다. 그녀는 자신의 남자가 남성우월주의자도 마초도 아님을 깨닫고 혼란을 느낀다.

내가 소설가임을 알게 된 사람들 중에는 가끔 내게 진지한 얼굴로 '왜 소설을 읽어야 하죠?'라고 질문한다. 곤혹스러운 질문이긴 하지만 나는 최대한 성의껏 대답하려고 노력한다. 언젠가 나는 '소설은 우리가 아직 혼란 속에 서 있음을 알려주는 예술 장르'라고 답한 적이 있다. 충분치 못한 답이지만 지금 생각해도 그리 틀린 답은 아니라고 생각한다. 소설은 인간의 육체가 '정반합'이라는 변증법에 의해 기계적으로 운용되는 기제가 아님을 알려준다. 바리케이드가 쳐진 현장에서는 목소리 높여 여성해방을 외치지만 집으로 돌아오면 자신을 반갑게 맞이해 주는 남편, 혹은 남자 친구가 남성우월주의자가 아님을 발견하게 되는 것이 인간의 삶이다.

대학 시절 후배였던 C가 나를 '소부르주아지 반동'이라고 힐난했을 때 나는 태연한 척했지만, 마음속으로는 내상을 입었다. 당시 나의 아버지는 대기업에서 하청을 받아 인력을 대는 사업체를 운영하고 있었다. 사장이었고 종업원만 100여명이 넘었다. 그러나 그 사업체로 큰돈을 벌어들이지는 못했다. 노조와의 갈등을 피하기 위한 기업의 편법으로 만들어진 단순 용역회사여서 아버지의 역할은 이전에 회사에 소속되어 있을 때와 별반 차이가 없었다. 물론 가족들을 부양할 정도의 수익은 냈을 것이다. 돌아가신 아버지는 과격하지도 탐욕스럽지도 정치적으로 경직되어 있지도 않았다. 아내와 자식들의 생계를 책임지기 위해 근면 성실하게 일하다 치료제 없는 악성 질병으로 돌아가셨을 뿐이다. 소설은 이런 평범한 사람들의 비극적인 삶을 그려내는 예술이다. 에르노의 말처럼 우리는 조부모와 부모, 형제, 자매, 친구와 같은 운명이 되어 세상에서 사라질 것이다. 모든 과거의 장면은 사라지고 세계에는 낯설고 이질적인 새로운 미래의 형상만 남게 된다. 남은 것은 오직 한 인간의 망상과 기억뿐이다. 이 실패의 현장을 기록하는 것이 소설이다.

아니 에르노는 80년대 후반, 마흔을 넘긴 나이에 68혁명의 실패를 담담히 추억한다. 프랑스 좌파를 이끌던 프랑수아 미테랑 대통령이 선거에서 패배한 이후 프랑스의 정치사회적 환경은 급변했다. 그들은 우파의 회귀를 막을 수 없었다. 정권을 잡은 후 우파는 공기업을 민영화했으며 노동자들의 해고를 자유롭게 하는 법적 절차를 마련했고 부자와 대기업의 세금을 과감히 삭감했다. 아니 에르노가 젊은 시절 염원했던 세계는 그렇게 허망하게 사라졌다. 그러나 이게 정말 온전한 실패, 혹은 절망일까?

소설을 읽으면 허무하다고 말하는 사람들을 의외로 자주 만나게 된다. 그럴 때마다 나는 그들에게 되묻고 싶은 욕망을 억누른다. 당신은 이 허무한 세계에서 어떤 역할을 떠맡았느냐고, 단 한 번이라도 시대와 공동체에 대해 진지하게 고민해본 적이 있느냐고 반문하고 싶다. 소설을 읽는 행위는 이 문제를 정면으로 돌파하려는 적극적인 행동이다. 여성주의 문학은 이제 막 꽃을 피우기 시작했다. 나는 앞으로 남겨진 시간 동안 내 책장에 페미니즘 소설들이 들어찰 것을 예감한다. 해안으로 밀려드는 파도를 한 줌의 모래로 막을 수는 없다. 겉으로 드러난 세계에서는 평등주의의 이상이 물거품처럼 사라진 것처럼 보이지만 실제로 꺾인 것은 개인의 의지일 뿐이지 실체적 진실은 아니다. 한국 문학에서도 프랑수아즈 사강과 도리스 레싱, 아니 에르노와 같은 걸출한 작가들이 등장해서 사람들의 가슴을 뜨겁게 달아오르게 하는 날이 반드시 올 것이다.

《작가들의 책장 훔치기》퇴고 막바지에 스웨덴에서 핵폭탄이 터졌다. 작가 한강이 2024년 노벨문학상 수상자로 선정되었다는 소식이었다. 올 것이 왔구나, 하고 생각하지만 여전히 충격적인 일이다. 축하의 말씀을 전한다. 다음에 기회가 주어지면 '한강의 책장 훔치기'에도 도전해 볼 생각이다.

아니 에르노의 책장에서 훔친 책

피에르 부르디외 《구별짓기》

귀스타브 플로베르 《감정 교육》

프랑수아즈 사강 《슬픔이여 안녕》

지그문트 프로이트 《성욕에 관한 세 편의 에세이》

프란츠 카프카 《성》

버지니아 울프 《댈러웨이 부인》

표도르 도스토옙스키 《악령》

바실리 그로스만 《삶과 운명》

에드가 스노우 《중국의 붉은 별》

누보 로망 소설들

제8서가

Julian Barnes

줄리언 반스 1946~

《예감은 틀리지 않는다 *The Sense of Ending*》

영원히 미쳐 있는
세계

　작가가 된 이후로도 내 삶은 크게 달라지지 않았다. 예전이나 지금이나 한결같이 나는 조금은 한심하고, 또 조금은 비도덕적인 삶을 이어가고 있을 뿐이다. 다만 몇몇 사람들의 경우, 나를 대하는 태도가 약간 조심스러워졌는데 혹시 내가 자신의 삶을 예의주시하고 있는 건 아닐까, 경계하는 모습을 볼 수 있었다. 작가라는 직업의 특성상 관찰력이 필요한 건 사실이니까 그들의 행동이 지나친 과민반응이라고 할 수는 없지만, 염려와 달리 대개의 경우 나는 주변인들의 행동과 말을 무심히 흘려버리는 편이다. 내가 그들을 주목할 때는 지극히 비일상적인 이벤트가 일어날 때뿐이다. 줄리언 반스는 이 지점을 명확하게 표현했다.

《예감은 틀리지 않는다》에서 줄리언 반스는 일인칭 화자 토니 웹스터를 앞세워 보통 사람들의 일상적인 삶이 문학의 주제가 아님을 분명히 드러낸다. "우리의 부모를 보라. 그들은 기껏해야 방관자이거나 구경꾼으로 등장할 뿐이다."

진실로 중요한 문학의 주제는 '행위와 사유를 통해 심리적이고 사회적인 진실'을 드러낼 때 빛을 발한다. 물론 위의 주장은 주인공 토니 웹스터의 자의적이고 경솔한 판단일 뿐, 작가인 줄리언 반스의 지론은 아니다. 그러나 나는 어느 정도 토니의 의견에 동감하는 쪽이다. 내 부모가 소설의 주인공이 될 수 있을까? 라는 질문에 나는 '아니요.'라고 답한다.

그런데 엄마의 생각은 다른 것 같았다. 내가 소설을 발표할 때마다 기대에 못 미치는 성과를 내는 것을 보고 엄마는 곧잘 이렇게 말했다. "그러지 말고 내 인생을 소설로 써봐라. 사흘 밤을 새워도 못다 할 한스러운 이야기가 있다."

나는 이런 이야기를 들을 때마다 토니 웹스터를 떠올리며 '엄마는 기껏해야 구경꾼이나 방관자일 뿐'이라는 말은 차마 하지 못한 채 혼자 빙긋이 웃곤 했다. 더구나 미셸 우엘벡의 소설 이론을 근거로 삼아 '엄마는 실존의 위기에 직면한 문제적 인간은 아니에요.'라는 말은 더더욱 하지 못했다.

《예감은 틀리지 않는다》에서 드러난 결말의 충격적인 반전은 독자를 당혹스럽게 한다. 우리는 마치 삶을 이해하고 있는 듯 태연하게 살고 있지만 실상은 그렇지 않다. 삶의 실체적 진실을 들여다보는 일은 원천적으로 불가능할 뿐만 아니라 실체의 핵심으로 들어가려고 노력하면 할수록 혼란 속으로 빠져들 뿐이라는 게 이 소설의 결말이다. 주인공 토니 웹스터의 친구인 에이드리언 핀은 고등학교 수업 시간에 역사란 무엇인가, 라는 질문을 받고 대단히 인상적인 답을 한다.

소설의 인상적인 한 에피소드를 보자. 토니는 대학 시절 사귀던 여자 친구 베로니카를 자신과 가장 친했던 고등학교 동창생 친구인 에이드리언에게 빼앗긴다. 토니는 이 일을 굴욕으로 생각해서 두 사람에 대해서는 완전히 잊기로 마음을 굳힌다. 베로니카와 에이드리언 두 사람은 그에게는 영원히 삭제되어야 마땅할 수치스러운 과거가 되었다. 베로니카와 데이트를 해도 괜찮겠냐는 에이드리언의 편지에 토니는 진심을 숨긴 답장을 써 보낸다. 그는 호기로운 목소리로 두 사람의 사랑이 행복한 결실을 이루도록 축하한다. 사랑하는 여자를 가장 친한 친구에게 빼앗긴 사람치고는 무척 관대한 태도다. 그러나 토니가 기억하는 과거사는 오류로 점철되어 있다. 실제로 일어난 일은 자신이 가공한 과거의 기억과는 완전히 다르다. 그는 격분해서 감정을 드러내고 두 사람에게 저주를 퍼붓는다. 베로니카를 '개 같은 년'이라고 지칭하고 '에이드리언의 새끼손가락만 한 자지에 콘돔을 끼워줄 때 실수하지 않도록 조심'하라며 거친 언어를 동원해서 그들을 비난한다. 토니는 수십 년이 흐른 뒤 베로니카가 보여준 자기 편지를 읽고 충격을 받는다. 자신이 기억하는 과거가 심하게 오염되어 있음을 직시한 것이다. 소설을 읽는 독자는 여기에서 에이드리언이 한 말을 자연스럽게 떠올린다. "역사란 부정확한 기억이 불충분한 문서와 만나는 지점에서 빚어지는 확신입니다."

나는 《예감은 틀리지 않는다》를 읽으며 내가 기억하는 오염된 과거를 떠올렸다. 나는 어떤 식으로 과거를 덧칠하고 윤색해 왔을까. 돌이켜보면 토니 웹스터만큼이나 나 역시 자의적으로 편리하게 과거를 왜곡해서 기억해 왔음을 인정하지 않을 수 없다. 여자에게 데이트 신청을 했다가 퇴짜를 맞는 경우 대부분의 남자들은 머릿속에서 기억 자체를 삭제해 버리는데 이런 점에서는 나도 별반 다르지 않다. 이런 일은 주변에서 너무 흔하게 일어나서 논란거리조차 되지 않는다. 나는 엄마와 지나간 옛날이야기를 나눌 때마저도 그녀가 어떻게 자신의 과거를 미화해서 기억하는지 경계를 풀지 않는다. 엄마

는 평소 거짓말을 능청맞게 잘하는 축에 속하는데 이 유전자
는 작가를 직업으로 삼은 나로서는 도움이 되었다. 나는 엄마
와 관련해서 여러 가지 풀리지 않는 미스터리를 마음속에 품
고 있다.

무려 박정희 대통령이 살아 있을 때의 일이다. 내가 초등
학교에 다닐 때였는데 아버지는 울산 럭키화학의(지금의 LG)
자재부 과장으로 전근을 통보받았다. 엄마는 교육을 핑계로
세 자녀를 부산의 시부모에게 맡겨놓고 울산의 사택 아파트
에서 남편과 단둘이 살았다. 당시에는 아파트가 흔하지 않았
다. 거실 창을 열고 베란다로 나가면 잘 정돈된 테니스 코트
와 아름다운 숲이 보였다. 뜨거운 물이 수도꼭지에서 쏟아지
는 최신식 설비를 갖춘 이 신축 아파트에서 엄마는 그동안 시
부모와 함께 살던 불행했던 과거를 보상받기라도 하듯 새 가
구를 사들여서 집안을 꾸미며 자유롭게 살았다. 누나와 동생,
나는 방학이 되면 엄마에게 가서 잠시 머물게 되었는데 그때
마다 나는 마치 낯선 집을 방문하는 듯한 기분에 사로잡혔다.
그러던 어느 겨울밤이었다. 낮에 외출했던 엄마가 밤이 늦어
서도 집으로 돌아오지 않았고 어떻게 된 일인지 아버지의 모
습도 보이지 않았다. (그때는 그런 일이 종종 있었다.) 우리 남매는
저녁밥을 먹고 텔레비전을 보다 잠이 들었다. 한밤중에 누군

가가 나를 흔들어 깨웠는데 눈을 뜨니 엄마였다. 낮에 화장하고 예쁘게 옷을 차려입은 그대로였다. 나는 엄마의 요구에 따라 외투를 껴입고 집 밖으로 나왔다. 자정을 넘긴 시간이었고 겨울바람이 꽤 매서웠다. 엄마는 거리에서 택시를 잡았다. 우리는 뒷좌석에 사이를 두고 앉아 멀뚱히 차창 밖을 바라보았다. 오래된 일이라 기억이 분명치는 않다. 내가 기억하는 건 엄마의 몸에서 풍기는 옅은 술 냄새와 태화강 다리 앞에 신호대기를 하던 차들이 신호등이 바뀌자 마치 자동차 경주를 하듯 빠르게 달려 나가던 장면뿐이다. 이유는 몰라도 나는 그때의 기억을 머릿속에 생생하게 저장해 놓고 있다. 이전과 이후에 무슨 일이 벌어진 것인지는 까맣게 모른다. 단지 내 기억 속에는 겨울밤 택시들의 질주만이 남은 것이다. 나이 계산을 해보니 엄마는 당시 겨우 삼십 대 중반이었다.

일흔여덟이 된 올해 봄, 엄마는 담낭 제거 수술을 받았다. 수술은 어렵지 않았다. 그러나 수술한 날 밤에는 꽤 힘들었다. 마취에서 깬 엄마는 정신이 흐릿한 상태에서 고통을 호소했다. 병실 간이의자에 누워 선잠을 자던 나는 몇 번이나 일어나 마약 성분의 진통제를 투입하는 버튼을 눌러야만 했다. 병실을 지키는 며칠 동안 우리는 비교적 많은 대화를 나누었다. 그중에는 과거 이야기도 많았다. 몇 해 전 아버지가 돌아가신 후 엄마와 나는 제법 속 깊은 삶의 대화를 나누는 관계가 되어 있었다. 아마 내가 작가로 사는 것이 도움이 되었을 것이다. 엄마는 내가 쓴 소설 《결혼하지 않는 도시》를 돋보기를 쓰고서 일주일 넘게 읽었다. 엄마가 책을 읽는 모습을 본 것은 그때가 처음이었다. 이후로 우리는 마치 작가와 독자의 관계처럼 서로 객관적으로 떨어져 사적 영역의 은밀한 부분까지 대화를 나누게 되었다. 나는 불현듯 옛 기억을 떠올리며 울산에서 살던 때를 말했고 특히 자정이 넘은 시각 택시를 타고 태화강을 가로질러 넘어가던 장면에 대해서 말했다. 병원 침대에 기대어 누운 엄마는 눈을 껌뻑이며 말했다. "그런 일이 있었나?"

완전히 삭제된 기억임에도 불구하고 엄마의 눈동자에는 다중의 의미를 담은 묘한 분위기가 감돌았다.

"기억해 보세요. 분명히 전후에 무슨 일이 있었겠죠." 엄마는 내 요구에도 천천히 고개를 가로저을 뿐이었다. 엄마는 평소 무척 말이 많은 사람이다. 말이 많은 사람은 대체로 기억력도 좋다. 그래서 나는 엄마를 의심했다. 그날 밤에 일어난 일은 어쩌면 엄마에게는 수치스러운, 굴욕적인, 혹은 비밀로만 남겨두고 싶은 과거가 아닐까, 하고. 나는 자식이 아닌 작가로서 한 여자의 삶을 떠올려보았다. 타인에게 자랑하듯 기꺼이 드러낼 수 있는 과거가 있고, 동시에 미스터리로 남겨두어야만 하는 이야기가 존재한다. 앞선 이야기에는 작가들이 관심을 두지 않는다. 작가는 사건의 이면을 보는 사람들이다. 그러나 나는 한계를 느꼈다. 나는 내 자신의 과거조차 자의적으로 해석하는 사람인데 어떻게 타인의 삶을 실체적으로 파악할 수 있을까, 하는 무력감이었다. 엄마는 피식 웃으며 말했다. "그래도 그때가 행복했지."

나도 엄마를 따라 웃었지만 그 말에 순순히 동의할 수는 없었다.

작가란 한국에서 이상한 직업이다. 공적인 영역에서 작가는 직업군에 포함되지 않는다. 4대 보험은커녕 사회보장제도에서 분류한 어느 직업란에도 기재되어 있지 않아서 현실 세계에서는 실업자 취급을 받는다. 오래전 보험회사 직원과의 대화에서 직업을 작가라고 했다가 '혹시 방송국 작가세요?'라는 질문을 받은 이후로는 절대 스스로를 작가라고 소개하지 않는다. 작가란 직업은 오직 사적인 활동에서만 인정될 뿐이다. 마치 '요즘은 시간이 나서 잠깐 우리 동네 배드민턴 동호회의 총무를 맡고 있어요.'라고 이야기하는 것과 유사하다. 물론 그렇지 않은 작가들도 많다. 줄리언 반스도 그런 작가 중

한 사람이다. 그는 세계적으로 성공해서 굳이 자신을 작가라고 소개할 필요가 없다. 공기와 물처럼 자신의 존재를 대중에게 인정받을 때 작가는 진정으로 직업을 인정받는 것이다. 이런 성공한 작가들에 대한 사람들의 인식은 대체로 두 가지로 나뉜다. 여느 직업과 마찬가지로 긍정적인 측면과 부정적인 측면이 공존한다. 우선 긍정적인 면부터 살펴보면, 작가란 대체로 좋은 교육을 받았고 지적인 활동을 한다는 틀에 박힌 생각이다. 반면 부정적인 면은 작가란 의심스러운 존재이며 사회적으로 무용하다는 의견이다. 나는 두 가지 모두 틀린 말은 아니라고 생각한다. 그래서 재미 삼아 현대소설 작가들에게 꼬리표처럼 붙어 다니는 두 범주의 키워드를 뽑아보았다.

부정적인 면: 불우한 어린 시절, 복잡한 연애사, 알코올 중독, 동성애, 사디즘, 우울증, 정신 분열, 과대망상, 도벽, 도박, 낭비, 질병, 가난, 무신론, 불륜, 이혼, 감옥, 자살 등등.

긍정적인 면: 상상력과 관찰력이 뛰어난 아이, 아름답고 지적인 아내, 가족과 공동체에 대한 사랑, 이타적인 희생정신, 훌륭한 교육(옥스퍼드, 케임브리지, IVY 리그…), 여행과 모험, 저항 의식과 시대정신, 예술에 대한 헌신, 교수, 편집자, 기자,

베스트셀러, 맨부커, 공쿠르, 노벨문학상 등등.

긍정적인 측면을 생각할 때 내 머릿속에 가장 먼저 떠오른 작가는 줄리언 반스이다. 실상 위의 긍정 키워드는 모두 줄리언 반스의 삶에서 뽑아낸 단어들이다. 그는 옥스퍼드에서 현대 언어를 전공했고 대형 출판사의 문학 편집자로 일하며 옵서버와 가디언과 같은 유력 매체에서 비평가로 활동하다 소설가가 되었다. 1980년 발표한 첫 장편소설 《메트로랜드》로 서머싯 몸 상을 받으며 화려하게 자신의 이름을 대중에게 알리고, 이후 다양한 실험적인 작품을 선보이며 유럽의 권위 있는 문학상을 휩쓸었다. 대표작인 《예감은 틀리지 않는다》는 2011년 맨부커 수상작이다. 노벨문학상은 앞으로 어떻게 될지 모르지만 수상을 못 하는 게 이상하지 않을까, 생각한다. (가즈오 이시구로도 받았는데 줄리언 반스가 안 될 이유는 없지 않은가?) 아무튼 그는 성공한 작가의 전형이라고 할 수 있다. 나는 대체로 작가들의 삶을 살펴볼 때 긍정적인 측면보다는 부정적인 측면을 더 유심히 관찰하기 때문에 줄리언 반스의 화려한 이력에는 별로 흥미를 느끼지는 않았다. 또한 《예감은 틀리지 않는다》를 좋아하기는 하지만 이 작품이 현대소설의 정점에 올랐다고는 생각지 않았다. 그러다 후속작인 《시대의 소

줄리언 반스의 집필실 © John Spinks
https://archive.nytimes.com/www.nytimes.com/interactive/2013/08/25/t-magazine/25writers-rooms.htm

음》을 읽고서 생각을 바꾸었다. 그는 이 작품에서 노년에 이른 대가다운 풍모를 보여주며 지성이 어떻게 예술에 복무하는가를 실제로 보여주었다. 즉, 훌륭한 교육을 받고 교양을 갖춘 정상적인 사고만으로도 좋은 소설을 쓸 수 있다는 것을 증명한 것이다. 물론 이런 생각이 속 좁은 편견일 수도 있다. 표면적인 단순한 정보만으로 한 인간을 단정 짓는 것은 위험하다. (줄리언 반스라고 왜 어두운 삶의 그림자가 없겠는가.) 그러나 그의 서재와 작업실을 찍은 사진을 보고서는 내가 섣부르게 짐작했던 이미지가 그리 틀리지 않았다고 생각하게 되었다. 그의 책장은 마치 현대의 교양과 지식을 대변하듯 질서정연하다. 동시에 까칠한 그의 심미안을 잘 보여준다.

그의 독서 편력은 광범위하고 자로 잰 듯 정확하다. 또한 유쾌하다.《예감은 틀리지 않는다》에서 줄리언 반스는 주인공 토니와 세 친구를 묘사하면서 독서 편향으로 각 캐릭터의 특징을 잡아냈다. 가장 지적인 에이드리언은 카뮈와 니체를 읽고, 주인공 '나'는 조지 오웰과 올더스 헉슬리를 읽었다고 말한다. 다른 친구인 앨릭스는 러셀과 비트겐슈타인의 책들에 빠져 있고, 콜린은 보들레르와 도스토옙스키를 탐독한다. 사춘기를 벗어나 청년으로 성장하는 남자 아이들의 과잉된 자의식을 유머러스하게 표현한 문장이다. 나는 이 부분을 읽으며 피식 웃을 수밖에 없었다. 지적 허영심에 찬 십 대 남자아이들을 이처럼 재밌게 묘사하는 건 쉬운 일이 아닌데 역시 줄리언 반스는 특유의 영국식 유머로 능청맞게 표현했다. 어쨌든 위에 소개된 작가들을 모두 읽고 이해하는 것은 꽤 벅차 보인다. 그러나 다행히도 반스는 요약과 정리의 귀재다. 그의 질서정연한 책장에서 뽑아낼 단 한 권의 책은 흔들림 없이 존재한다. 그것은 귀스타브 플로베르다. 줄리언 반스는 내게 조금은 얄미운 태도로 질문한다. "플로베르를 모르면서 소설을 이해했다고?"

한국의 독서계에서 플로베르는 '《보바리 부인》의 작가' 혹은 '리얼리즘의 창시자'로 통한다. 별로 틀린 말은 아니다. 나 역시 그런 쪽으로만 생각했다. 그러나 줄리언 반스의 에세이 《플로베르의 앵무새》를 읽고서 생각이 바뀌었다. 플로베르의 대표작은 《보바리 부인》이 아닌 것을 알게 된 것이다. 작가의 목소리를 직접 들어보자.

"대성당을 그 종각의 높이로 판단하듯 인간의 영혼은 그가 품은 욕망의 크기로 가늠되는 거야. 내가 부르주아적 시정과 가사^{家事}를 굉장히 싫어하는 것도 이런 이유 때문이야. 물론 나도 그런 것들을 이야기하긴 하지만 이번이 정말 마지막이야. 진저리 나게 싫기 때문이지. 스타일을 치밀하게 따지고 술수를 부려가며 쓴 이 책(《보바리 부인》)은 내 체질에 맞지 않아. 나의 폐부 속 깊은 곳에서부터 우러나오는 게 아니란 말이지."
— 알베르 티보데, 《귀스타브 플로베르》, 박명숙 옮김, 플로베르, 2018, 170쪽.

외설 시비로 《보바리 부인》이 법정까지 간 이후, 할 수만 있다면 세간에 흘러들어간 모든 책을 수거해서 불태워 버리고 싶다고 말했다. 이런 플로베르에 대한 오해는 유독 한국 문학계에서 심각한 것 같다. 열에 아홉은 《보바리 부인》만 읽고 나머지 작품들은 지나쳐 버려서 벌어진 현상이다. 플로베르는 《보바리 부인》의 작가' 혹은 '리얼리즘의 창시자'로 국한되어 논의되어서는 안 된다. 그는 현대소설의 유일무이한 천재 작가이자 누구도 도달할 수 없는 경지에 이른 최고 수준의 예술가다. 플로베르는 고전주의와 낭만주의, 사실주의, 유미주의, 초현실주의 등과 같은 모든 문예사조의 흐름에 도전한 작가이고 다가올 세기의 모더니즘과 포스트모더니즘을 일찌감치 예감한 비상한 두뇌를 지닌 이론가였다. 그는 소설 미학이 보여줄 수 있는 아름다움과 잔혹함을 모두 보여준 작가다. 나는 그의 단편 소설 〈구호 수도사 성 쥘리앵의 전설〉을 읽고 책을 덮었을 때 코끝에서 피 냄새를 맡았다. 소설이 너무나 생생했기 때문이다. 이런 기적은 아무나 할 수 있는 일이 아니다. 절대 과장이 아니다. 그의 미완성작 《부바르와 페퀴셰》는 단지 미완성으로 남겨진 것이 아니라 그를 추종하는 전 세계 작가들이 채워넣어야 할 빈칸으로 남았다. 만약 당신이 진지하게 소설 미학을 추구한다면 반드시 플로베르를 공략해야 한다. 그는 왜 작가들이 역사와 정치를 믿지 않은 채 예술의 그늘 속으로 숨어버리는지를 정확히 보여준다. 줄리언 반스는 플로베르가 역사의 진보를 믿지 않았다고 단언한다. 그 근거는 플로베르가 직접 쓴 노트에서 나왔다. "민주주의의 전반적인 꿈은 부르주아가 성취한 어리석음의 수준으로 프롤레타리아를 끌어올리는 것이다." 이 고독한 은둔의 예술가는 '세계를 혼돈스럽고 제멋대로 돌아가고 순간적으로는 물론 영원히 미쳐 있으며, 인간은 확실히 무지하고 야비하며 어리석은 존재'라고 생각했다. 이런 세상에서 가치 있는 유일한 일은 예술이 보여주는 아름다움을 잠시나마 음미할 뿐임을 그는 주장했다.

1946년 부산에서 태어난 엄마는 2023년 봄 담낭 제거술을 받았고 같은 해 가을에는 급성 신장염으로 병원에서 보름간 입원 치료를 받았다. 부모와 시부모는 오래전 죽었고 평생 마음에 차지 않던 남편은 2017년 인공 고관절 교체 수술 후유증으로 발생한 폐렴으로 죽었다. 엄마는 아직 혈압약과 당뇨약을 먹지 않는 걸 다행으로 생각하고 있지만 언제 다시 질병의 고통이 재발해서 육신을 괴롭힐까 두려워하고 있다. 죽음은 아득하고 형이상학적이어서 오히려 실제적인 공포를 느끼지 못할 정도다. 플로베르에 따르면 나와 엄마는 무지하고 야비하며 어리석은 존재다. 엄마가 죽음을 두려워하는 지금의 나이에 나도 언젠가는 다다를 것이다. 그때가 되면 나는 엄마의 삶을 좀 더 입체적으로 이해할 수 있을까?

캐나다에서 돌아와 부산에 살던 시절, 아내는 차를 타고 가다가 갑자기 시내 한복판 도로에서 차에서 내렸다. 무려 왕복 16차선의 엄청나게 큰 복잡한 도로였다. 운전대를 잡은 나는 물론 뒷좌석에 앉은 아들까지 깜짝 놀라서 입을 크게 벌렸다. 성인이 된 아들은 가끔 우리 부부의 싸움 이야기가 나오면 아내의 무분별한 행동에 대해서 말했다. '엄마는 대체 무슨 생각으로 그랬던 거야?'라고 질문해도 아내는 구체적인 답을 내놓지 않았다. 나는 짐작 가는 구석이 있지만 본인이 아닌 이상 정확한 이유를 알지는 못했다. 아마도 시어머니와의 갈등이거나 나의 무책임한 행동 탓이거니 생각할 뿐이다. 그러나 당시 겨우 초등학교 1학년이었던 아들은 잊지 못할 충격을 받았을 것이다. 아마도 아이는 평생 이 기억을 가지고 갈 것이다. 나 역시 마찬가지다. 젊고 건강했던 시절에 엄마가 무슨 이유로 술에 취한 채 택시를 타고서 어린 아들과 함께 도시를 질주한 것인지는 영원히 미스터리로 남을 것이다. 세상이 혼란스럽고 제멋대로 돌아가고 순간적으로는 물론, 영원히 미쳐 있기 때문이다.

"거기엔 축적이 있다. 책임이 있다. 그리고 이 모든 것 너머에, 혼란이 있다. 거대한 혼란이."

줄리언 반스의 집 벽난로 옆에서 © Sahm Doherty

줄리언 반스의 책장에서 훔친 책

귀스타브 플로베르《부바르와 페퀴셰》

루트비히 비트겐슈타인《논리-철학 논고》

미셸 드 몽테뉴《수상록》

리처드 도킨스《이기적 유전자》

장 보드리야르《시뮬라시옹》

카를 마르크스《루이 보나파르트의 브뤼메르 18일》

알베르 카뮈《반항하는 인간》

니체《비극의 탄생》

버트런드 러셀《서양철학사》

샤를 피에르 보들레르《파리의 우울》

제9서가

金時習

김시습 1435~1493

《금오신화金鰲新話》

이 몸이 본디
환상이거늘

군에 입대하기 전 나는 청주의 한 사찰에서 잠시 머문 적이 있었다. 특별한 사연이 있었던 건 아니고 불교 신자인 엄마의 권유로 이루어진 일이었다. 나는 또 나대로 호기심이 생겨서 별다른 거부감 없이 산으로 올라가서 객승들이 머무는 방으로 들어갔다. 사찰은 청주 시내에서 그리 멀지 않았고 절 밑까지 시내버스가 다녔다. 그렇긴 해도 절집이란 곳은 원체 조용해서 이런저런 잡념과 망상을 없애는 데에는 도움이 되었다. 주지승과 노스님, 그리고 밥을 해주는 공양주 보살(보살이라는 명칭답지 않게 젊고 예쁜 아주머니였다.) 이렇게 세 사람이 실거주인이었고 나와 옆방의 청년은 방문객 자격으로 머물렀다. 한여름이 지난 초가을이었는데 깊은 산 중턱이어서 그런지 밤이 되면 기온이 꽤 많이 내려갔다. 그래도 아직은 장작을 패서 아궁이에 불을 피울 정도까지는 아니었다. 좁은 방에는 절에서 내준 이불 한 채만 덩그러니 놓였을 뿐 아무런 물건이 없었다. 나는 눅눅하고 그늘진 토방에 드러누워 쇼펜하우어의 《인생론》이나 E. H 카의 《바쿠닌 평전》 등을 뒤적이며 소일하다 시간이 되면 요사채로 올라가 밥을 먹었다. 절밥이 그렇듯 밍밍하고 소박했는데 공양 때마다 허겁지겁 두세 그릇을 비우던 노스님의 경이로운 식탐은 아직도 생생하게 기억난다. 나는 그때 처음으로 노인의 식욕을 과소평가해서는 안 된다는 사실을 알게 되었다. 한가운데 자리 잡은 주지 스님은 근엄한 표정으로 앉아 수저를 들었는데 노스님이 쩝쩝대는 소리를 내면 미간을 찌푸린 채 노려보았고 그럴 때면 노스님은 화들짝 놀란 표정으로 어깨를 움츠렸다. 나중에 옆방의 형으로부터 알게 된 사실에 따르면 이 절의 소유주는 중년의 주지승이고 노스님은 행적이 불분명한 떠돌이 중이라고 했다. 주지승은 이른바 학승으로 4년제 대학 불교학과 출신이었다. 물론 이 모든 정보는 옆방의 형을 통해 알게 된 사실이다.

당시 나는 스물두 살이었고 옆방 형 진원(가명)은 스물아홉 살이었다. 우리는 어느 평일 오후 점심 공양을 끝낸 후 몇마디 대화를 나누게 되었고 진원의 제안에 따라 그의 방에서

티타임을 가졌다. 이불과 책 몇 권만 있는 내 방과 달리 그의 방은 꽤 살림집다운 면모를 갖추고 있었다. 상당 기간 절에 머문 흔적이 곳곳에 보였다. 그는 전기 포터에 물을 끓여서 믹스 커피를 내주었는데 평소에는 쳐다보지도 않던 인스턴트 커피가 맛있을 수 있다는 사실을 그날 처음으로 알게 되었다. 절밥을 먹는 동안 잊었던 단맛을 혀와 위장이 기억해 낸 것이다. 이후 이어진 그와의 교제는 흥미롭게 진행되었다. 그는 어느 날 내 방으로 건너와서는 방바닥에 놓인 책들을 유심히 살펴보며 말했다. "헤겔은 참 대단한 철학자예요."

그러지 말라고 했는데도 그는 항상 내게 존댓말을 썼다. 나는 그의 말에 얼굴을 붉히면서도 조금은 자랑스러운 마음이 들었다. 헤겔의 관념론은 당시의 내가 이해하기에는 너무 난해했다. 그런데도 그 두꺼운 책을 절집까지 가지고 온 이유는 전적으로 지적 허영심 탓이었다. 실제로 책을 펼치면 잠이 쏟아지기만 할 뿐이었다. "헤겔의 변증법은 시대정신이라는 위대한 유산을 남겼죠."라고 나는 뭣도 모르는 헛소리를 늘어놓았고 진원은 꽤 진지한 표정으로 내 말에 고개를 끄덕였다. 우리는 이런 식으로 멋을 부린 관념적인 대화를 하며 서로를 조금씩 알아갔다. 진원은 내가 대학이라는 좁은 울타리에서 알게 된 선배들과는 판이한 사람이었다. 우선 얼굴 생김새가 무척 특이했다. 그는 스님처럼 짧은 스포츠머리 스타일을 유지했고 동그란 작은 얼굴은 잡티 하나 없이 밝았다. 작고 옆으로 찢어진 눈은 부드러운 목소리에 비해 날카로웠고 교활한 빛을 냈다. 방에서 대화를 나눌 때는 몰랐지만 실제 그의 키는 무척 작아서 160센티미터가 채 되지 않아 보였다. 그런데도 그가 덩치가 작은 사람이란 사실을 거의 인식하지 못하고 넘어갔다. 대화를 통해서 알게 된 사실은 그가 여러 가지 번잡한 상황에서 벗어나 절에서 잠시 휴식을 취하고 있다는 것이었다. 사생활과 관련된 일이어서 나는 꼬치꼬치 캐묻지 않았다. 그는 내가 무엇에 관심이 있는지 대번에 알아채고서 내가 관심 갖는 주제로 대화를 이끌었다. 특히 광주 민주화 항쟁과 신군부에 대해서 비판적인 태도를 취해서 나의 기분을 맞춰주었다. "정승화는 참 불쌍한 사람이에요."

그가 말한 정승화란 80년대 10.26 사태가 터진 이후 계엄군 사령관을 지낸 육군참모총장 바로 그 사람이었다. (최근에 영화 「서울의 봄」이 개봉해서 자세한 설명은 생략하겠다.) 진원은 12.12쿠데타가 벌어진 해에 마침 남한산성이라고 불리던 국군교도소의 행정병으로 복무하고 있었는데 그때 체포되어 수감된 정승화를 직접 보았다고 했다. "불쌍하기도 하지만 어리석은 판단을 한 사람이기도 했죠. 그래서 육군 병장인 헌병 앞에 무릎을 꿇는 수모를 당한 거잖아요."

그의 이야기가 너무 생생해서 사실 진위에 대해서는 거의 의심하지 않았다. 오히려 역사의 한 장면 속에 들어가 현장을 엿본 그가 조금은 대단해 보였다. 우리는 방에서 녹차를 마시는 관계에서 함께 마을로 내려가 막걸리를 마시는 관계로 발전했다. 서울에서 그의 여동생이 찾아온 날에는 주지 스님 몰래 방에서 특별 요리(고기와 생선)를 먹기도 했다. 절에 오래 머문 탓인지 그는 불교 철학과 절집의 예법에 대해 잘 알고 있었다. 특히 그는 조계종단 내에서 벌어지는 정치 승려들의 권력 투쟁과 금권 비리에 대해서 대단히 비판적이었다. 그의 이야기는 무척 실감 나고 재미있어서 나중에는 방에서 혼자 책을 읽는 것보다 그와 대화하는 시간이 더 길어졌다. 점심 공양을 마친 어느 날 오후에 그는 내 방에 앉아 명리학 책을 펼치고 사주팔자를 봐주었다. 아직은 아마추어 수준이라며 수줍게 웃던 그의 미소가 기억난다.

"큰 변고는 없네요. 다만 위가 좀 약한 편이니 앞으로 그것만 조심하면 장수할 거예요." 그가 이렇게 말하자 나는 실실 웃으며 고맙다고 말했지만 속으로는 엉터리라고 생각했다. 왜냐면 당시 나는 겨우 스물두 살이었고 철을 삼켜도 소화할 만큼은 아니어도 위장이 튼튼했다. 술을 엄청나게 마신 날 다음에는 고생했지만 그거야 숙취 현상에 불과했다. 그런데 지금 생각해보니 그의 말이 허튼소리는 아닌 것 같다. 지금, 이 글을 쓰고 있는 오늘 아침에도 속이 쓰려서 위장약을 한 움큼 먹었으니 말이다. (모든 게 술 탓인데 요즘은 커피를 마셔도 속이 쓰리다. 과민성대장증후군도 있고 역류성 식도염으로 고생한 적도 있다.) 그리고 그는 또 전혀 예상치 못한 이상한 말도 했다.

"아마 앞으로 경진 씨는 글을 쓰게 될 거예요."

"네?"

나는 '하하하!' 하고 웃었다. 절 방에 철학서와 소설책 몇 권을 가져다 놓았다고 그런 싱거운 소리를 하다니 별 볼 일 없네, 라고 생각했던 것이다. 아무튼 그와의 교제는 내가 이제껏 다른 사람들과의 관계에서 느끼고 알게 된 사실과는 무척 달랐다. 두 달 뒤, 나는 절집에 머무는 것에 흥미를 잃고 집으로 돌아갔다. 절이란 나같이 게으르고 변덕이 심한 사람이 머물 수 있는 곳이 아니었다. 나는 진원에게 집 전화번호를 알려주고 주지 스님과 예쁜 공양주 보살 아주머니께 인사를 올리고 산을 내려왔다. (식탐 많던 노스님은 그즈음 또 어느 절로 공양하기 위해 갔는지 보이지 않았다.)

한 달 뒤, 진원에게서 전화가 왔다. 우리는 청주 시외버스 터미널 근처의 한 다방에서 만났다. 그는 서울의 여동생에게로 가는 길이라고 했다. 그는 반갑게 인사를 건넸지만 이내 얼굴색이 어두워졌다. 사연인즉 여동생을 만날 용기가 나지 않는다는 거였다. 나는 그런 이야기는 난생처음 들어서 호기심이 생겼다. 왜 여동생을 만나는 데 용기가 필요하지? 그는 결국 시간표에 예정된 차를 타지 못했다. 우리는 어두운 술집 구석으로 자리를 옮겨서 이야기를 이어갔다. 대부분 그가 이야기했고 나는 듣기만 했다.

"여동생을 사랑한다는 이야기는 처음 들어봤죠?"

나는 묵묵히 고개를 끄덕였다. 그의 말대로 수상하고 비밀스러운 이야기였다. 그는 여동생과 잠까지 자는 사이라는 걸 슬쩍 내비쳤다. 마치 누군가에게는 이 사실을 알려야 한다는 조급함에 끌려 내게 비밀을 털어놓았다. 그동안 연애라고는 소개팅에서 만난 여자아이와 손을 잡은 수준에 불과했던 나로서는 충격을 받았다. 절에서 한번 보았던 진원의 여동생은 키가 크고 서글서글한 눈매를 지닌 성숙한 여자였다. 나이는 스물일곱으로 당시 내게는 엄청난 어른처럼 보였고 절에서 만났을 때도 자연스럽게 나는 그녀를 누나라고 불렀다.

"누나도 형을 사랑하는 거예요?"

"맞아요. 그래서 상황이 더 심각해지고 있어요."

나는 짐작도 못한 채 묵묵히 고개를 끄덕이기만 했다. 진원은 잘 마시지도 못하는 독한 술을 삼키며 구구절절한 사연을 들려주었다. 두 사람은 이른바 배다른 이복남매였다. 두 사람이 사랑에 빠진 건 아주 오래전 어렸을 때부터였다. 나는 소설 속에서나 봤던 놀라운 사랑 이야기에 점차 빠져들었다. 다만 그가 성적인 접촉을 노골적으로 표현했을 때는 인상을 찌푸리긴 했다. 진원은 물론 그의 여동생도 두 사람의 이성적 결합이 사회에서 받아들여질 수 없음을 잘 알고 있었다. 그가 서른 가까운 나이에도 정착하지 못하고 절집에 숨어들 듯 지내고 있는 이유에는 이 '이루어질 수 없는 사랑'이 가장 컸다. 이야기를 마친 그는 술잔을 내려놓은 후 내게 위로라도 받고 싶다는 표정으로 나를 바라봤다. 나는 우물우물하다 '이루어질 수 없는 사랑'이라는 건 없다는 식의 무책임한 낭만주의적 해답을 내놓았다.

"그래요. 사랑에 금기가 있다는 건 끔찍한 일이죠."라고 진원은 말했다. 그는 여동생과의 과거사를 기억하다 불가피하게 자신의 진짜 모습을 드러냈다. 그동안 절집에 있는 동안 늘어놓았던 말과 앞뒤가 맞지 않았던 것이다. 그는 거짓말을 해서 내게 미안하다고 했고 나는 문제 될 건 없다고 말했다.

"남한산성(국군교도소)에서 정승화를 본 건 진짜 있었던 일이에요. 다만 내가 그곳에서 행정병으로 있었던 게 아니라 수

감자로 갇혀 있었던 것뿐이죠. 정승화 참모총장이 그곳에서 치욕스러운 수모를 당했듯이 저도 그곳에 있는 동안 심한 구타와 고문을 받았어요. 그때의 일이 지금도 악몽이 되어 찾아와요."

이야기가 너무나 충격적이어서 나는 어안이 벙벙할 정도였다. 배다른 여동생을 사랑하고 국군교도소에 갇힌 적도 있는 사람을 만난 건 난생처음이었다. 나는 조심스럽게 이유를 물었다. 그는 마치 낮잠에서 깨어난 사람처럼 머리를 가로저으며 말했다. "아, 나는 예전에 '여호와의 증인' 신도였어요. 우린 집총을 거부했고 입대와 동시에 헌병대로 잡혀갔어요."

독한 위스키 탓인지 머리가 어지러웠다. 그러나 그의 이야기는 싸구려 위스키보다 더 강했다. 그날 밤 그와 어떻게 헤어졌는지는 정확히 기억나지 않는다. 다만 나는 집으로 돌아오면서 부산에서 고등학교에 다니던 시절, 교련 수업을 거부했던 키 작은 모범생 반장의 얼굴을 떠올렸다. 그도 진원처럼 순수하고 맑은 얼굴을 가지고 있었다. 가난하고 숫기가 없었지만 늘 전교 1등을 놓치지 않아서 반장을 하던 아이였다. 시간이 꽤 흐른 후에야 나는 우리 반 반장이 '여호와의 증인' 교인이라는 사실을 알게 되었다. '여호와의 증인'이라는 생소한 기독교 종파에 대해서 알게 된 것은 그때가 처음이었다. 나는 진원이 국군교도소에서 당했던 수모와 치욕을 1학년 반장도 당했으리라 생각하니 마음이 아팠다. 이런저런 상념으로 제대로 잠을 이룰 수 없는 밤이었다.

그 만남이 있고 난 뒤, 한 달 뒤쯤인가 진원에게서 다시 연락이 왔다. 시내로 나가 보니 형색이 초라한 진원이 공중전화 옆에 서서 나를 기다리고 있었다. 그는 작은 키에 어울리지 않는 커다란 군용 더플백을 매고 있었다. 그는 갈 곳이 없다며 오늘 하룻밤 우리 집에서 신세를 질 수 있냐고 물었다. 당시 우리 집은 아버지의 사업상 곤란으로 꽤 어려운 처지였다. 아파트에서 쫓겨나 할아버지가 살던 낡은 기와집으로 이사해서 살고 있었다. 「제빵왕 김탁구」라는 드라마 촬영지인 낡고 오래된 동네다. 나는 하룻밤 정도는 괜찮겠거니 해서 흔쾌히 그의 제안을 수락했다. 부처와 절집이라면 무턱대고 반기는 엄마도 처음 보는 진원에게 호감을 보였다. 그날 밤에도 그의 사연 깊은 이야기는 시간 가는 줄 모르고 이어졌다. 문제는 그다음 날부터였다. 좁은 집, 좁은 방이어서 나는 그가 언제나 더플백을 울러 매고 집을 나가나 기다렸는데 그가 좀처럼 그런 기미를 보이지 않았다. 그는 끼니 때면 어김없이 밖으로 나와 엄마가 차려준 밥상에 앉아 밥을 먹고는 자기 방(정확히는 내 방)으로 들어가 꼼짝하지 않았다. 그는 그곳에서 책도 읽고 음악도 들었다. (그즈음 그는 나와 친해졌다고 생각했는지 말을 내렸다.) 나는 가족들의 눈치도 보이고 내 개인적인 생활도 엉망이 되어서 안절부절못한 상태가 되었다. 어느덧 나흘이 흘렀을 때 나는 참지 못하고 그에게 지금 당장 떠나달라고 요구했다. 그는 당장은 갈 곳이 없다며 시무룩한 표정을 지었는데 나는 그 말에 더 화가 났다. 여긴 형이 머물 수 있는 여관이 아니라고 차갑게 말했다. 그는 몇 시간 뒤 자기 키만 한 커다란 가방을 매고 집을 나섰다. 엄마는 안도한 표정을 지었는데 실상 가장 기뻐한 것은 나였다. 잠깐의 인연이 있어 관계를 맺었지만 진원은 여전히 내게 낯선 타인이었다. 그가 그렇게 풀이 죽은 상태로 우리 집을 나간 뒤, 다시 연락해 온 일은 없었다. 당연히 나는 그의 연락처를 몰랐다. 그는 마치 구름처럼, 혹은 낙엽처럼 바람에 실려 떠도는 사람이었다. 그가 떠나고 한동안 나는 그를 그렇게 매몰차게 내쫓은 것을 부끄러워했다.

이듬해 나는 입대해서 군인이 되었다. '인제 가면 언제 오나 원통해서 못 살겠다'는, 악명 높은 고장에서 30개월의 군 생활을 시작한 것이다. 군대에서야 누구나 고생하지만 나도 그런대로 고생을 하기는 했다. 신병교육대에 입영하고 얼마 되지 않아서는 정말이지 춥고 배고픈 원통한 날이 영원히 지속될 것 같은 기분마저 들었다. 이등병에서 일병으로 그리고 상병 계급장을 달면서 나는 점차 군대에 적응해갔다. 그러던 중 휴가를 받아 인제 원통에서 버스를 타고 서울까지 왔다. 서울 동서울터미널에서 집으로 가는 청주행 고속버스를 기다릴 때였다. 나는 군복 차림으로 승차 대기실 의자에 앉아 간이서점에서 산 마르케스의 《백 년의 고독》을 펼쳐서 읽고 있었다. 그때 누군가 다가와 내 앞에 멈추어 섰다.

"경진이지? 맞네. 경진이!"

나는 모자를 벗어 고개를 들었다. 그곳에는 진원이 활짝 웃고 있었다. 나는 깜짝 놀라서 벌떡 자리에서 일어났다. 그도 이 우연한 만남을 예상치 못한 듯 내게 다가와 어깨를 감싸안았다. "야, 군복이 잘 어울리는데."라고 그가 말했다. 나는 그 말에 어쩔 줄 몰라 했다. 왜냐하면 그가 잿빛 승복을 입고 있었기 때문이었다. 나는 결국 그렇게 되었구나, 라고 생각하면서도 쉽게 말을 내뱉지 못했다. 그와 나는 그렇게 터미널 대합실에서 서로의 안부를 물었다. 그는 이제 갓 입적한 초년병 승려였다. 그는 승가 교육을 받기 위해 부산 범어사로 내려가는 길이라고 했다. 이런 경우 위로를 해야 할지 아니면 축하를 해야 할지 몰라 나는 머뭇거렸다.

"너, 스님들 군기가 얼마나 센지 모르지? 알면 기절초풍할 거야." 그는 환하게 웃으며 기둥 벽에 걸린 시계를 보았다.

차를 놓치면 안 된다며 그는 이내 팔을 내밀어 악수를 권했다. 아쉽지만 나는 그를 붙들 수 없었다. 그는 이제 절집의 이등병이 된 것이다. 그렇게 짧은 만남이 있고 난 뒤, 나는 복잡한 마음으로 청주행 고속버스에 올랐다. 자리에 앉아 《백 년의 고독》을 펼쳤지만 글자가 눈에 들어오지 않았다. 나는 서울을 빠져나가는 차창 풍경으로 고개를 돌렸다. 그는 지금 어디로 달려가고 있는 걸까? 그 답을 얻기에는 나는 너무 어렸다. 나는 군복 모자를 푹 눌러쓰고서 그에게 '집에서 나가달라'고 차갑게 말하던 내 모습을 떠올리며 부끄러워했다. 그는 지금 어디로 달려가고 있는 걸까, 아마도 그 답은 영원히 찾지 못할 것이다.

다른 사람의 생각을 엿본다는 건 매혹적인 일이다. 내가 어린 시절 쇼펜하우어를 읽고 헤겔의 책을 베개로 삼은 건 다른 사람들은 세상을 어떻게 바라보는 걸까, 궁금해서였다. 소설에 빠져든 이유도 마찬가지다. 소설은 타인의 생각을 읽는 최고의 기초교육 자료다. 흔히들 사람들은 소설을 '재밌는 이야기'라고 여기는데 내 생각은 다르다. 나는 소설을 읽으며 타인의 생각을 읽는 데 더 큰 의미를 둔다. 그래서 스토리가 잔뜩 들어간 소설보다는 생각의 깊이를 추구하는 소설을 선호한다. 마르케스의 《백년의 고독》은 그래서 조금 실망스러웠다. 지칠 정도로 이야기가 너무 많다. 이를테면 위스망스의 《거꾸로》와 플로베르의 《부바르와 페퀴셰》와 같은 단순한 이야기에 몸을 맡긴 채 주인공들의 정신세계에 빠져드는 편이 체질에 맞다. 생각이 깊어지면 철학이 되고 예술이 되고 종교가 된다. 사념思念이 없는 곳에 인류의 유산은 존재하지 않는다.

철학 소설이라는 장르는 그래서 사람들의 마음을 움직인다. 대중적으로 잘 알려진 철학 소설에는 카뮈의 《이방인》과 헤르만 헤세의 《데미안》, 밀란 쿤데라의 《참을 수 없는 존재의 가벼움》과 같은 친절한 작품들이 있다. 《이방인》은 철학자 알베르 카뮈의 '부조리의 철학'을 맛볼 수 있고 《데미안》은 조로아스터교와 기독교의 상관관계를 볼 수 있다. 《참을 수 없는 존재의 가벼움》은 니체의 니힐리즘과 영원회귀 사상을 통찰할 수 있다. 좀 더 깊이 들어가면 볼테르의 《캉디드 혹은 낙관주의》와 사르트르의 《구토》를 예로 들 수 있다. 이 위대한 계몽주의자와 실존주의자가 소설로 자신의 철학을 구현했다는 점에서 의미가 크다. 소설이 단순한 이야기가 아니라 심오한 관념임을 증명한 것이다. 이제, 내가 읽은 철학 소설 중에서 최고의 작품을 뽑겠다. 나는 망설이지 않는다. 그것은 바로 한국 최초의 소설로 알려진 김시습의 《금오신화》이다. 책에 실린 다섯 편의 단편 중 최고의 작품은 단연코 〈남염부주지〉다. 이 소설은 철학 소설이라는 범주에서만 따지면 장 폴 사르트르의 《구토》보다 뛰어나다. 게다가 《구토》보다 무려 오백여 년 앞서 쓰인 작품이다. 그러면서도 훨씬 현대적인 우아한 철학 소설이다.

그런데 여기에는 극복하기 힘든 장애물이 있다. 〈남염부주지^{南炎浮洲志}〉는 한글이 아닌 한문으로 쓰인 소설이다. 미안한 말이지만 한글 번역본을 읽어서는 《금오신화》의 미학을 제대로 맛볼 수 없다. 김시습 특유의 유려하고 호쾌한 글을 읽어야만 그 진의를 맛볼 수 있다. 소설이 문체 미학 예술이라는 점을 인정한다면 수고스러워도 한문을 더듬더듬 읽어가는 편이 한글로 한번에 쭉 읽는 것보다는 이 작품을 더 잘 이해할 수 있게 해준다. 그래서 나도 이 몇 페이지 되지 않는 짧은 소설을 완전히 읽는 데 몇 주일이 걸렸다. 그렇게 느리게 반복해서 읽었는데도 솔직히 말하면 아직도 이 작품의 결말에 대해서는 갈팡질팡하고 있다. 어쩌면 평생 이해하지 못할 수도 있다. 왜냐하면 이 작품의 철학적 기반이 유교와 불교, 도교라는 동양철학의 기둥이 되는 세 종교에 기초하고 있기 때문이다.

김시습은 조선이 낳은 세 명의 천재 중 한 명이다. 세 명

의 천재란 매월당 김시습, 율곡 이이, 다산 정약용을 가리킨
다. 율곡과 다산이 천재라는 점에서는 쉽게 수긍할 수 있지만,
매월당에 대해서는 고개가 살짝 갸우뚱해진다. 그러나 당시
조선에서는 그렇지 않았던 것 같다. 시습은 일찍이 어렸을 때
부터 '5세 신동'이라고 불리었다. 다섯 살 먹은 천재 아이라는
말이다. 그와 관련해 민간에서 내려오는 유명한 일화가 있다.
천재 소년이 있다는 말을 듣고 세종대왕께서 시습을 궁중으
로 불러 시험한 일이다. 세종이 승정원 박이창을 불러 선편을
잡아 시를 내리게 하였다. 박이창이 시를 읊었다.

"童子之學 白鶴舞靑空之末(어린아이의 학문이 백학이 푸른 소
나무 끝에서 춤추는 것 같다)."

그러자 5세 신동 시습이 시를 되받았다.

"聖主之德 黃龍翻碧海之中(어진 임금의 은덕이 황룡이 푸른 바
다 가운데서 날아오르는 것 같습니다)."

시가 대구와 운율의 미를 추구하는 예술 장르임을 고려
해서 위의 시를 살펴보라. 완벽하지 않은가. 다섯 살 먹은 어
린아이가 즉흥적으로 지었다고는 믿을 수 없을 정도다. 세종
은 어린 시습을 칭찬하며 비단 50필을 하사하고 성장하면 중
용하리라 약속했다고 한다. 요즘 사람들은 흔히들 천재란 IQ
가 높거나 암기력이 뛰어난 사람으로 오해한다. 그러나 서구

김시습의 초상 / 서울불교중앙박물관

에서 통용되는 천재의 개념은 조금 다르다. '낳다'라는 의미를 지닌 라틴어 지니어스는 '세상의 숨겨진 신비, 현실의 진짜 모습을 보여주고 신성神性을 우리가 엿볼 수 있게 해줄 수 있는 사람들'이다. 그런 의미에서 김시습은 천재였음이 틀림없다. 그는 〈남염부주지〉라는 초현실적인 소설로 당대의 현실을 (세조의 왕위 찬탈이라는 환란 시기[계유정난]에 그는 생육신의 한 사람이었다.) 사실적으로 그려낸 작가이다. 김시습의 불우한 일생에 대해 더 깊이 있게 알고 싶다면 이문구의 소설 《매월당 김시습》을 참고하면 도움이 된다. 5세 신동이라는 어릴 적 별명과는 달리 이후에 이어진 그의 삶은 순탄치 못했다. 수양대군이 단종을 폐하고 왕위를 찬탈했을 때 김시습은 중흥사라는 절에서 과거를 준비하고 있었다. 그는 세상의 법도가 무너졌다고 탄식하며 책을 불사르고 승복으로 갈아입고 전국을 떠돌았다. 현실 정치에서 그가 들어갈 길은 원천적으로 차단되었다. 불사이군不事二君. 조선의 선비는 두 임금을 섬길 수 없었다. 여기에서 흥미로운 지점은 그가 승복으로 갈아입고 전국 유랑에 나섰다는 점이다. 김시습은 경주 출신 박생이라는 가공의 인물에 자신을 투영하고 있다.

명나라 성화成化 초년에 경주에 박생이라는 사람이 살고 있었다. 그는 유학에 뜻을 두고 열심히 공부하였다. 일찍부터 태학관에서 공부하였으나 한 번도 과거에 합격하지 못하여 늘 불만스러운 감정을 품고 지냈다.

― 김시습,《금오신화》, 이지하 옮김, 민음사, 2009, 85쪽.

부도浮屠란 불교를 가리킨다. 여기까지 박생은 유교와 불교 사이에서 철학적 결단을 내리지 못하고 있다.

그러다가 〈중용〉을 읽고 〈주역〉을 참고한 후부터는 자기의 생각에 자신감을 가지고 더 이상 흔들리지 않게 되었다.

― 같은 책, 86쪽.

박생은 이단의 유혹에 빠지지 않기 위해 자신의 철학적 결론을 〈일리론一理論〉이라는 글을 지어서 표명한다. 포스트모더니즘의 문이 활짝 열리기 전까지 인류의 지성은 보편적 지식이라는 일원화된 신화에 집착했다. 지식인들은 단 하나의 무기로 세계를 설명하길 원했다. 플라톤은 '이데아'로 우주를 설명했고 토마스 아퀴나스는 '신의 말씀'으로 세계를 설파했다. 아담 스미스는 '사용가치와 교환가치'로, 찰스 다윈은 '진화론'으로, 게오르크 빌헬름 프리드리히 헤겔은 '시대정신'으로, 카를 마르크스는 '자본과 노동'으로, 지그문트 프로이트는 '잠재의식과 리비도'로, 알베르트 아인슈타인은 '상대성 이론'으로 세계를 설명했다. 보편적 진리란 지식인들이 결코 포기할 수 없는 달콤한 유혹이다. 박생이 〈일리론一理論〉을 지어 성리학적 세계관을 확립한 것은 당대 지성인 유학자들의 일생일대 목표였다. 김시습은 자신의 보편적 이론을 소설에서 당차게 개진한다.

其略曰: "常聞天下之理, 一而已矣. 一者何? 無二致也. 理者何? 性而已矣. 性者何? 天之所命也. 天以陰陽五行, 化生萬物, 氣以成形, 理亦賦焉. 所謂理者, 於日用事物上, 各有條理, 語父子則極其親, 語君臣則極其義, 以至夫婦長幼, 莫不各有當行之路, 是則所謂道而理之具於吾心者也. 나는 일찍이 천하의 이치(理)는 하나일 뿐이라고 들었다. 한 가지란 무엇인가? 두 이치가 아니란 뜻이다. 이치란 무엇인가? 천성天性을 말한다. 천성이란 무엇인가? 하늘이 명한 바다. 하늘이 음양陰陽과 오행五行으로써 만물을 만들 때에 기氣로써 형체를 이루었는데 이理도 또한 거기에 함께 할당되는 것이다. 이른바 이라는 것은 일용 사물에 있어서 각각 조리를 가지는 것이다. 아버지와 아들 사이를 두고 말하자면 사랑을 다하여야 하고, 임금과 신하의 사이를 말하자면 의리를 다하여야 하며, 지아비와 지어미, 어른과 아이에 이르기까지 각기 마땅히 행해야 할 길이 있다. 이것이 이른바 도^道로서 이가 우리 마음에 갖추어져 있는 것이다.

— 같은 책, 87쪽.

(한문 사전 앱으로 그 뜻을 음미하면서 읽어보면 이 문장이 얼마나 대단한지 알게 될 것이다.)

최근 몇 년 동안 《조선유학사》(현상윤)라는 두꺼운 책을 책상에 올려놓은 채 시간이 날 때마다 들춰보고 있다. 나려^{羅麗}시대의 유학자부터 근세 이후의 유학자들까지 아울러 조선 유학사를 개관하는 책이다. 그런데 시간이 지날수록 이 책을 완전히 이해하기란 거의 불가능하지 않을까, 하는 생각이 들었다. 두꺼운 건 둘째 치고 페이지가 넘어갈수록 성리학이라는 철학이 형태를 갖추기보다는 점점 더 추상적으로 모호해진다는 느낌을 받게 된다. 책에 등장하는 고명한 유학자들이 도대체 뭘 가지고 이렇게 논쟁적으로 싸우는 것인지 종잡을 수 없다. 솔직히 말하면 지적으로 그들을 따라갈 수가 없는 거지만…. 조선 유학사의 삼대 논쟁이라는 사단칠정논쟁과 예송논쟁, 호락논쟁은 형체를 잡기 위해 깊이 들어가면 갈수록 그들의 표현대로 눈앞이 캄캄해지고 아득해지기만 한다. 이 논쟁에 휘말리게 되면 성리학이라는 형이상학적 철학 체계가 결국 추상적 문자를 습득한 지식인들의 지적 유희가 아니었을까, 하는 의심이 일게 된다. 그런 아득한 벽에 부딪힐 때마다 나는 김시습이 〈남염부주지〉에서 설파한 〈일리론〉을 다시 읽는다. 그러면 처음 시작한 자리로 되돌아온 느낌을 받게 된다. 대가는 복잡한 이론을 단순한 모형Model으로 끌어낼 수 있는 사람이다. 김시습은 성리학이라는 심오한 형이상학적 철학 체계의 모형화에 성공한 사람이다.

> 以是而推之, 天下國家, 無不包括, 無不該合, 參諸天地而
> 不悖, 質諸鬼神而不惑, 歷之古今而不墜, 儒者之事, 止於
> 此而已矣. 天下豈有二理哉? 彼異端之說, 吾不足信也.
> 이로부터 추리해 보면 천하와 국가도 모두 여기에 포괄되고 해당될 것
> 이니 천지 사이에 참여하여도 어긋남이 없을 것이요, 귀신에게 질문하
> 더라도 미혹되지 않을 것이요, 고금을 두루 지나더라도 추락하지 않을
> 것이다. 유학자가 할 일은 오직 여기서 그칠 따름이다. 천하에 어찌 두
> 가지 이치가 있겠는가? 저 이단의 설을 나는 믿지 않는다.
> ─ 같은 책, 88쪽.

〈일리론〉은 이처럼 명쾌한 호언장담과 함께 끝을 맺는다.

"저 이단의 설을 나는 믿지 않는다." 얼마나 멋진가! 여기까지는 독자에게 해피엔딩이다. 천하에 두 이치가 있을 수 없으니이단의 설은 폐기하면 그만이다. 그러나 김시습은 그렇게 호락호락한 작가가 아니다.

하루는 박생이 자기 방 안에서 한밤중에 등불을 돋우고 《주역》을 읽다가 베개를 괴고 얼핏 잠이 들었다. 꿈속에 홀연히 한 나라에 이르게 되었는데 그곳은 넓은 바다 한가운데에 있는 어떤 섬이었다.
— 같은 책, 88쪽.

박생이 방문한 이국의 땅이 바로 남염부주다. 남염부주南炎浮洲? 이 땅에는 풀이나 나무가 없고, 모래나 자갈도 없다. 발에 밟히는 것이라고는 구리가 아니면 쇠다. 낮에는 뜨거운 불길이 하늘까지 치솟고 밤에는 차가운 바람이 불어와 사람의 살과 뼈를 에인다. 아, 그렇다면 남염부주는 이승의 세계가 아니라 저승인가? 그러나 지옥 같아 보이지는 않는다.

성안에 거주하는 백성들은 철로 지은 집에 살고 있었기 때문에 낮에는 불에 데어 문드러지고 밤에는 살갗이 얼어붙어 갈라지고는 하였다. 오직 아침과 저녁에만 사람들이 꿈틀거리며 웃고 이야기하는 것 같았다.

그러나 그다지 괴로워하는 것 같지도 않았다.

─ 같은 책, 89쪽.

　　나는 기묘한 분위기를 조장하는 초현실적인 소설을 좋아한다. 그런데 김시습이 묘사하는 남염부주라는 곳은 정말 수상하다. 사람이 살기에 이처럼 척박한 땅인데 왜 사람들이 괴로워하지 않지? 박생은 쇠로 된 벼랑이 성처럼 둘러싼 곳에 도착한다. 그곳에는 굉장한 철문 하나가 굳게 잠겨 있다. 문을 지키는 사람은 주둥이와 송곳니가 튀어나와 모질고 사납게 생겼다. 그는 창과 쇠몽둥이를 쥐고 바깥에서 오는 자들을 막고 있다. 이 지점에서 나는 자연스럽게 카프카의 《성》을 떠올렸다. 이성적으로 납득하기 어려운 그로테스크한 묘사의 현대적 마스터는 프란츠 카프카다.

　　K가 도착한 때는 늦은 저녁이었다. 마을은 눈 속에 깊이 잠겨 있었다. 성이 있는 산에는 아무것도 보이지 않았다. 안개와 어둠이 산을 둘러싸고 있었고, 그곳에 큰 성이 있음을 암시하는 아주 희미한 불빛조차 눈에 띄지 않았다. K는 국도에서 마을로 이어진 나무다리 위에 서서 아무것도 없어 보이는 허공을 한참이나 쳐다보았다.

─ 프란츠 카프카, 《성》, 권혁준 옮김, 창비, 2009, 7쪽.

《성》의 주인공 K가 끝내 성안으로 들어가지 못한 반면, 우리의 박생은 성 안 깊숙이 들어가게 되고, 오히려 그곳에서 기대치 못한 환대를 받는다. 바람처럼 빠르고 보석으로 치장한 수레를 타고 온 예쁜 동자와 동녀의 호위를 받으며 왕의 성에 도착하니 사방의 문이 활짝 열려 있는데 연못가의 누각이 하나같이 인간 세상의 것과 같았다. 아름다운 두 선녀가 나와 절을 하고는 박생을 안으로 모셨다. 이 순간 왕이 등장한다.

> 왕은 머리에 통천관通天冠을 쓰고, 허리에 문옥대文玉帶를 둘렀으며, 손에는 규珪를 잡고 계단 아래로 내려와서 박생을 맞이하였다. 박생은 땅바닥에 엎드려 감히 쳐다보지 못하였다.
>
> ─ 김시습, 《금오신화》, 이지하 옮김, 민음사, 2009, 91~92쪽.

왕의 외양을 묘사한 부분에 주의를 집중해 보라. 놀랍게도 남염부주를 다스리는 왕은 겸손하다. "속한 곳이 서로 달라 내가 그대 사는 곳까지 통제할 권리가 없을뿐더러 이치를 아는 군자를 어찌 위세로 굽히게 할 수 있겠소?"

임금은 황금으로 만든 평상으로 자리를 내어준다. 박생이 자리에 앉자 왕이 시중을 불러 차를 내오라고 시켰다. 곁눈질로 보니 차는 구리를 녹인 물이었고, 과일은 쇠로 만든 구슬이다. 그는 놀랍고 두려운 마음으로 차를 마시고 과일을 먹었다. 겸손한 왕은 동시에 친절하다. "선비는 이 땅이 어딘지 모르겠지요? 속세에서 말하는 염부주閻浮洲라는 곳이오. 왕궁의 북쪽 산이 옥초산이오. 이 섬은 하늘과 땅의 남쪽에 있으므로 남염부주라고 부른다오. 염부라는 말은 불꽃이 활활 타서 언제나 공중에 떠 있기 때문에 그렇게 불리는 것이라오. 내 이름은 염마燄摩라고 하오. 불꽃이 온몸을 휘감고 있다는 뜻이오. 내가이 땅의 임금이 된 지가 이미 만여 년이나 되었소."

　이름이 염마이고 왕이 된 지 만 년이 되었다? 아! 그렇다면 그는 염라대왕이 아닌가. 왕은 자신이 친히 만난 주공周公과 공자, 석가에 대해 알려준다. 평소 세계의 구성 원리에 대해 궁금한 점이 많았던 박생은 왕의 말을 통해 그 전모를 알게 된다. 정도와 사도의 구별, 귀신설, 제사의 예법, 도깨비의 미혹, 음양의 조화, 명부 시왕과 십팔지옥 등에 관한 철학적 대화가 이어진다. 동시에 왕은 박생의 입을 통해 무너진 지상의 법도를 알게 되어 탄식한다. 그런데 이 모든 이야기가 명쾌해 보이면서도 여전히 혼란스럽다. 카프카의 《소송》과 《성》에 등장하는 주인공들의 대화보다 더 어지럽다. 대화는 미궁 속으로 빠져들어도 결론은 한곳으로 모인다. 왕이 박생을 염부주로 부른 이유가 마지막에 드러난다. 염부는 박생에게 부탁한다. "나는 시운이 이미 다하여 장차 활과 검을 버리고자 하오. 그대도 또한 명수가 이미 다했으니 곧 쑥덤불 속에 묻힐 것이오. 그러니 이 나라를 맡아 다스릴 사람이 그대가 아니고 누구겠소?"

염부왕이 박생을 위해서 친히 쓴 조서를 보자.

> "아아, 동쪽 나라의 박 아무개는 정직하고 사심이 없고, 강직하고 과단성이 있으며, 남을 포용하는 자질을 갖추었고, 어리석은 자들을 깨우쳐 줄 재주를 가졌도다. 생전에 비록 현달하여 영화를 누리지는 못하였지만 죽은 뒤에는 기강을 바로잡을 것이로다. 모든 백성이 길이 믿고 의지할 사람이 그대가 아니고 누구겠는가?"
>
> — 같은 책, 104쪽.

박생은 조서를 받아 든 후 예법에 맞추어 물러났다. 성문을 나선 후 그를 태운 수레가 뒤집히는데 이 충격으로 박생은 땅에 떨어졌다. 그가 놀라 눈을 뜨니 한갓 꿈이었다. 책은 책상 위에 내던져 있고, 등잔불만 눈앞에 가물거리고 있었다. 그리고 소설은 여기서 갑작스럽게 결을 맺는다. 소설을 마무리할 때마다 끙끙대는 나와 달리 김시습은 망설임이 없다. 〈남염부주지〉의 결말이다.

日以處置家事爲懷. 數月有疾, 料必不起, 却醫巫而逝. 其
將化之夕, 夢神人告於四隣曰: "汝隣家某公, 將爲閻羅王
者"云.

몇 달 뒤 박생이 병을 얻었는데 스스로 다시는 일어나지 못하리라는
것을 알았다. 결국 의사와 무당을 사절하고 세상을 떠났다. 박생이 죽
던 날 밤 이웃 사람들의 꿈에 어떤 신인이 나타나서 이렇게 알려 주었
다.

"네 이웃집 아무개가 장차 염라대왕이 될 것이다."

－같은 책, 105쪽.

나는 이 소설을 여러 차례 읽었는데 그때마다 이 마지막
결론에 감탄하곤 했다. 고전적이면서도 현대적인 결말이 아닐
수 없다. 소설은 끝났지만 진짜 이야기는 다시 시작되는 것이
다. 박생이 염라대왕이 되어 다스리는 염부주는 어떻게 변화
할 것이며 인간들이 사는 세상은 또 어떻게 변화할지 궁금해
미칠 지경이다. 박생이 작가 김시습의 화신이라면 지금 세상
의 염라대왕은 김시습이란 말이지 않은가? 나는 그런 생각을
하며 남쪽 하늘의 뜬구름을 바라보며 몽상에 빠져들었다.

금오신화의 〈남염부주지〉는 논리적으로 말이 되지 않는
소설이다. 좋게 말하면 유불선儒佛仙 사상의 총합이지만 달리 말

하면 이도 저도 아닌 섞어찌개 짬뽕 같아 보인다. 소설 전면에 배치된 〈일리론〉과 마지막 염라대왕이 되는 결론은 정면으로 대치된다. 나는 저 이단의 설을 믿지 않는다고 호언장담하더니 끝에 가서는 자기가 불교와 도교의 세계에 사는 염라가 되어버렸다. 그런데도 소설은 구조적 완결성과 미학적 완성도를 갖추고 있다. 가히 귀신이 곡할 신의 경지다. 이에 대해 후학들이 김시습에 대해 남긴 평가를 참고할 필요가 있다. 조선 유학사의 양대 기둥인 퇴계 이황과 율곡 이이가 한 말이다. 먼저 퇴계는 김시습에 대해 '색은행괴索隱行怪'라 하였고 율곡은 '심유적불心儒跡佛'이라는 말을 남겼다. 색은행괴란 '숨을 곳을 찾아 괴이한 행동을 한다'는 뜻이고 심유적불은 '승려의 행색이나 마음은 유가의 선비 기질을 가졌다'는 뜻이다. 성리학 근본주의자 퇴계가 냉소적이고 준엄한 평가를 한 반면 젊은 시절 불도에 몸을 담은 율곡은 비교적 온정적인 시선으로 김시습을 옹호하고 있다.

불교를 배척하고 유교를 숭상한 철학의 왕국 조선에서 김시습이 설 곳은 없었다. 경주 금오산에서 《금오신화》를 쓴 이후 시습은 원고를 친구에게 보여준 일이 있었다. 유학자인 최응현은 《금오신화》의 초고를 훑어본 후 "소설이란 무릇 가담항설(거리에 떠도는 뜬소문)에 불과한 물건이오, 대개 허망한 환상이 아닌가."라고 말했다. 이에 시습은 "이 몸이 본디 환상이 거늘. 천 년 뒤에는 누군가 능히 알아보는 자가 있을지니 괘념 치 말라."라고 답했다. 그의 말대로 오백 년 뒤 나는 그의 소설 〈남염부주지〉를 읽고 전율했다. 21세기는 포스트모더니즘의 시대다. 이 시대에는 사단칠정 논쟁을 주도하며 '이기호발론' 을 주장하던 퇴계보다는 유교와 불교, 도교의 경계를 자유롭 게 넘나들며 사상적 지평을 넓혀간 김시습의 지적 행보가 더 대단해 보인다. 포스트모더니즘이란 굳건한 하나의 사상 체 계, 즉 보편적 진리의 신화가 무너진 사회적 현상에 대한 철학 적 해답이다. 이 시대에는 복합과 융합, 다원성이 우월한 가치 를 지닌다. 포스트모더니즘에서만 보면 퇴계는 졌고 김시습은 승리했다.

청주의 한 사찰에서 우연히 만난 진원은 '여호와의 증인' 신도였다. 그는 자신의 신념에 따라 총을 들기를 거부했고 입 대와 동시에 군국교도소에 수감되었다. 내가 그를 처음 만났 을 때 그는 불교에 대해 어떤 태도를 취해야 할지 망설이고 있었다. 몇 년 뒤 내가 군인이 되어 다시 만났을 때 그는 잿빛 승복 차림이었다. 나는 그의 동그랗고 작은 얼굴과 영리한 눈 동자를 기억하고 있다. 그가 범어사에서 승가교육을 제대로 받아 정식 승려가 되었는지는 알 길이 없다. 인연은 거기에서 끊어졌다. 나는 그가 이후 신학대학에 들어가 가톨릭 신부가 되었더라도 별로 놀라지 않을 것이다. 우리가 사는 세계에서 그런 일은 흔히 일어남을 이제는 안다. 인간은 철학과 종교의 노예가 아니다. 김시습은 온몸으로 그 점을 후대의 사람들에게 알려주었다. 낙엽이 싸늘한 바람에 나뒹구는 어느 늦가을, 나는 부여 무량사로 가서 김시습의 초상을 보았다.

'작가의 책장 훔치기'라는 프로젝트를 이어가기 위해서는 그의 책장에 꽂힌 책들을 찾아내야 한다. 답은 어렵지 않다. 우선 〈남염부주지〉에 언급된 《주역》과 《중용》을 읽어야 한다. 그다음은 사서삼경으로 대변되는 유학의 경전들을 차례로 읽어야 한다. 그다음은 석가모니의 경전을 읽어야 하고 그런 다음에는 노장사상의 책들을 펼쳐야 한다. 나는 이 지점에서 피식 웃음을 흘렸다. 철학 소설을 좋아하지만 그렇다고 이 많은 책을 읽을 수 없다는 점은 누구보다 더 잘 알고 있기 때문이다. 다행히 사서삼경 중에서 사서(대학과 논어, 맹자, 중용)는 이미 읽었다. 그래서 성리학에 대해서 뭘 알게 되었는가, 하면 그렇지는 않다. 가슴이 답답해지면 나는 〈남염부주지〉에서 김시습이 설파한 〈일리론〉을 다시 읽는다. 그러면 마음이 공기처럼 한결 가벼워진다. 그리고 글이 던지는 묘한 마력에 끌려

들게 된다. 천 년의 세월을 견디고 살아남을 작가, 그가 김시습이다.

내 책장에 꽂힌 한국문학

이상 《날개》

김유정 《봄봄》

조세희 《난장이가 쏘아올린 작은 공》

채만식 《탁류》

강석경 《숲속의 방》

최인훈 《광장》

김승옥 《서울의 달빛 0장》

김소월 《진달래꽃》

이태준 《문장강화》

현상윤 《조선유학사》

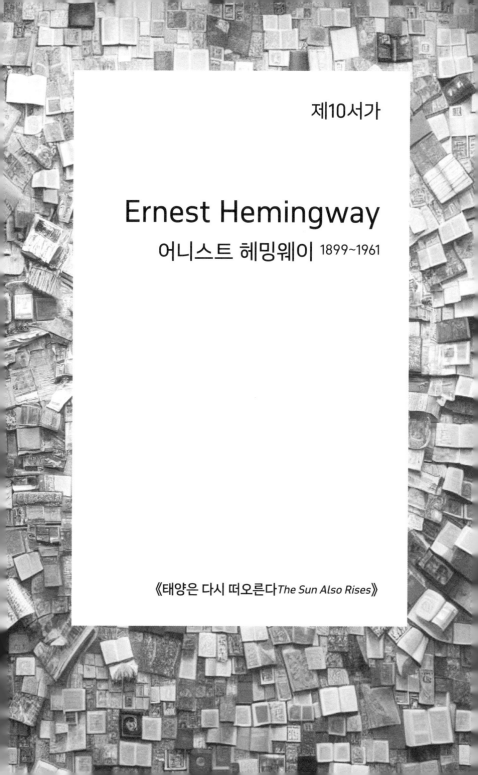

제10서가

Ernest Hemingway

어니스트 헤밍웨이 1899~1961

《태양은 다시 떠오른다*The Sun Also Rises*》

길 잃은 친구와
함께 걷기

나는 최근에 한 친한 친구로부터 절교를 통보받았다. 직접 받은 건 아니고 중간 단계를 통해서다. 소식을 전한 선배로부터 "너와는 만나지 않겠대."라는 말을 전화 통화로 듣고서 나는 잠시 멍해졌다. 그와는 스무 살에 만났으니 벌써 삼십여 년이 훌쩍 흐른 관계다. 나는 사람들과의 교제에 요령이 없어서 친구라고 꼽을 사람도 몇 없는데 이런 일을 당하고 보니 내가 정말 세상을 헛살았나, 하는 생각이 들었다. 동시에 절교라는 게 십 대 소년·소녀들의 미묘한 감정적 세계에서나 이루어지는 판타지로 여긴 탓에 신선한 충격을 받았다. 그래서 이런 일은 분명 나만 당하는 게 아닐 거라는 생각이 들어서 책장을 올려다보았다. 네 명의 친구들로부터 절교를 당하고 죽음을 생각할 만큼 강렬한 고통을 받았음을 고백하는 장면으로 시작하는 소설이 나를 기다리고 있었다. 무라카미 하루키의 《색채가 없는 다자키 쓰쿠로와 그가 순례를 떠난 해》이다. 주인공 다자키는 나와는 달리 친구들로부터 직접 절교를 통보받았다. "너와는 말도 하기 싫어." 더구나 이 느닷없는 통보에 대한 해명은 일절 없었다. 이후 다자키의 삶은 엉망이 된다. 불쌍한 다자키 쓰쿠로와 달리 나는 스무 살도 아니고 절교의 이유를 모르는 것도 아니다. 집단 따돌림을 받은 것도 아니며 친구로부터 절교를 당했다고 죽고 싶은 건 더더욱 아니다. 그럼에도 기분은 엉망이었다. 이유가 뭐든 믿었던 친구로부터 절교를 통보받는 건 유쾌한 일이 아니어서 나는 한동안 멜랑콜리한 감상에 젖었다. 그러다 뭐 어쩔 수 없지, 라고 훌훌 털어버렸다.

무라카미 하루키가 가볍다는 비판을 받는 건 어제오늘의 일이 아니다. 그러나 소설이 가벼운지는 몰라도 그는 확실한 자기 스타일을 가진 작가임은 틀림없다. 내가 투덜대면서도 그의 신작 소설이 나오면 찾아서 읽는 이유다. 스타일, 즉 문체는 독자에게는 별 상관이 없어도 작가들에게는 생사에 버금가는 중요한 문제다. 스타일이 없다는 건 진지한 작가들에게 최고의 모욕이다. 무라카미 하루키는 그의 전매특허가 된 감각적이고 리듬감 넘치는 문체 대부분을 레이먼드 챈들러를 통해 전수받은 것 같다. 언젠가 챈들러가 쓴 에세이를 읽은 적이 있는데 몇 페이지를 넘기고서는 깜짝 놀랐다. 표지에 챈들러의 이름이 없다면 하루키의 책이라고 해도 무방할 정도의 책이었다. 챈들러 특유의 분석적인 시선과 독특한 화법 전환, 냉소적인 명랑함이 에세이에서 쏟아져 나왔는데 이 모든 양질의 글쓰기 전략이 온전히 무라카미 하루키의 소설에서 재구현된 것처럼 보였다. (묘하게도 챈들러의 하드보일드 탐정소설을 읽을 때는 알아차리지 못했다.) 책을 덮으며 나는 그래, 결국은 스타일인 거야, 라고 생각했다. 이 말을 좀 멋있게 표현하면 문체 미학이 된다. 지금부터 문체 미학에 대해서 조금 깊이 들어가 보겠다. 다음 문장은 내가 뽑은 근대소설 최고 명문이다.

Robert Cohn was once middleweight boxing champion of Princeton. Do not think that I am very much impressed by that as a boxing title, but it meant a lot to Cohn.

— 어니스트 헤밍웨이, 《The sun also rises》, 스크리브너, 2006, 11쪽.

위의 문장이 정말 스타일리시하다는 생각이 든다면 당신

은 나와 미적 취향이 비슷한 사람이다. 나는 지금껏 몇 권의 소설을 발표했고 매 시기마다 문체에 대해 고민하고 있다. 그런데 헤밍웨이의 문장을 보면 기가 죽는다. 정말 흠잡을 수 없이 깔끔한 스타일이다. 무슨 소리인지 이해되지 않는다면 김훈의 《남한산성》과 비교하면 쉽게 파악할 수 있다. 《남한산성》에는 한국 최고의 스타일리스트라는 작가의 명성에 어울리는 미문美文이 쏟아져 나온다. 예를 들면 "심양에서 삼전도까지 따라온 여진의 개들이 강가에 나와 콧구멍을 벌름거리며 물 냄새를 맡았다. 개들의 젖은 코끝이 봄빛에 반들거렸다."와 같은 미려한 문장이다.

그런데 여기에는 흥미로운 지점이 있다. 바로 헤밍웨이의 문장과 김훈 문장의 차이를 발견하는 일이다. 어느 쪽을 더 좋아하는 건 앞서 말했듯 취향의 문제니까 오답을 고를지 걱정할 필요는 없다. 그럼에도 나는 선호하는 스타일이 분명하다. 두말할 필요도 없이 헤밍웨이다. 대학원에 잠깐 몸담은 시절 수업 과제로 《태양은 다시 떠오른다》를 원서로 읽어야만 했다. 당시도 그렇고 지금도 여전하지만 내 영어 실력은 형편없어서 소설 원서를 한 번에 죽 읽어나갈 수준에는 미치지 않는다. (미셸 우엘벡의 신작 《세로토닌》이 나왔을 때 국내에 번역이 준비 중이어서 급한 마음에 영어본을 구입해 읽었는데 이런 특별한 경우가 아니면 대부분 번역본을 읽는다.) 그런데 《태양은 다시 떠오른다》를 원서로 읽으면서는 큰 어려움 없이 소설의 재미를 느꼈다. 심지어 모르는 단어를 사전에서 찾아보지 않고서도. 그 이유가 바로 그의 독특한 문체에 있음을 나중에야 알게 되었다. 헤밍웨이는 문체에서 하드보일드 스타일을 일관되게 밀고 나가서 현대 영어의 표준을 완성한 위대한 작가다.

> 내 글을 모두 짧게 자르고 장식적인 요소들을 모두 없앤 다음, 묘사가 아니라 문장을 만들려고 한 후부터 글쓰기가 아주 멋진 일이 되었다. 하지만 그건 매우 어려운 일이었다.
>
> – 어니스트 헤밍웨이, 래리 필립스 엮음, 《헤밍웨이의 글쓰기》, 이혜경 옮김, 스마트비즈니스, 2014, 33쪽.

헤밍웨이의 글에는 군더더기가 없다. 그 흔한 은유도 미적 겉치레도 보이지 않는다. 오직 사실적 실체만이 전면에 드러난다. 그런데도 그의 문장은 많은 의미를 내포하고 있다. "Robert Cohn was once middleweight boxing champion of Princeton." 독자는 로버트 콘이라는 사내가 왜 프린스턴과 같은 엘리트 명문대학 출신이면서도 복싱 타이틀에 집착할까, 궁금해진다. 그는 어떤 남자일까? 뒤에 나올 이야기를 읽어야만 호기심을 풀 수 있다. 이런 걸 나는 위대한 산문정신이라고 생각한다. 위대한 산문정신은 보편성에 근거하고 있다. 산문은 영어로 읽어도 불어로 읽어도 한국어로 읽어도 그 뜻이 정확히 전달되어야 한다. 몇몇 작가들과 비평가들이 한국 소설이 외국에서 잘 읽히지 않고 제대로 된 평가를 못 받는 이유가 한글의 특수성과 번역의 문제에 있다고 지적하는데, 나는 별로 동감하지 않는다. 언어는 인류가 보편적으로 공유하는 소통 도구다. 의미가 정확하면 스타일은 자연스럽게 살아난다. 헤밍웨이는 이를 먼저 깨달은 작가 중 한 사람이다. 그의 하드보일드 스타일은 그렇게 완성되었다. 헤밍웨이와 관련된 재미난 일화가 있다. 다음의 작가가 누구인지 알아맞혀 보라. (힌트: 전 세계인이 존경하는 작가다.)

에릭 아서 블레어^{Eric Arthur Blair}는 인도에서 태어난 영국인 작가이자 언론인이다. 영국 최고의 이튼 학교를 졸업했지만, 상류층 속의 하층계급이었고 우수하지 못한 성적과 못생긴 얼굴에 열등감을 가지고 있었다. 그는 아버지처럼 식민지 관료의 길을 선택해서 경력을 시작했다. 버마에서 경찰관으로 5년을 복무하다 휴가차 영국으로 들어와 사표를 내고 부랑자로 생활했다. '노동자의 삶'이라는 잡지의 파리 통신원으로 제의를 받은 후, 영국 정보국 MI6의 주요 사찰 인사가 된다. 스페인 내전이 터지자 독재자 프랑코와 맞서 싸웠고 이 시기에 '무정부주의적이고 극단적'인 인사로 낙인찍힌다. 투철한 사회주의자인 그는 한국에서는 놀랍게도 '반공 작가'로 분류되어 그의 작품들은 초중고 학생들의 필독서 목록에 올라와 있다. 소설을 좋아하는 독자라면 이제 에릭 아서 블레어가 누구인지, 대충 감이 왔을 것이다.

> 블레어는 파리의 호텔로 미국인 작가를 만나러 갔다.
> "저는 에릭 블레어라고 합니다."
> 영국인의 말에 미국인은 반문했다.
> "그래서, 젠장, 뭐 어쩌라고?"
> 퉁명스러운 대답에 움찔한 영국인은 얼른 자신의 또 다른 이름(필명)을 밝혔다.
> "그리고 조지 오웰이라고도 하죠."
> 그제야 헤밍웨이는 깜짝 놀라며 반가워했다.
> "아, 젠장. 그럼 그렇다고 할 것이지. 자, 한잔합시다!"

나는 이 짧은 토막 이야기를 무척 좋아한다. 내가 좋아하는 두 작가가 마치 소설 속 주인공들처럼 등장하기 때문이다. 에릭 아서 블레어는 바로 《동물농장》과 《1984》의 작가 조지 오웰Geroge Orwell이다. 훗날 오웰은 후배 작가들을 위해서 여섯 가지 글쓰기 규칙을 만들었다.

1. Never use a metaphor, simile or other figure of speech which you are used to seeing in print.
2. Never use a long word where a short one will do.
3. If it is possible to cut a word out, always cut it out.
4. Never use the passive where you can use the active.
5. Never use a foreign phrase, a scientific word or a jargon word if you can think of an everyday English equivalent.
6. Break any of these rules sooner than say anything outright barbarous.

— 조지 오웰, 《Politics and the English Language》, 펭귄북스, 139쪽.

이번에도 구글번역기를 돌렸다.

1. 인쇄물에서 흔히 볼 수 있는 은유, 직유 또는 기타 비유적 표현을 절대 사용하지 마십시오.
2. 짧은 단어가 사용되는 곳에 긴 단어를 사용하지 마십시오.
3. 단어를 잘라내는 것이 가능하다면 항상 잘라내십시오.

4. 능동태를 쓸 수 있는 곳에서는 절대로 수동태를 사용하지 마세요.

5. 일상적인 영어에 해당하는 단어가 생각나면 외국어, 과학 용어, 전문 용어를 사용하지 마세요.

6. 노골적으로 야만적인 말을 하기보다는 빨리 이러한 규칙을 어기십시오.

우리는 20세기 최고의 위대한 두 작가 헤밍웨이와 오웰의 글쓰기 기법의 공통점을 찾아낼 수 있다. 그들은 공히 짧고 핵심적인 단어들로 이루어진 비장식적인 문장을 선호하고 있다. 바로 하드보일드한 문체를 찾고 있는 것이다. 나는 대체로 헤밍웨이와 오웰의 의견에 동의하는 편이다. 물론 소설은 작가들이 스타일을 실험하는 자유로운 공간이어야 한다. 그래서 불변의 지침이나 규칙이 존재해서는 안 된다. 절대적인 선도 없다. 다만 스타일이라는 건 시대의 흐름과 정신을 나타내기 때문에 글을 쓸 때는 주의해야 한다. 변화의 흐름에서 뒤처진다면 구식 작가로 남게 됨을 각오해야 한다는 말이다.

헤밍웨이는 문체 실험뿐만 아니라 소설의 형식에서도 맹렬하게 도전한 작가다. 어떻게 된 일인지 한국에서 헤밍웨이는 《노인과 바다》를 쓴 인상 좋은 할아버지 작가로만 소비된다. 그게 아니면 마초 혹은 꼰대의 이미지가 강하다. 좀 더 들

어가면 부르주아의 감상적 낭만주의를 대변하는 작가로 소개
된다. 그런데 나는 몇 해 전 그가 쓴 초단편 소설^{vignette}을 읽고
헤밍웨이에 대해 이식받은 이미지들을 완전히 벗어던지게 되
었다. 작가라는 사람들은 정말 알 수 없는 존재들이구나, 라고
새삼 생각하게 된 소설이다. 워낙 짧아서 전편을 온전히 감상
할 수 있다.

> 1919년, 그는 기차에 몸을 싣고 이탈리아를 여행하고 있었다. 그는
> 당본부가 준 사각 기름천 한 장을 갖고 있었는데, 거기에는 지워지지
> 않는 연필로 쓰인 글이 있었다. 헝가리 부다페스트 보수 정부로 인해
> 엄청난 고통에 시달리고 있는 동지를 무슨 방법을 써서라도 도와주라
> 는 내용이었다. 그는 그것을 차표 대신 사용했다. 기차 승무원들은 수
> 줍음이 많고 조용한 그 청년을 교대로 돌봐 주었고, 돈이 없는 그를 식
> 당 칸 카운터 뒤에서 공짜로 먹여 주기도 했다.
> 이탈리아는 그에게 즐거움을 주었다. 아름다운 나라야, 하고 그는 중
> 얼거렸다. 사람들도 모두 친절했다. 그는 많은 도시들을 다녔고, 많이
> 걸었으며, 많은 그림들을 감상했다. 조토 디본도네, 마사초, 그리고 피
> 에로 델라 프란체스카의 그림들은 복제품을 구입해 〈아반티〉지에 싸
> 서 가지고 다녔다. 안드레아 만테냐의 그림은 좋아하지 않았다. 그는
> 볼로냐 회의에 출석했고, 나는 그가 어떤 남자와 만나기로 되어 있는

로마냐까지 그를 데려갔다. 우리는 함께 여행을 즐겼다. 9월 초의 이탈리아는 상쾌했다. 아주 착하고 수줍음이 많은 그 마자르 족 청년은 호르티 정권 수하들로부터 몇 번 모진 일들을 겪었는데, 그에 대한 몇 가지 얘기를 들려주었다. 그는 헝가리 사람이었지만 세계 혁명에 대한 신념을 가지고 있었다.

"그런데 이탈리아에서는 운동 전망이 어떻습니까?" 그가 물었다.

"아주 나빠요." 내가 말했다.

"하지만 좋아질 겁니다." 그가 말했다. "여기엔 모든 게 다 있으니까요. 모든 사람들이 신뢰하는 유일한 국가죠. 모든 것들이 시작되는 곳입니다."

나는 아무 말도 하지 않았다.

볼로냐에서 그는 우리에게 작별 인사를 하고 밀라노 행 기차에 올랐다. 그는 밀라노에서 다시 북부 알프스 남쪽에 있는 아오스타로 간 다음 걸어서 스위스로 넘어갈 계획이었다. 내가 밀라노에 있는 만테냐 작품을 알려주자, 그는 만테냐는 좋아하지 않는다고 무척이나 수줍게 말했다. 나는 밀라노에서 식사를 할 수 있는 곳과 동지들의 주소를 그에게 적어 주었다. 그는 내게 깊은 고마움을 표시했지만, 이미 자신이 넘게 될 국경의 고갯길을 마음에 그리고 있었다. 그는 지금처럼 날씨가 좋은 동안에 고갯길을 넘고 싶다고 했다. 가을 산을 사랑한다면서. 그에 관해 들은 마지막 소식은, 그가 스위스 발레 주 시옹 인근 감옥에 갇혀 있다는 것이었다.

― 어니스트 헤밍웨이, 《어니스트 허밍웨이 단편선》 중 〈혁명당원〉, 하창수 옮김, 현대문학, 2013, 187~188쪽.

이 짧은 소설은 말로 표현할 수 없을 만큼 지적이고 아름답다. 만약 이 작품을 읽고 아무런 심적 동요와 감흥이 일지 않는다면 자신의 무지와 무감각을 탓해야 하지 작가를 탓해서는 안 된다. 나 역시 이 소설을 처음 읽었을 때는 제대로 이해하지 못해서 어리둥절해했다. 그래서 책장과 인터넷을 뒤져서 겨우겨우 그 의미를 찾아갔다. 가장 어려운 부분은 역시 1919년 부다페스트에서 일어난 헝가리 공산주의 혁명이다. 133일 동안 권력을 획득한 벨라 쿤 혁명 정권의 실패와 그 이후 벌어진 미클로쉬 호르티 제독에 의한 우파 정권의 백색 테러라는 역사적 배경으로 이 소설은 시작한다. 여기에는 세계 공산주의 이념의 실패와 양차 세계대전으로 이어지는 20세기의 참혹한 비극이 잠복해 있다. 이 거대한 이야기를 단 한 페이지로 헤밍웨이는 완벽하게 그려낸 것이다. 이런 기법을 헤밍웨이는 '빙산 이론'이라고 불렀다. 마치 북극해에 뜬 빙산처럼 서술과 플롯, 대화는 수면 위로 드러나고 작가의 생각과 감정, 동기, 상징은 물 아래에 잠겨 있다. 내가 이 이야기를 어느 정도 이해할 수 있었던 것은 헝가리 현대사를 전공한 선배의 도움이 컸다. 그는 헝가리-오스트리아 이중제국 연구로 박사학위를 받았고 1919년 헝가리 혁명에 대한 소논문도 발표한 적이 있었다. 나는 그의 논문도 읽고 대화도 나누면서 이 소설의 맥락을 잡을 수 있었다. 겨우 소설 한 편을 읽기 위해서 이렇게까지 공을 들여야 하냐고 반문할 독자도 있을 것이다. 그러나 소설이 인류가 만들어낸 지적 유희의 산물이라는 점을 생각하면 이 정도의 노력은 불가피하다. 알면 더 재밌어지는 게 소설이니까 어쩔 수 없다. 독자는 각자의 지적 능력과 노력으로 제각기 다르게 소설을 받아들일 수밖에 없다. 이 지점을 조지 오웰은 그만의 분석적인 통찰로 설명했다.

> 모든 작가는 허영심이 많고 이기적이고 게으르며, 글 쓰는 동기의 맨 밑바닥은 미스터리로 남아 있다. 책을 쓴다는 건 고통스러운 병을 오래 앓는 것처럼 끔찍하고 힘겨운 싸움이다.
> ― 조지 오웰, 《나는 왜 쓰는가》, 이한중 옮김, 한겨레출판, 2012, 300쪽.

오웰의 말에 따르면 우리는 허영심이 많고 이기적이며 게으른 사람이 쓴 정체불명의 텍스트를 읽고 있다는 말이 된다. 게다가 작가가 글을 쓰는 동기는 미스터리로 남아 있어 독자들이 아무리 파헤쳐도 수수께끼는 풀리지 않는다. 그렇다면 왜 우리는 소설을 읽는 걸까? 여기에 대한 대답이 바로 문체 미학이라고 할 수 있다. 독자는 뫼르소가 왜 알제의 해변에서 아랍인을 총으로 쏘아 죽였는지는 정확히 알지 못한다. 다만 우리는 알베르 카뮈가 부조리한 인간의 삶을 자신만의 개성으로 그려낸 미학적인 텍스트의 이미지를 읽어낼 뿐이다. 독자는 이 아름다움에 도취되어 소설을 읽는 것이다.

분에 넘치는 어려운 이야기를 했더니 머리가 어지럽다. 솔직히 말하면 나도 아직 문체 미학이 뭔지, 스타일이 뭔지 정확히 알지 못한다. 그쪽으로 넘어가면 소설은 진짜 어려워진다. 그러니 문체 이야기는 여기서 멈추겠다. 다만 사람들이 오해할까 봐 이 한마디는 하겠다. 작가라고 해서 모두 조지 오웰처럼 진지하지는 않다는 것이다. 미셸 우엘벡과 이언 매큐언, 줄리언 반스와 같은 우리 시대의 최고 작가들도 그들 나름대로 인생을 즐기고 있다. 우엘벡은 동남아 여행을 좋아하고 매큐언은 클래식 음악광이고 반스는 요리에 많은 시간을 투자한다. 작가들도 평범한 사람들과 마찬가지로 소소한 일상의 행복을 즐긴다는 말이다. 그런 점에서 헤밍웨이도 예외일 수는 없다. 그에게는 파리 체류 시절 많은 친구들이 있었고 이들

과 잊지 못할 즐거운 추억을 쌓았다. 그의 친구로는 우리에게
도 익숙한 작가들과 예술가들이 많다. (궁금하신 분에게는 우디
앨런 감독의 영화 「미드나잇 인 파리」를 추천한다.) 대표적인 절친으
로는 《위대한 개츠비》의 스콧 피츠제럴드가 있다. 두 사람은
젊고 열정적인 청년 작가들답게 침실에서 일어난 사적인 일
들을 격의 없이 나누는 사이였다. 어느 날 피츠제럴드는 자신
이 아내 젤다 이외에는 다른 여성들과 성적인 접촉이 없었음
을 친구에게 고백했다. 이야기를 들은 헤밍웨이는 다소 의외
라는 듯 어깨를 으쓱였다. 피츠제럴드는 진지한 표정으로 말
했다. "젤다는 내가 어떤 여성도 행복하게 해줄 수 없을 거라
고 말했어. 바로 크기의 문제 때문에 말이야. 이 문제는 젤다
를 근본적으로 불안하게 만들고 있어."

그러자 헤밍웨이는 그다운 해결책을 제시했다. 화장실로
가서 직접 자신이 확인해 보겠다는 제안이었다. 화장실에서
되돌아온 두 친구는 대화를 이어갔다. "넌 지극히 정상이야.
자책할 이유는 하나도 없지. 위에서 아래를 내려다보니 축소
되어 보이는 것뿐이야. 루브르에 가서 조각상들을 봐. 그리고
집에 돌아가서 거울 속 네 모습을 보는 거야."

무척이나 귀엽고 사랑스러운 일화다. 두 작가는 당시 패
기만만한 이십 대 청년이었다. 당시 그들은 자신들이 그렇게

나 염원했던 작가로서의 성공이 현실이 되어 이루어지리라고는 생각지 못했다. 작품은 팔리지 않고 평론가들은 독설을 쏟아 내거나 외면했다. 가난은 기본값이었다. 그럼에도 몽상과 허영은 늘 그들의 발목을 잡았다. 언젠가 헤밍웨이는 배가 고파서 공원의 비둘기를 잡아서 먹은 적이 있다고 고백했다. 나이가 들면서 그들은 평범한 사람들이 겪는 실패(노화와 질병, 죽음)의 과정을 답습하며 괴로워했다. 특히 피츠제럴드의 말년은 불운했다. (권총 자살로 생을 마감한 헤밍웨이도 별반 다를 게 없지만.) 그러나 그들에게는 고독한 글쓰기를 고집하면서도 의지할 수 있는 친구가 있었다. 서로의 원고를 보여주며 도움을 주고받았다. 나에게 절교 선언을 한 친구는 젊은 시절 내게 헤밍웨이나 피츠제럴드 같은 친구였다. 우리는 감추는 게 없는 사이였다. 그런데도 세월은 모든 것을 집어삼켰다. 더 우울한 사실은 앞으로도 그와의 관계 회복이 어려우리라는 예감이 저 태양처럼 찬란하게 떠올랐다는 것이다. 할 수만 있다면 과거로 되돌아가 모든 일들을 제자리로 돌려놓고 싶지만, 그런 일은 현실에서 일어나지 않는다.

어쩌면 사람들은 이 시공간의 제약과 우울을 이겨내기 위해 소설에 매료되는 것은 아닐까? 절교를 통보받고 괴로워하던, 색채가 없는 다자키 쓰쿠루가 이후 어떻게 이 상실감을 극복해 냈는지 기억이 잘 나지 않는다. (나는 왜 소설을 읽고 난 뒤, 매번 줄거리를 잊어버리는 걸까?) 나는 소파에 앉아서 책장을 물끄러미 올려다보며 이럴 때는 어떤 소설을 읽을지 고민했다. 문체 미학으로만 따지면 내가 읽었던 소설 중 최고의 완벽한 소설은 《노인과 바다》이다. 그러나 오늘은 별로 진지해지고 싶지 않다.

마침 이번 주말에는 크리스마스가 찾아온다. 크리스마스엔 역시 무라카미 하루키 아닐까? 나는 책장을 뒤져 지난 시절 함께한 오래 친구와도 같은 책을 찾아서 페이지를 펼쳤다. 단편 소설의 제목은 〈아이스맨ICE MAN〉이다. 영어본이지만 하루키 특유의 감각적인 스타일을 생생하게 느낄 수 있다. 이런 문장을 읽으면 마치 기대치 못한 선물을 받은 듯한 기분이 든다. 가슴 떨리는 만남과 슬픈 이별의 예감을 동시에 품은 아름다운 도입부가 펼쳐진다. 아이스맨은 시끄럽고 떠들썩한 젊은 이들로 붐비는 스키 리조트 호텔 로비에 홀로 앉아 책을 읽고 있다. 그가 선택한 자리는 벽난로에서 최대한 멀리 떨어진 구석 자리이다. 여주인공의 친구 한 명이 속삭인다. '저 사람은 아이스맨이야.' 이야기가 이어지면서 독자는 자연스럽게 이 겨울이 지나면 아이스맨이 어디로 가게 될까, 궁금해진다. 그는 태양을 견딜 수 없다. 아이스맨을 사랑한 여주인공의 비애감이 슬픈 비가처럼 소설 전편에 흐른다. 그런데 아이스맨은 시아^{Sia}의 「스노우맨^{Snowman}」과 어떤 사이일까? 혹시 친구 사이가 아닐까? 나와 아내는 매년 찬바람이 불고 거리에 크리스마스트리 장식이 나타나면 시아의 「스노우맨」을 듣는다. 흥이 오르면 노래방에서 불러보는 모험을 감행하기조차 한다.

> 울지 말아요, 눈사람. 내 앞에서 날 껴안지 못하면 그대 눈물 누가 껴안아주나요? 날 껴안지 못하면.
> 울지 말아요, 눈사람. 이렇게 날 떠나지 마요. 녹아내리면 안을 수 없잖아요.

어느덧 일흔이 넘은 하루키는 어쩌면 시아의 노래를 모를지도 모른다. 그는 자신이 젊었던 시절에 열광했던 비틀즈나 비치보이스의 노래를 듣는 것만으로도 시간이 부족할 것이다. 나는 시아의 스노우맨을 따라 흥얼거리고 김광석의 옛 노래를 듣는다. 그렇게 시간은 흐르고 우리를 둘러싼 세계는 변화한다. 친구의 '절교 선언'은 이제 잊어버려야 한다. 할 수 있는 일이라곤 그의 행복을 빌어주는 일밖에 없다. 올 크리스마스에도 눈이 내릴까? 나는 창밖으로 눈을 돌리고 스노우맨과 아이스맨이 사이좋게 손을 잡고 눈 덮인 언덕을 넘어 내게로 다가오는 장면을 상상한다. 이번 크리스마스에는 덩치 큰 사내아이조차 질려버릴 만큼 큰 초콜릿케이크를 사야겠다.

어니스트 헤밍웨이의 책장에서 훔친 책들

마크 트웨인 《허클베리 핀의 모험》

윌리엄 포크너 《8월의 빛》

에즈라 파운드 《꺼진 촛불을 들고》

표도르 도스토옙스키 《도박꾼》

이반 투르게네프 《사냥꾼의 수기》

제임스 조이스 《젊은 예술가의 초상》

레오 톨스토이 《전쟁과 평화》

조셉 콘래드 《암흑의 핵심》

존 키츠 《오 솔리튜드》

안톤 체호프 《바냐 아저씨》

제11서가

夏目 漱石

나쓰메 소세키 1867~1916

《산시로 三四郎》

차가운 도시의 골목길을
서성이며

이성에게 인기가 없다는 건 불운한 일이다. 아쉽게도 나 역시 약간 그런 쪽에 속했다. 지금껏 세어보니 예닐곱 번의 미팅을 했고 두 번의 소개팅을 했는데 상대의 선택을 받았다는 확실한 느낌을 받은 적은 없었다. 두 번의 소개팅은 스무 살 시절이었는데 애프터에 성공하긴 했지만 이렇다 할 성과는 없었다. 상대도 그렇고 나도 그렇고 '어쩌다 이렇게 됐지, 저 애는 어떤 마음으로 날 만날까?' 하고 서로 눈치만 봤던 것 같다. 단체 미팅은 상황이 더 좋지 않았다. 내가 점찍은 아이는 대체로 모임에서 가장 인기가 많은 여자아이였는데 (그 나이의 사내아이들이 그렇듯 외모만 봤다.) 당연히 그쪽은 나를 선택하지 않았다. 서로 원하지 않는 상대와 짝을 이뤄서 한 이후의 데이트는 그래서 한심했다. 몸에는 긴장이 사라진 대신 무채색의 패배감이 찾아왔다. 여자들은 눈치가 빨라서 그런지 내 마음을 훤하게 읽고서 다음번 미팅에는 잘해보라는 식의 너그러운 조언을 해줬다. 나는 그 말을 듣고서 어쩔 줄 몰라 고개를 끄덕이며 그쪽도 그렇게 되기를 바란다고 답했다. 지금이라면 그런 멍청한 행동은 하지 않을 것 같다. 여자를 만날 때 가장 중요한 것이 외모가 아니라는 사실을 깨닫기까지 왜 그렇게 긴 시간이 걸렸는지 이해할 수가 없다.

내가 이성과 처음 만난 건 중학교 2학년 때였다. 부산시립 도서관에서 우연히 만난 여자아이들이었는데 그중 CF 모델처럼 생긴 귀여운 여자아이에게 마음을 빼앗겼다. 그러나 그 여자아이는 당연하다는 듯이 내 친구들 중 가장 잘생긴 남자아이를 선택했다. 그날 나는 귀여운 여자아이의 친구들 중 한 명인 평범한 얼굴의 여자아이와 짝이 되어 도서관 근처 공원을 걸었다. 이 아이는 내가 딴마음을 먹고 있는 것을 알고서는 데이트 내내 나를 걱정해 주었다. 나는 아니라고 말했지만 그 아이는 막무가내로 고집을 부렸다. 그녀는 나중에 저쪽 두 사람이 틀어지면 자신이 주선해서 그 아이를 만나게 해주겠다는 약속까지 했다. 놀랍게도 보름 뒤에 그 일은 실제로 일어났다.

나는 잔뜩 긴장한 채 약속 장소에 나갔는데 광고 모델을 닮은 귀여운 여자아이는 약속 시간 30분이 넘어서도 나타나지 않았다. 나는 뭐가 뭔지 잘 모르는 멍한 상태가 되어 버스를 타고 집으로 돌아왔다. 다음 주 학교에서 친구(귀여운 여자아이와 먼저 데이트한 잘생긴 녀석)를 통해서 그녀의 소식을 들었다.

"너 왜 약속 장소에 안 나갔어?"

나는 그날 여자와 만나려면 적어도 한 시간 이상은 기다려줘야 한다는 사실을 처음 알게 되었다. 그 자리에는 나를 위해 자기 친구를 소개해 주려고 했던 평범한 여자아이도 함께 나왔다고 했다. 나는 무엇보다 그 평범한 외모에 친절했던 여자아이에게 잘못을 저지른 것 같아 부끄러웠다. 시간이 흘러 고등학생이 되었을 때 또 단체 미팅을 한 적이 있었는데 이때도 별 소득은 없었다. 그녀는 약학대 지망생이었다. 대학을 졸업한 후 자신의 이름을 내건 약국의 약사가 되는 게 꿈이라고 했다. 나는 동갑내기 여자아이에게 그런 실용적인 꿈이 있다는 사실을 처음 알게 되어 너무 놀랐다. 그때까지 나는 꿈이라는 건 《80일간의 세계 일주》와 같은 환상적인 판타지라고만 짐작하고 있었다. '어떻게 약사가 되는 게 꿈이라고 말할 수 있지?'라고 혼란스러워하며 그녀의 영리한 눈동자를 한참 동안 쳐다보았던 기억이 난다. 헤어지기 전 그녀는 내게 어떤 과목을 좋아하냐고 물었다. 나는 아무 생각 없이 국어를 좋아한다고 대답했다. 높은 수학 점수를 자랑스러워하던 그 아이는 어깨를 으쓱해 보이고는 내게 '안녕'이라고 말하며 사라졌다.

　고3 시절은 암울했다. 아버지가 다니던 회사에서 쫓겨나서 가정 형편이 극도로 악화되었을 때였다. 우리 가족은 처음 가난이라는 걸 온몸으로 겪으며 돈의 비정함에 당혹스러워하고 있었다. 실업자인 아버지는 책임감이 강한 사람이지만 동시에 낙천적인 사람이기도 했다. 아버지는 엄마가 식당에서 일하는 동안 집안에서 살림을 하며 우리 세 남매를 돌봤다. 아버지는 음악광이어서 우리가 학교에 가고 나면 혼자 소파에 앉아 낡은 전축으로 마리아 칼라스의 오페라를 들으며 김성종 류의 최신 추리소설을 읽었다. 아버지의 책장은 청소년 시절 나의 비밀스러운 놀이터였다. 당시 나는 도스토옙스키에게 완전히 빠져 있었다. 학교에서도 수업 시간에 공부는 하지 않고 《죄와 벌》을 미친 듯이 읽은 기억이 난다. 공부는 열심히 하지 않아도 딴짓은 많이 했던 것 같다. 미팅도 하고 시내의 나이트클럽에 놀러 간 적도 있었으니 보통의 얌전한 학생은 아니었던 것 같다. 대입 학력고사를 100일 앞둔 날이었다. 누군가의 제안으로 백일주 파티가 시내에서 열렸다. 당시에는 그런 게 통과의례처럼 유행했다. 대학에 들어갈 실력도 안 되는 아이들끼리 왜 그런 행사를 기획했는지는 몰라도 막상 그날 서면의 통닭 거리 가게에 가보니 우리 반 우등생들의 모습도 많이 보였다. 60명이 넘는 학급이었는데 그날 참석자는 대충 세어보아도 30명에 가까웠다. 넓은 통닭집 다락방 전체를 우리 반 아이들이 차지해서 떠들썩한 파티가 벌어졌다. 그날 처음 술을 마신 아이들도 상당수였다. 아버지를 닮아 평소 술이 셌던 나는 모범생들이 건네는 술잔을 사양하지 않고 받아 마셨다. 어떻게 파티가 끝났는지는 잘 몰라도 정신을 차리고 보니 광안리 바닷가였다. 이른바 술꾼들만 남아 2차가 벌어진 것이다. 열아홉이었고 술은 마치 물처럼 몸을 관통해 흘러내렸다. 우리는 모래 해변에 드러누워 별을 바라보았고 잘 기억도 나지 않는 교가를 불렀다. 자정이 넘어서야 우리는 헤어졌다. 버스는 끊겼고 호주머니를 뒤져보니 동전 하나도 없었다. 그렇게 해서 나는 광안리 해수욕장에서 연산동 집까지 터벅터벅 걷기 시작했다. 그때는 무척 멀게 느껴졌는데 지금 생각해 보니 못 걸을 거리는 아닌 것 같다. 버스로 열 정거장 안팎? 수영 로터리를 지나면서 아이들과 헤어져 나는 혼자가 되었다. 시각은 자정을 넘긴 새벽 1시 정도로 거리에는 제법 쌀쌀한 바람이 불고, 지나가는 사람 하나 없었다. 나는 완전히 취한 상태에서 비틀거리며 낡은 소파에 앉아 나를 기다리고 있을 아버지를 생각하며 걸었다. 외롭고 춥고 암울한 밤이었다. (대학에 들어간다고 해도 등록금을 낼 수 있을까?) 추위를 잊으려고 이문세의 노래를 흥얼거리며 토곡으로 향하는 언덕길을 올랐을 때였다. 어둠 속에서 누군가가 나를 불러 세웠다. "학생, 노래 참 듣기 좋네요."

낯선 사람의 목소리에 나는 흔들리는 몸을 추슬렀다. 그는 내 경계심을 알아차렸는지 밝은 가로등 밑으로 자리를 옮겼다. 작은 몸집의 삼십 대 회사원이었다. 바바리코트를 입고 넥타이까지 맨 차분한 얼굴의 남자였다. 얼굴색은 희고 모범생 같은 두꺼운 뿔테 안경을 쓰고 있었다. 나는 왠지 기분이 좋아서 웃음을 흘렸다. 지금은 조금 나아졌지만 당시에 나는 누구나 인정하는 음치였다.

"술 마셨어요?"

나는 그가 존댓말을 해줘서 우쭐한 마음이 들었다. 마치 어른이 된 듯한 느낌이랄까? 그는 주변을 둘러보다 미소를 지으며 말했다. "마침 술친구가 필요했는데 괜찮으면 같이 함께 할래요? 술은 내가 살게요."

놀라운 제안이었다. 낯선 사람의 '함께 술 한잔할래요?'와 같은 대사는 소설에서나 벌어지는 일인 줄 알았는데 마치 판타지가 실현된 것 같았다. 그것도 한참이나 나이 많은 성인 남성에게 그런 제안을 받은 것이다. 나는 기쁨을 감추며 담담히 고개를 끄덕였다. 그는 그럴 줄 알았다는 듯이 환하게 웃으며 주변을 다시 둘러봤다. "그런데 이 근처에는 술집이 없어서 택시를 타고 나가야 하는데… 괜찮으면 저기 올라가서 그냥 마실까요?"

나는 그가 눈짓으로 가리키는 곳을 바라보았다. 새로 지은 깔끔한 여관 간판이 어둠 속에서 반짝였다.

"저기서도 술을 팔아요?"

"그럼요. 저기서 가볍게 맥주 한잔하면서 이야기해요. 학생을 보니 나도 옛날 생각이 나서 그래요. 대학 진학에 대해서 내가 좀 알려줄 것도 있으니까."

나는 이게 웬 횡재인가 싶었다. 광안리에서 토곡까지 걸어오느라고 다리도 아팠고 무엇보다 차가운 바람에 몸이 떨리고 있었다. 잠시 따뜻한 방에서 몸을 녹이고 집으로 돌아가면 된다. 게다가 술값은 걱정하지 않아도 된다니 기뻤다. 그렇게 해서 나는 난생처음 여관방이라는 곳으로 들어갔다. 새로 문을 연 여관이라 방은 깔끔했다. 무엇보다 엉덩이가 뜨거울 정도인 방바닥의 온기가 마음에 들었다. 잠시 후 여관 종업원이 맥주와 마른오징어 안주를 가져왔다. 우리는 술잔에 맥주를 채우고 건배를 했다. 대화는 주로 그가 주도했다. 대학 진학에서 무엇보다 전공을 잘 선택해야 한다는 식의 교육적인 주제였다. 그는 공무원이었고 얼마 전 결혼해서 살림을 차렸다고 했다. 집도 장만해서 행복한 미래를 설계 중이라고 했다. 나는 원체 그런 시시한 생활에 대해서는 별로 관심이 없었지만 그래도 처음 본 생활인의 모습에 감탄하며 진지하게 그의 말을 들었다. 그는 나의 환심을 사려고 했는지 대학에 들어가면 여학생들에게 인기가 많을 거라고 말했다. 나는 부끄러워하면서도 기분이 좋아서 웃었다. 얼마나 마셨을까? 졸음이 파도처럼 떠밀려왔다. 눈꺼풀이 자꾸만 감겼다. 그는 내 상태를 보더니 괜찮으니까 자리에 잠시 누워서 휴식을 취하라고 했다. 나는 몇 번이나 사양했지만 부지불식간에 방바닥에 쓰러지듯 넘어졌다. 그렇게 갑자기 잠에 빠져들었다.

다시 눈을 뜬 건 뭔가 이질적인 감각을 느꼈을 때였다. 천장의 형광등은 그대로 켜진 상태였다. 밤새 퍼마신 술이 온몸을 바늘처럼 찔렀다. 그런데 내가 느낀 이질적인 감각은 조금 비일상적인 거였다. 고개를 들자 남자의 머리통이 보였다. 상황을 이해하는 데 꽤 많은 시간이 흘렀다. 나는 손바닥으로 눈을 비비며 그가 뭘 하고 있는지 확인했다. 그는 내 그것을 양손으로 감싸 쥐고 있었다. 무슨 일이 벌어지고 있는지 몰라 나는 한참 동안 그의 상기된 얼굴을 바라보았다. 온돌방의 열기 탓인지 그의 이마는 땀으로 번들거렸다. 얼굴은 일그러지고 눈은 붉게 충혈되어 있었다. 내가 별 반응을 하지 않자 오히려 놀란 건 그인 것 같았다. 그는 갑자기 입을 벌리더니 고개를 숙였다. 그의 입술이 페니스에 닿으려는 순간 나는 정신을 차리고 러닝셔츠를 입은 그의 어깨를 양손으로 잡고서 밀쳐냈다. 그런데도 그의 손은 여전히 내 그것을 움켜쥐고 있었다. 손바닥은 땀으로 젖어 있었다. 그는 나를 쳐다보며 필사적인 표정을 지으며 말했다. "왜 서지 않는 거지?"

나는 그가 한 말을 해석했다. 왜 발기가 되지 않는 거냐는 말이었다. 나는 무슨 말인지 몰라 어리둥절했다. 당시 나는 성경험이 없는 열아홉 고3이었다. 섹스에 대해서 연상할 수 있는 거라고는 친구 집에서 본 포르노 두 편과 아버지의 책장에서 꺼내 읽은 소설 속 장면들뿐이었다. (에리카 종의 하드보일드한 성애 소설은 지금 생각해도 충격적이다.) 나는 이해가 되지 않았다. 그는 여자가 아니다. 섹스란 여자와 남자가 하는 어른들의 놀이 아냐? 나는 왠지 기분이 상해서 자리에서 일어났다. 속옷과 바지를 입고 방바닥의 외투와 책가방을 서둘러 집었다. 그는 흠칫 놀란 표정으로 벗어둔 안경을 찾아 꼈다. 그는 나가려는 내 바짓가랑이를 붙잡았다. 밀치고 나가려는데 갑자기

귓가를 때리는 기묘한 소리가 들렸다. 내려다보니 나를 올려다보며 울음을 터트리는 그의 모습이 보였다. 나는 그가 내 페니스를 쥐고 있을 때보다 더 놀랐다. 성인 남자가 나를 쳐다보며 아이처럼 소리 내어 울 수 있다는 생각은 단 한 번도 해본 적이 없었다.

"잠깐만, 잠깐만 우리 얘기 좀 해요." 그는 울먹였다. 나는 그 상황에서 생각을 정리했다. 그는 몸집이 작고 피부가 여자처럼 고운 모범생 같은 삼십 대 남자였다. 일대일로 싸우면 완력에서는 내가 우위임을 장담할 수 있었다. 싸움을 많이 해보지는 않았지만 그 정도는 해치울 수 있다는 자신감이 들었다. 나는 잠시 망설이다 그가 이끄는 대로 방바닥에 퍼질러 앉았다. 그는 무척이나 안도한 표정을 짓더니 손등으로 눈물을 훔치더니 급히 전화기를 들어 새로 맥주를 시켰다. 갈증을 느낀 나는 멍청하게도 그의 호의에 감사한 마음이 들었다. 차가운 맥주가 들어오자 우리는 새로운 대화를 이어갔다. 이번에는 대학 진학과 같은 교육적인 주제가 아니라 그의 기구한 신세 한탄이었다. 울음을 그친 그는 절망적인 목소리로 말했다. "나는 아내와 결혼했지만, 그 사람을 사랑할 수 없어요." 이어진 그의 고백은 내가 이제껏 책에서나 봤던 고뇌와 번민과는 차원이 달랐다. 나는 그때까지 동성애라는 걸 알지 못했다.

남자가 남자를 사랑한다? 상상도 못할 기묘한 이야기였다. 그런 게 정말 가능해, 라고 궁금해하며 그의 이야기를 들었다. 그는 이야기 도중 긴 한숨을 쉬거나 눈물을 훔쳤다. 나는 작은 체구의 성인 남자에게 연민의 정을 느꼈다. 그가 불쌍해 보였다. 공무원이고 집이 있고 아내가 있지만, 그는 밤거리를 유령처럼 떠돌 만큼 괴로워하고 있었다. 얼마나 이야기가 이어졌는지 정확히 기억나지 않지만 나는 다시 밤의 피로를 느꼈다. 어떻게 하지? 이제 슬슬 집으로 돌아가야 하는데, 그를 떼놓을 수가 없었다. 그는 눈치를 보더니 이번에는 나를 설득하기 시작했다. 어차피 늦은 시각이니 잠시 눈을 붙였다가 아침에 함께 여관을 나가자는 제안이었다. 나는 그럴 수 없다고 했다. 하지만 그는 집요하게 매달렸다. 정확히 기억나지는 않지만 그는 자신이 나를 기쁘게 해줄 수 있다고 했다. 그의 말대로 술도 많이 마셨고 밤거리에는 아직 차가운 바람이 불고 있었다.

"그냥 옆에 있어만 주면 돼요. 아무 짓도 하지 않을게요."
그는 혼신의 힘을 다해 애원했다. 힘으로 제압할지 생각해봤지만, 그러면 그가 완전히 무너질까 봐 걱정이 됐다. 나는 약간 자포자기가 되어 말했다. "좋아요. 그럼 그렇게 할게요. 대신 먼저 씻고 와요."

무슨 생각으로 그런 대담한 말을 했는지 지금도 잘 모르겠지만 나는 그렇게 말했다. 아마 이것도 소설을 읽은 영향이었으리라. 나의 말에 그의 얼굴은 형광등 불빛보다 더 환하게 밝아졌다. 기쁨에 차오르던 그의 상기된 얼굴이 지금도 생생히 기억난다. 그는 내가 말을 바꿀까 봐 두려워하면서 급하게 욕실로 들어갔다. 나를 기쁘게 해줄 수 있다는 생각을 여전히 하는 얼굴이었다. 곧 욕실에서 물 떨어지는 소리가 들려왔다. 나는 멍하니 방바닥에 앉아 있다가 무엇인가에 끌린 듯 자리에서 일어나 급하게 현관으로 나가 운동화를 신었다. 혹시라도 욕실에서 샤워를 하는 그가 벌거벗은 몸으로 튀어나오지는 않을까 두려워하며 빠르게 문을 열었다. 그리고 뒤도 돌아보지 않고 계단을 내려갔다. 밖으로 나오니 찬바람이 얼굴을 때렸다. 나는 책가방을 울러 맨 채, 마치 쫓기는 사람처럼 달리기 시작했다.

집으로 돌아오니 아버지가 잠도 자지 않고서 소파에 앉아 나를 기다리고 있었다. 나를 보더니 굳은 얼굴로 왜 이렇게 늦었느냐 말했다. (아버지는 평생 나를 꾸짖은 적이 없었다.) 나는 별마디 핑계도 대지 않고 내 방으로 들어갔다. 잠들기 전 스탠드 전등을 켜고 방바닥에 드러누워 김소월의 시집을 뒤적이다가 잠이 들었다. 아침이 되어 아버지가 나를 흔들어 깨웠다.

나는 멍한 상태에서 아침밥을 먹고 서둘러 학교로 갔다. 교실은 전날 밤 백일주 모임에서 있었던 요란한 무용담으로 떠들썩했다. 못 마시는 술을 먹고 난생처음 지각한 녀석들도 있었다. 수업이 시작되자 나는 집중하지 못한 채, 교실 창밖의 텅 빈 운동장을 내려다봤다. 맑은 날씨여서 멀리 남쪽으로 햇빛에 반사된 바다가 보였다. 수면에 반사된 찬란한 빛을 바라보며 나는 사람들의 삶이란 어쩌면 학교에서 알려주는 것보다 훨씬 더 고달픈 것인지도 모르겠다고 생각했다.

일본 근대소설의 시작은 나쓰메 소세키이다. 1908년에 그가 발표한 《산시로》는 청춘에 관한 이야기다. 주인공 산시로는 도쿄제국대학에 입학하기 위해 규슈 구마모토에서 기차를 타고 장거리 여행을 떠난다. 후쿠오카와 히로시마, 오사카, 나고야를 거쳐 수도 도쿄로 가는 엄청난 거리다. 구마모토에서 나고 자란 시골 사람 산시로는 교토역에서 탄 젊은 여자를 주목한다.

그녀는 기차에 탈 때부터 산시로의 눈에 띄었다. 무엇보다 피부색이 까맸다. 산시로는 규슈에서 산요센(山陽線)으로 갈아탔는데 교토나 오사카에 가까워짐에 따라 여자들의 피부색이 조금씩 하얘져서 어느새 고향에서 멀어진 듯한 슬픔을 느끼고 있었다. 그래서 이 여자가 객실로 들어왔을 때는 왠지 이성의 동지를 얻은 기분이 들었다. 이 여자의 피부색은 그야말로 규슈의 색이었던 것이다.

— 나쓰메 소세키, 《산시로》, 송태욱 옮김, 현암사, 2015, 15~16쪽.

여자를 피부색으로 구분하는 것은 시골 사람들에게는 당연하다. 부산에서 자란 나도 서울에 처음 도착했을 때 여자들의 피부가 하얀 것에 놀랐을 정도니 산시로의 충격은 짐작이 간다. 그는 여자와 시골 노인이 나누는 대화를 들으며 자연스럽게 그녀에 대한 정보를 취득한다. 그녀는 결혼했고 아이들도 있다. 남편은 러일전쟁 이후 돈을 벌기 위해 중국 다롄으로 떠났다. 처음에는 돈도 들어오고 편지도 왔는데 반년쯤부터 소식이 완전히 끊어졌다. 그녀는 어쩔 수 없이 친정으로 돌아가 남편을 기다릴 생각이다. 대화를 나누던 노인이 기차에서 내리자 그녀의 관심은 고등학교 학생복을 입을 산시로에게 쏠린다. 나고야에 다가왔을 때 그녀가 산시로에게 '도착하면 번거롭겠지만 숙소를 안내해 줄 것'을 부탁한다. 혼자서는 무섭다는 게 이유다. 산시로는 그럴 수 있는 일이라고 생각했다. 나고야역에 도착하자 두 사람은 거리를 두고서 함께 여관을 찾아 나선다. 우리 아버지의 출생지는 일본 나고야이다. 내가 이 소설을 재밌게 읽은 이유이기도 하다. 적당히 허름한 여관에 도착하자 상황이 꼬인다. 소세키 특유의 유머러스한 장면 묘사가 나온다.

> 일행이 아니라고 입구에서 미리 말해야 했는데, 어서 오십시오, 들어오십시오, 안내해드려, 매실 4번, 하는 말을 연달아 해대는 바람에 어쩔 수 없이 두 사람은 아무 말도 못 하고 매실 4번으로 안내되고 말았다. ─ 같은 책, 20쪽.

당시의 학제는 지금과 달라서 구마모토 고등학교를 졸업한 산시로는 스물셋의 성인 남자다. 그는 여관 종업원이 권한 대로 욕실로 들어갔다. 이거 참 성가시게 되었군, 하며 첨벙첨벙하고 있으니 복도에서 발소리가 들린다. 욕실 문이 반쯤 열렸다. "등 좀 밀어드릴까요?" 여자가 입구에서 물었다. 산시로는 "아뇨, 괜찮습니다." 하고 큰 소리로 거절했다.

> 하지만 여자는 나가지 않는다. 오히려 들어왔다. 그리고 오비를 풀기 시작했다. 산시로와 함께 목욕을 할 생각인 듯하다. 별로 부끄러워하는 기색도 없는 것 같다. 산시로는 얼른 욕조에서 뛰쳐나왔다.
> ─ 같은 책, 21쪽.

얼마 후 여자가 방으로 돌아오고 뒤이어 따라온 종업원이 이부자리를 들고 들어왔다. 두 사람을 부부로 오해한 종업원은 널찍한 요 하나만을 펴놓고서는 나가버린다. 난감한 산시로는 모기장 밖에서 하릴없이 부채질만 했다. 모기가 그의 팔을 물어뜯는다. 모기장으로 들어간 그는 벼룩 핑계를 대며 수건과 시트를 둘둘 말아 경계선을 만들었다. 그날 밤 산시로의 손과 발은 폭이 좁은 그 수건 밖으로 한 치도 나가지 않았다. 여자와는 한마디도 나누지 않았다. 여자도 벽을 향해 누운 채 전혀 움직이지 않았다. 날이 밝아 그들은 세수하고 아침밥을 먹고 여관을 나왔다. 여자와 산시로가 탈 기차는 다르다. 헤어질 시간이다. 여자가 개찰구 앞까지 산시로를 따라왔다.

"여러 가지로 귀찮게 해드려서……그럼 안녕히 가세요."

여자는 정중하게 고개를 숙여 인사했다. 산시로는 가방과 우산을 한 손에 든 채 비어 있는 다른 손으로 예의 그 꾀죄죄한 모자를 벗어들고 한마디 했다.

"안녕히 가세요."

여자는 산시로의 얼굴을 가만히 바라보고 있었다. 하지만 곧 차분한 어조로 말했다.

"당신은 참 배짱이 없는 분이로군요."

여자는 히죽 웃었다. 산시로는 플랫폼 위로 내동댕이쳐진 듯한 기분이 들었다. - 같은 책, 24쪽.

구마모토라는 낡고 폐쇄된 세계를 벗어난 청년이 맞닥뜨린 충격을 소세키는 이렇게 묘사한다. 《산시로》는 1908년 아사히신문에 연재된 소설이다. 백 년을 훌쩍 넘겨 이 소설을 내가 문학 강의에서 소개했을 때 누군가 농담 삼아 이런 걸 '쥐도 못 먹는다'는 비속어로 표현했다. 강의를 듣는 분들도 웃고 나도 웃었다. 그런데 이걸 정말 코믹한 일화로만 받아들이면 그만일까? 소설이 알레고리를 장착한 예술이라는 점을 떠올리면 독자는 더 크고 추상적인 것을 추적해야만 한다.

대체 그 여자는 어떤 사람일까? 세상에 그런 여자가 있을 수 있는 것일까? 여자란 그런 상황에서도 아무렇지 않게 차분히 있을 수 있는 존재일까? 교육을 받지 못한 탓일까, 대담한 것일까? 아니면 순진한 것일까? 결국 갈 수 있는 데까지 가보지 않았으니 짐작할 수가 없다. 과감하게 좀 더 가봤다면 좋았을걸. 하지만 두렵다. 헤어질 때 "당신은 참 베짱이 없는 분이로군요."라고 했을 때는 정말 놀랐다. 23년의 약점이 한꺼번에 드러난 듯한 심정이었다. 부모라도 그렇게 정곡을 찌르지는 못할 것이다. - 같은 책, 25쪽

나쓰메 소세키는 메이지 시대를 대표하는 작가다. 매튜 페리 제독이 이끄는 미국 함대가 1853년, 에도(도쿄) 인근에 도착한다. 그들은 무력을 앞세워 일본의 개항을 요구했다. 거대한 흑선(증기선)을 보고 놀란 일본은 겨우 600명의 선원을 태운 함정에 겁을 먹고 도망친다. 당시 일본의 막부가 거느린 사무라이의 수만 40여만 명이었다. 낯선 여자에게서 배짱이 없는 사람이라고 핀잔을 들은 산시로는 닫힌 세계에 만족하고 있던 일본인들의 심리를 반영하고 있다. 23년의 약점이란 근대화에 뒤처진 일본의 현실이다.

소세키의 등장은 일본 근대소설의 축복이다. 만약 그가 없었더라면 일본 문학은 아마도 수십 년은 뒤처졌을 것이다. 그는 1900년 일본 문부성 제1회 유학생으로 선발되어 영국에서 2년 동안 유학 생활을 했다. 전공은 영문학이었다. 그곳에서 그는 신경쇠약을 앓으면서 근대소설을 본격적으로 연구한다. 일본으로 돌아온 그는 대학에서 소설 강의를 하면서 일본 근대소설의 시작을 알리는 장편소설을 연이어 발표한다. 《나는 고양이로소이다》와 《도련님》, 《풀베개》, 《산시로》, 《그 후》, 《마음》을 선보이며 전업 작가로 승승장구한다. 그는 근현대 일본 작가들에게 엄청난 영향을 주었다. 아쿠타가와 류노스케, 다니자키 준이치로, 가와바타 야스나리, 다자이 오사

무, 미시마 유키오, 오에 겐자부로와 같은 걸출한 작가들이 직
간접적으로 그의 영향을 받았다. 그런데 근대의 충격이란 무
엇일까, 생각해보면 뭔가 정확히 잡히지는 않는다. 이 '근대
성'이라는 추상적인 개념은 여전히 사람들을 괴롭히고 있다.
장거리 여행을 마치고 마침내 도쿄에 도착한 산시로는 머릿
속으로만 상상하던 현대적인 도시를 바라보며 놀라워한다.

수세키 산책길에서 1907

> 산시로는 도쿄에서 아주 많은 것에 놀랐다. 먼저 전차가 땡땡 종을 쳐
> 서 놀랐다. 그리고 땡땡 울리는 동안 굉장히 많은 사람들이 타고 내려
> 서 놀랐다. 다음으로 마루노우치(도쿄의 경제 중심지)를 보고 놀랐다. 가
> 장 놀란 것은 아무리 가도 도쿄가 끝나지 않는다는 점이었다. (…)
> 세계는 이렇게 움직이고 있다. 하지만 거기에 가세할 수는 없다. 내 세
> 계와 현실 세계는 하나의 평면에 나란히 있으면서도 조금도 접촉하지
> 않는다. 그리하여 현실 세계는 이렇게 움직이며 나를 남겨둔 채 가버
> 린다. 심히 불안하다. - 같은 책, 36~37쪽.

나쓰메 소세키는 말년에 쓴 삼부작 소설 《산시로》와 《그
후》, 《마음》을 통해 근대적 인간의 불안을 통렬하게 그려냈
다. 특히 《마음》은 그의 소설 미학이 정점에 이르렀음을 보여
준다. 그의 책장은 동양의 고전 문학과 서구의 근대 문학이 뒤

섞여 있다. 일본 고전문학에 대해서는 《겐지 이야기》라는 엄청나게 긴 소설이 있다는 정도만 알고 있으니 소세키의 책장은 통과하겠다. 대신 그의 책장이 일본 근대 문학을 이끈 후배 작가들에게 지대한 영향을 주었다는 사실만 기억하자.

그런데 우리는 과거를 통해 무언가를 배우게 되는 걸까? 그런 것도 같고, 아닌 것 같기도 하다. 사람은 망각의 동물이어서 어떤 일들은 빠르게 머릿속에서 사라져 버린다. 특히 이해할 수 없거나 불유쾌한 일들이 그렇다. 군대에 가기 전 엄마와 크게 다툰 적이 있었다. 그때는 우리 가족이 지난했던 가난에서 벗어나 청주로 이사해 살던 시절이었다. 아버지가 옛 동료 직원들의 도움으로 새로운 사업을 벌인 시점이었다. 그러나 이 사업도 기복이 있어서 엄마와 싸웠을 때는 또 경제적 상황이 급격히 나빠진 때였다. 아무튼 나는 가족 문제로 엄마와 크게 말다툼하고서는 집을 나왔다. 너무 급하게 나와서 주머니에 동전 몇 개만 들어 있었다. 나는 버스를 타고 무작정 시내로 나갔다. (울적할 때마다 다운타운으로 가는 건 내 젊은 시절의 습관이다.) 막상 도착하고 보니 할 일이 없어서 그저 혼잡한 거리를 오가기만 했다. 그러는 사이 시간이 흘러 서녘 하늘이 서서히 붉은 노을에 물들어갔다. 나는 인파를 피해 상당 공원으로 자리를 옮겨 벤치에 앉아 나뭇잎 사이로 번져가는 노을을 물끄러미 바라보았다. 그때 한 남자가 내 옆자리에 앉았다.

"하늘이 참 예쁘네요?"

나는 그의 얼굴을 바라보며 무심히 고개를 끄덕였다. 그는 하루 종일 공원을 어슬렁거리며 노인들의 장기판에 훈수를 들다 지쳐버렸다는 식의 표정으로 하늘을 올려다봤다. 평범한 베이지 잠바에 깔끔하게 다림질을 한 양복바지를 입은 그는 이마가 벗겨지기 시작한 오십 대 초반의 남자였다. 눈은 동그랗고 입꼬리가 살짝 올라가서 이상한 나라의 앨리스에 나온 체셔 고양이와 같은 분위기를 풍기는 얼굴이었다. 나는 아버지와 얼추 동년배인 남자에게 예의를 갖췄고 그가 하는 이야기에 적당히 장단을 맞춰주었다. 몇 마디 무의미한 대화가 오간 뒤 그는, "우리 이러지 말고 삼겹살에 소주 한잔할까요?"라고 말하며 손목시계로 시간을 확인했다. 나는 속으로는 기뻐하면서도 애서 태연한 표정을 지으며 그렇게 하자고 했다. 청주라는 도시는 지금도 그렇지만 내게 고립된 섬과 같은 도시다. 친구들은 모두 부산이 아니면 서울에 살았고 그 흔한 동창생 한 명도 없는 도시에서 나는 늘 혼자였다. 그래서 그의 제안이 고마웠다. 물론 공짜 술을 마실 수 있다는 뜻밖의 기대도 컸다. 어느새 스물둘이 된 나는 낯선 사람과의 우연한 만남에 어느 정도 익숙해 있었다. 우리는 인근 식당으로 자리를 옮겨 고기를 굽고 달콤한 소주를 마셨다. 거리에 나뒹구는 낙엽처럼 흔한 중년 남자와의 대화는 식상한 텔레비전 연속극의 주제를 벗어나지 못했다. 그는 올해 대학을 졸업하고 결혼을 앞둔 맏딸 이야기에 푹 빠져 있었다. 애지중지 키운 딸이 성급한 연애를 한 탓에 곤란하게 되었다는 이야기였다. 그는 내게 군대에서 나오면 꼭 공무원 시험을 준비하라는 친절한 조언까지 했다. 여자를 책임지지 못한 상태에서 연애를 해서는 안 된다며 근엄한 표정을 짓기도 했다. 엄마와 싸우고 나오기 전까지 방구석을 뒹굴며 《러시아 혁명사》를 뒤적이던 나는 잘도 머리를 끄덕였다. 그즈음 나는 이상과 현실은 영원히 분리된 채 굴러가는 수레바퀴일 거라는 예감을 어렴풋이 느끼고 있었다. 영혼이 뭔지는 잘 몰라도 그런 게 보통 사람들에게는 중요하지 않다는 사실도 깨달아가고 있었다. 일이 어찌 되었든 그날 나는 잔뜩 취하고 말았다. 낮에 엄마와 싸우며 본심이 아닌 아픈 말을 한 게 후회되었는지도 몰랐다. 얼마 뒤 우리는 식당에서 나왔다. 그는 술값을 계산해서인지 이전보다 더 당당한 표정을 지었다. 그는 주위를 둘러보더니 가볍게 2차를 하자고 했다. 술이라면 만사 오케이였던 시절이어서 나는 생각 없이 고개를 끄덕였다. 그러자 그는 가까운 슈퍼에 들어가 맥주를 잔뜩 사 들고 나왔다. 나는 영문을 몰라 그를 바라보기만 했다.

"바람이 찬데 저기서 방 잡고 먹자고. 오늘 우연히 학생을 만나서 나도 너무 기분이 좋아." 그는 모텔의 네온사인 간판을 가리키며 말했다. 친구들과 여관방에서 2차를 하는 건 이미 익숙해져 있던 터라 나는 흔쾌히 그의 제안을 받아들였다. 나는 고3인 그의 아들과 결혼 준비 중인 그의 딸 이야기에는 관심이 없었지만, 친구 한 명도 없는 도시에서 우연히 만난 중년 남자와 허심탄회한 이야기를 나누는 것에는 나름의 흥미를 느꼈다. 그리고 무엇보다 공짜 술이 눈앞에 있었다. 도저히 거절할 수 없었다. 우리는 사이좋게 모텔 계단을 올라 방으로 들어갔다. 그와 엇비슷한 오십 대 중반인 아버지는 말이 없는 사람이어서 나는 그 나이 때의 남자들이 무슨 생각을 하고 사는지 궁금했다. 맥주 캔을 방바닥에 늘어놓고 우리는 식당에서 하던 대화를 이어갔다. 그런데 어느 순간 그의 눈이 토끼 눈처럼 빨갛게 충혈된 것이 보였다. 동시에 대화의 흐름이 조금씩 바뀌었다. 생활인으로서 의무를 다하는 가장의 자부심은 어느새 보이지 않고 그는 자신의 기구한 신세를 한탄했다. 나는 그의 이야기에 귀를 기울이며 한 가족을 책임지는 남자에게 연민의 정을 느꼈다. '우리 아버지도 이럴까?' 하며 그를 동정했던 것이다. 맥주와 소주를 섞어 마신 그는 술이 약하다고 하면서도 계속 술잔을 들었다. 그러더니 갑자기 울음을 터트렸다. 나는 술자리에서 우는 친구들을 싫어하긴 했지만 그렇다고 냉정하게 물리치지도 못하는 성격이었다. 나는 친구가 되어 그의 어깨를 토닥여 주고 싶은 충동을 느꼈다. 울음을 그친 그가 나를 물끄러미 올려다봤다.

"나는 아내를 사랑하지 않아. 그런데도 수십 년 넘게 결혼 생활을 하면서 아이들을 부양하고 가족을 책임졌어. 그런데 내게 남겨진 건 뭐지?" 그는 그 나이답게 연극 조의 신파적인 대사를 잘도 읊었다. 목소리는 식당에서의 자신감 넘치는 당당한 톤을 완전히 잃고서 흔들리고 있었다. 술에 취한 나는 '아, 이 아저씨는 지갑에 돈이 있지만 불행한 사람이야.'라고 생각했다. 세계는 겉으로는 평온해 보이지만 속으로는 부패하고 있다, 뭐 이런 생각이었다. 그가 갑자기 팔을 뻗어 내 팔을 잡았다. "학생은 팔이 참 예뻐." 그는 반소매 셔츠 아래로 드러난 내 맨살을 부드럽게 어루만졌다. 나는 뭐가 뭔지 몰라 실실 웃었다. 어쨌든 칭찬이지 않은가. 그는 자리를 옮겨 내 옆으로 다가왔다. 그리고 내 팔에 마치 고양이처럼 매달렸다. 술에 취한 상태에서도 그의 행동은 정도를 벗어난 것처럼 보였다. 그래도 그를 밀쳐낼 수는 없었다. '길 잃은 고양이가 이럴까?' 하고 생각했다. 그는 내 옆구리에 몸을 기대며 교태를 부리는 고양이처럼 가르랑거리는 소리를 냈다. "술을 너무 많이 마셨어. 우리 잠깐 여기서 자고 갈까?"

그 순간 나는 찬물을 뒤집어쓴 것처럼 정신이 번쩍 들었다. 데자뷔? 남자의 불행, 아내를 사랑할 수 없어 밤거리를 헤맨다는 고백. 어디선가 분명히 들어본 이야기였다. 나는 정신을 차려야 한다고 생각했다. 그때 난 어떻게 했지? 머릿속의 비디오테이프를 돌려서 지난 장면을 떠올렸다. 그때 나는 어떻게 이 상황을 벗어났을까? 아, 그렇지⋯ 나는 도망쳐야 한다. 어렵지 않게 나는 지난날 써먹었던 대사를 기억해냈다. "그럼, 아저씨 먼저 씻으세요. 좀 쉬었다 가죠." 나는 그렇게 태연하게 말했다. 나를 올려다보며 기뻐하던 그의 고양이 같은 눈동자를 아직 기억한다. 그는 의심과 기쁨이 혼재된 얼굴로 나를 뚫어지게 바라보더니 마른 수건을 들고 욕실로 들어갔다. 물소리가 들려오자 나는 자리에서 일어났다. 그리고 이번에는 조용히 소리를 내지 않도록 조심하며 모텔 방에서 빠져나왔다. 계단에서도 서두르지 않았다. 밖으로 나오니 다운 타운의 소음이 멀리서 희미한 북소리처럼 들려왔다. 나는 모텔의 네온사인 간판을 물끄러미 쳐다본 후 그 자리를 떠났다. 버스에 올랐을 때는 흐릿한 조명이 켜진 방에 혼자 남겨진 중년 남자에 대해서는 생각하지 않기로 했다.

《금각사》를 쓴 미시마 유키오는 일본 근대 문학의 유미주의 전통에서 가장 마지막 자리를 차지한 작가다. 세계문학에서 유미주의의 근대적 정의를 내놓은 소설가는 표도르 도스토옙스키인데 모르긴 몰라도 미시마 유키오는 도스토옙스키를 탐독했을 것이다.

아름다움이란 말이다, 섬뜩하고도 끔찍한 것이야! 섬뜩하다 함은 뭐라고 정의 내릴 수 없기 때문이고, 뭐라고 딱히 정의 내릴 수 없다 함은 하느님이 오로지 수수께끼만을 내놨기 때문이지. 여기서 양극단들이 서로 만나고, 여기서 모든 모순들이 함께 살고 있는 거야. (…) 젠장, 도대체 뭐가 뭔지 알게 뭐람, 정말! 이성에겐 치욕으로 여겨지는 것이 마음에겐 완전한 아름다움이니 말이다. 소돔에도 아름다움이 있을까? 믿을 수 있겠니, 아주 많은 사람들에게 있어 아름다움이란 바로 소돔에 도사리고 있다는 것을―그 비밀을 너는 알고 있었니? 정말 무서운

건 말이지, 아름다움이란 비단 섬뜩한 것일 뿐만 아니라 신비스러운
것이기도 하다는 사실이야.

― 표도르 도스토옙스키, 《카라마조프가의 형제들1》, 김연경 옮김, 민음사,
2007, 1부 3편 3장 227~228쪽.

　문학과 예술에 관심이 없는 사람들은 위의 이야기에 어리
둥절할 것이다. 왜 작가들은 악에서, 더 나아가 추한 것에서
아름다움을 찾는 것일까? 솔직히 말하면 나도 잘 몰라서 정확
한 해답을 내놓을 수는 없다. 다만 이에 대한 대답으로 보들레
르의 시산문집 《파리의 우울》을 추천한다. 시집 《악의 꽃》을
읽으면 더 좋지만 산문으로 보는 게 좀 더 이해하기 쉽다. 아
무튼 탐미주의자인 미시마 유키오는 악과 추醜에서 새로운 미
를 보고자 했던 작가이다. 그가 한참 선배인 나쓰메 소세키에
대해서 어떤 생각을 했는지는 잘 몰라도 미시마 유키오가 나
쓰메 소세키 이후의 일본 소설을 세계적인 수준으로 끌어올
린 것은 분명해 보인다. (노벨문학상 후보에 다섯 번이나 올랐다 하
니 인정해야 하지 않을까?) 그런데 미시마 유키오는 작품 이외에
도 여러 사회적 논란을 일으킨 작가다. 크게 나누면 첫 번째
는 동성애(정확히는 양성애자) 논란이고 두 번째는 그의 충격적
인 죽음이다. 그는 1970년 육상자위대 건물에서 일본 평화헌

법의 개정과 자위대의 궐기를 요구하는 연설을 한 후 할복자
살했다. 유명한 소설가의 괴이한 죽음은 커다란 사회적 반향
을 일으켰다. 더구나 그가 한 연설은 일본 군국주의 부활을 요
구하는 극우적인 사상이어서 지식인 사회에 끼친 충격은 대
단했다. 아마 한국의 독서 시장에서는 이 점 때문에 의도적으
로 미시마 유키오의 작품들을 기피하는 경향이 생겼을 것이
다. 솔직히 일본 근대 작가들의 작품을 거론할 때는 항상 조심
해야 한다. 어느 시기에 어느 작가가 무슨 말을 했는지 정확히
알지 못하는 상태에서 작품만 소개하다 뒤통수를 맞을 가능
성이 농후하기 때문이다. 나쓰메 소세키만 해도 그가 일본의
조선 침략에 대해 모호한 태도를 취해서 그의 작품을 소개할
때마다 마음속으로는 조금 불안해진다. 그렇다고 무턱대고 일
본 근대 문학을 통째로 무시할 수도 없다. 나는 아버지가 돌아
가신 후 오래된 출생증명서를 보았는데 거기에서 일본 나고
야의 옛 거리 이름이 적혀 있는 것을 보았다. 그때 나는 비로
소 한국과 일본의 비극적인 역사가 역사책에나 기록된 이야
기가 아님을 알게 되었다. (나고야와 오사카를 오가며 벌꿀을 팔고
미장 기술을 배운 조선인에게서 태어난 사내아이가 내 아버지였다.) 아
무튼 미시마 유키오의 괴상한 죽음은 오늘의 주제는 아니니
까 넘어가고 문학의 관점에서만 그를 바라보겠다. 우선 비판

적 목소리부터 들어보자.

1967년 스물넷의 나이에 최연소로 일본 최고 권위의 문학상인 아쿠타가와상을 수상한 마루야마 겐지는 조선일보와 한 인터뷰에서 흥미로운 이야기를 했다. 일본 문학의 3대 나르시시스트가 있다면서 세 명을 지목했는데 다자이 오사무와 미시마 유키오, 무라카미 하루키였다. 그는 이 작가들이 망상에 사로잡혀 소설을 쓴다고 혹평했다. 특히 하루키의 소설을 나르시시즘의 전형으로 지목하면서 이렇게 말했다. "평범함에 미달하는 남자가 미녀에게 둘러싸여 늘 사랑을 받더군. 현실에서는 불가능한 꿈이야. 작가의 콤플렉스지. 읽는 독자도 마찬가지고."

나는 최근에 이 인터뷰 기사를 읽고 속 시원하게 웃었다. 과연 기인奇人 마루야마 겐지다운 일갈이라는 생각이 들었다. 마루야마가 언급한 위의 세 작가가 나르시시스트, 이른바 자뻑이 강한 성향의 작가인 것은 틀림없어 보인다. 그런데 나르시시즘이 없는 작가가 과연 이 문학판이라는 곳에서 살아남을 수 있을까? 라고 생각해보면 마루야마의 지적은 좀 과하다. 내 생각에는 마루야마 겐지도 자의식이라면 둘째가라면 서러워할 사람처럼 보인다. 세상에는 '겸손하고 예의 바른 작가'는 없는 게 아닐까? 작가라는 종족은 망상으로 자신의 콤플렉스를 극복하며 세계를 그려내는 사람들이라는 게 내 생각이다.

마루야마의 지적에서 가장 속이 상할 사람은 하루키일 것 같다. 평범한 수준에 미달하는 남자가 미녀들에게 둘러싸여 늘 사랑을 받는다는 논평은 아무리 생각해도 뼈아프다. 이런 점을 의식해서인지 하루키는 종종 소설 도입부 묘사에서 '그녀는 일반적인 의미에서의 미인(미녀)은 아니었다.'라는 식의 보완 장치를 해두어서 독자의 눈을 분산하는 전략을 쓰는데 마루야마에게 딱 들켜버린 것이다. 반면 미시마 유키오의 경우에는 좀 특이한 지점이 있다. 바로 이성이 아닌 동성의 대상을 바라보는 그의 시각이다.

자전적 소설로 알려진 《가면의 고백》에서 미시마 유키오는 특유의 생동감 넘치는 문체로 동성애자 내면의 욕망을 묘사했다. 주인공 소년은 성적 유희에 본격적으로 눈뜨기 이전에 자신의 내밀한 욕구를 본능적으로 알아차린다. 그는 일찍부터 남자들의 땀 냄새에 반응한다. 특히 소년이 책을 읽으면서 일본군 병사들의 땀 냄새를 감각적으로 받아들이는 장면은 무척 인상적이다. "그들의 땀 냄새, 그 바닷바람 같은 황금으로 달궈진 해안의 공기 같은 냄새, 그 냄새가 내 콧구멍을 사로잡고 나를 취하게 했다."고 소년은 고백한다. 이 욕망은 단순한 말초적 자극에 그치지 않고 작가의 분신인 소년이 미래에 폭발시킬 비극(할복자살)을 향해 확장한다. 병사들의 운명과 그 직업이 품은 비극성, 즉 머나먼 나라에서의 죽음과 같은 추상적인 망상은 소년의 가슴에 잠복한 관능적인 욕구를 자극하며 서서히 깨어난다. 무라카미 하루키가 성적 대상을 묘사할 때 견지하는 보편성과는 확연히 다른 지점이다. 미시마 유키오는 평범한 이성애자들이 보지 못하는 세계의 이면을 그려낸다. 소년은 먼 나라의 동화를 읽으며 사랑에 빠진다. 그러나 그는 아름다운 왕녀들에 대해서는 무심한 채 오직 왕자만을 사랑하게 된다. 이들 왕자들은 특히 죽음의 운명에 놓인 비극적인 주인공들이다. 소년은 '살해될 운명에 처한 왕자'의 환영에 시달리며 남몰래 가학적인 욕망을 키워나간다. 소년은 몸매를 고스란히 드러내는 타이즈 차림의 왕자들과 그들의 잔혹한 죽음을 연결지어 공상하는 일이 어째서 자신에게 그토록 즐거운지 이해하지 못한 채 혼란스러워한다.

　이 소설을 읽었을 때 나는 자연스럽게 젊었던 시절에 경험한 과거 일들을 떠올렸다. 나는 동성애에 대해서 무지해서 그들의 행동이 정확히 무엇인지 이해하지 못했다. 왜 서른이나 먹은 성인 남자가 여드름이 난 남자 고등학생의 바짓가랑

이를 붙잡고 눈물을 흘리는 것인지 도무지 알 수가 없었다. 인간은 나의 욕망이라는 한계선상에서만 타인의 욕망을 이해할 수 있을 뿐이다. 소설을 읽는다는 행위는 이 경계를 벗어나 넓고 숨겨진 세계의 영토를 방문하는 모험이다. 비슷한 나이에 광고 모델을 닮은 귀여운 여자아이를 좋아해서 마음을 졸이던 평범한 소년과는 다른 인간이 우리 세계에는 함께 숨 쉬며 살고 있는 것이다.

중학교에 들어간 소년은 동급생 친구 오미라는 아이를 보고 사랑에 빠진다. 오미는 동화책에 등장하는 먼 나라의 왕자가 아니다. 오미는 땀을 흘리고 겨드랑이 털이 자라는 살아 있는 육체로 소년에게 다가온다. 오미를 향한 사랑, 그것은 명백히 육체적인 욕망으로 이어진 소년의 첫사랑이었다. 소년은 오미가 반바지를 입을 계절을 기다리며 초조해한다. 여름, 아니 초여름이 되면 오미의 벗은 몸을 볼 기회가 올 것이라는 낯부끄러운 욕망이 그의 내면을 지배한다. 오미에 대한 사랑은 자극적인 소문과 함께 소년의 머릿속에 독초와도 같은 상념을 키워낸다. 소년이 들은 소문은 다음과 같다. "그 녀석 그거, 굉장히 크대. 나중에 상놈 놀이 할 때 한번 만져봐. 그러면 알 테니까."

죽기 전까지 미시마 유키오는 아내에게 자신은 '동성애

자'가 아니라고 설득했다고 한다. 그 주장의 진실 여부는 내게
별로 중요하지 않다. 나는 《가면의 고백》을 읽고 우리가 사는
세계가 이성애자들만이 누리는 전유물이 아님을 알게 되었다.
문학사에는 잘 알려진 동성애자들이 있는데 대표적인 작가는
앙드레 지드와 오스카 와일드이다. 이들은 작가로 이름을 알
리며 사는 동안 자신의 성 정체성을 숨겨야만 했다. 그들의 성
적 지향이 문학 작품에 영향을 끼쳤을까? 너무 당연한 질문이
어서 답할 필요는 없을 것 같다. 사실 이성애자이든 동성애자
이든 사랑의 감정과 아름다움을 대하는 태도는 본질적으로는
같은 것이 아닐까.

내가 열예닐곱 살 때였을 거야. 처음으로 세상에 아름다운 것이 있다
는 사실을 발견했을 때는 정말이지 깜짝 놀랐네. 몇 번이고 내 눈을 의
심하여 눈을 비볐지. 그리고 마음속으로 아아, 아름답다, 하고 외쳤어.
열예닐곱 살이라고 하면 남자든 여자든 흔히 말하길 이성에 눈뜨는 시
기네. 이성에 눈뜬 나는 처음으로 여자를 세상에 존재하는 아름다운
것의 대표자로서 볼 수 있었지. 지금까지 그 존재를 전혀 깨닫지 못했
던 이성에게 맹인이었던 눈이 순식간에 뜨인 거야. 그 이후로 내 세계
는 완전히 새로운 것이 되었네.
— 나쓰메 소세키, 《마음》, 송태욱 옮김, 현암사, 2016, 163쪽.

아름다움은 작가와 예술가들의 영원한 주제일 것이다. 내가 젊은 시절 여자에게 인기가 없었다는 건 잘 생각해 보면 이상한 일이 아닌 것 같다. 사람은 원래 고독한 존재이고 자신의 장점과 아름다움을 세상에 드러낸다는 것은 무지 어려운 일이서 낯선 타인으로부터 선택을 받는다는 건 상당히 예외적인 일이 되어버린다. 오히려 우리는 오해받고 소외되기 쉬운 존재인 것이다. 이렇게 생각하면 두 번씩이나 거리에서 낯선 타인으로부터 헌팅을 당했다는 건 기분 나빠해야 할 일만은 아닌 것 같다. 동성애를 다룬 소설이나 영화를 볼 때마다 나는 내게 매달려 애원하던 아저씨들의 얼굴을 떠올린다. 나는 그들이 남자 역할이었을까 아니면 여자 역할이었을까, 하고 궁금해한 적이 있는데 동성애에서 그런 역할은 없다고 하니 이 또한 무지한 생각이었다. 사랑의 욕망이란 참 어려운 거야, 라고 생각할 수밖에 없다. 서른 중반쯤에 아내와 함께 트랜스젠더들이 운영하는 술집에 놀러 간 적이 있는데 이때도 좀 특이한 경험을 했다. 스툴에 앉아 위스키를 홀짝거리고 있으니 쇼를 마친 여종업원 둘이 우리 쪽으로 다가와 말을 걸었다. 그때 한 여성(아직 페니스 제거술을 하지 않은 여자였다)이 날 보더니 주말에 자기 집으로 놀러 와 함께 고기나 구워 먹으며 놀지 않겠냐고 제안하며 자기 전화번호를 쓴 메모를 건네주

었다. '절대 농담이 아니니 꼭 연락하라'는 말과 함께. 처음에
는 고객 서비스 차원인 줄 알았는데 그녀가 내 손을 잡고 똑
바로 쳐다볼 때는 조금 묘한 기분이 들었다. 그녀는 내 곁에
앉은 아내의 눈치도 전혀 보지 않았다. 이때 나는 처음으로 내
가 어쩌면 이성보다는 동성인 남자들에게 더 끌리는 매력을
가진 건 아닐지 의심했다. (착각이겠지?) 군대에서 나를 따랐던
후임 중에는 여자애보다 더 예쁘게 생긴 아이도 있었고 캐나
다에서 우연히 게이 바에 들어갔을 때 유독 환하게 반겨주었
던 흑인 남자도 있었다. 이런저런 기억을 종합해 보면 완전히
허튼 생각은 아닌 것 같기도 하다. 그렇다고 이성의 존재에게
무시만 당하고 살지는 않았다. 기억을 떠올려 보면 내게도 좋
은 시절이 있기도 했다. 대학 시절 같은 과 친구들과 어울려
술을 마실 때 한 여자아이가 갑자기 나를 보더니 "너 팔이 참
예쁘네."라고 말한 적이 있었다. 그때는 어려서 그게 칭찬이
라는 걸 모르고 별 이상한 소리를 하네, 라고 생각했는데 내게
호감을 표한 것으로 볼 수 있지 않을까. 여자 동기 중에서 두
명이나 내게 소개팅을 주선해 준 것도 그런 식으로 해석할 수
있다. 짚신도 짝이 있다고 나도 어엿하게 여자 친구를 만나 결
혼까지 했으니, 여자에게 인기가 없다느니 하는 식으로 침울
해할 필요는 없는 것 같다.

추신. 도쿄제국대학에 입학한 시골 청년 산시로는 크고 아름다운 대학 캠퍼스에서 한눈에 반할 만큼 예쁜 도시 여자를 만난다. 이 소설은 겉으로는 연애소설 형식을 취하고 있어 읽을 때는 무척 재밌지만 다 읽고 나면 뭐가 뭔지 모르는 상태가 되어버린다. 사랑의 실패를 자청한 산시로의 선택이 도무지 이해되지 않는다. 엉터리처럼 보이는 결말. 이른바 전형적인 근대소설이다. 궁금하면 꼭 읽어보시길.

_____

내 책장에 꽂힌 일본문학

나쓰메 소세키 《마음》

다니자키 준이치로 《시게모토 소장의 어머니》

아쿠타가와 류노스케 《톱니바퀴》

다자이 오사무 《인간실격》

아베 코보 《모래의 여자》

가와바타 야스나리 《설국》

오에 겐자부로 《만엔 원년의 풋볼》

미시마 유키오 《금각사》

무라카미 하루키 《스푸트니크의 연인》

무라카미 류 《69》

제12서가

Philip Roth

필립 로스 1933~2018

《에브리맨*Everyman*》

행복한 엔딩을 원하는
독자에게

서른 이후의 삶은 실패의 연속이었다. 스물아홉에 결혼했고 서른에 아들이 태어났으니 이후로 이어진 내 실패는 곧 우리 가족의 실패가 되어버렸다. (이 지점이 가장 뼈아프다.) 캐나다에서 5년을 보내고 한국으로 돌아와 대전에서 살 때였다. 재미 삼아 쓴 글이 채택되어 한 지역 인터넷 신문사로부터 기자직을 제안받았다. 시작은 좋았는데 끝은 참담했다. 당시 나는 한국에서는 너무나 당연하게 여기는 조직의 수직적인 상하관계에 익숙하지 않아서 어느 날 신문사 대표와 기사를 놓고 대판 싸우게 되었다. 나로서는 합리적인 비판을 제안한 것인데 사장은 모욕으로 받아들였다. 결국 신문사에 입사한 지 보름을 못 넘기고 잘리고 말았다. 내 첫 직장의 꿈은 그렇게 물 거품이 되었다. 이후에 친인척이 운영하는 사기업에 들어가게 되었는데 이곳에서도 비슷한 일이 일어나 결국 3주 만에 회사를 그만두었다. 실패의 정점은 대전에서 자영업을 시도했을 때였다. 변두리 지하에서 술집도 아니고 식당도 아닌 어정쩡한 콘셉트로 가게를 열었는데 개업한 지 채 한 달을 넘기지 못하고 문을 닫았다. 아마 오픈식과 함께 폐업을 같은 달에 한 전국 최초의 일이었을 것이다.

　작가가 되어서도 실패는 계속되었다. 높은 선인세를 받고 첫 책이 나왔고 두 번째 책이 지상파 방송국의 미니시리즈 드라마로 계약이 되었을 때까지만 해도 나름 괜찮았다. 그러나 무슨 이유인지는 몰라도 TV 드라마는 5년이 지나도록 만들어지지 않았다. 이후로는 내리막길이었다. 인세만으로는 먹고 살길이 막막했다. 그래서 궁여지책으로 백화점 문화센터에서 소설 강의를 시작하게 되었다. 이곳에서는 그런대로 현상 유지를 할 수 있어서 십 년 동안 강의를 하게 되었다. (내가 잘했다기보다는 수업을 들으시는 분들의 열의 덕분이다.) 이 강의를 좀 더 확장해 보려고 노력했는데 짐작과 달리 쉽지 않았다. 일주일에 한 권씩 소설을 읽고 강의를 듣는 것에 사람들은 화들짝 놀라 달아났다. 특강 형식의 단기성 강의도 게으른 품성 탓에 잘 안되고 있다. 뭘 해도 잘 안되는 게 일종의 체질이 되어버린 건 아닐지 걱정이 될 정도다.

물론 꼭 나쁜 일만 있었던 건 아니다. 문학의 죽음이라는 시대에 살면서 소설을 써서 발표하고 있는 것만으로도 위안을 삼아야 하지 않을까, 하는 생각이 들 때도 있다. 마음속 몽상은 죽지 않고 살아 있으니 언젠가는 가슴에 품은 칼을 세상에 드러낼 때가 올 것이라는 희망을 버리지 않고 있다. (묘하게도 막다른 골목에 다다르면 거짓말처럼 뭔가 희망을 품게 하는 일이 일어난다.) 누군가의 말처럼 이 문학판이라는 무대는 치열한 '생존' 투쟁이 벌어지는 곳이다. 모든 수단을 동원해서 끝까지 살아남아야 한다. 다른 건 몰라도 실패를 실패로 받아들이지 않는 낙천적인 성격에서는 나도 남들에게 뒤지지 않는다. 매미처럼 고목나무에 딱 달라붙어 한여름을 버틸 수 있다. 귀스타브 플로베르의 말처럼 '기다리고 기다려라, 더 좋은 것은 아직 나오지 않았다.' 하고 칼을 갈면서 계속 글을 쓸 수밖에 없다.

아버지의 죽음은 내 삶의 분기점이 되었다. 쓸쓸한 장례식장 한구석에 앉아 나는 아버지의 실패에 대해 곰곰이 생각했다. '그는 성공한 삶을 살았을까, 아니면 실패한 삶을 살았을까?'라는 질문이었다. 그런데 '한 인간의 삶을 성공과 실패로 가르는 기준, 혹은 분류법이라는 게 실제로 존재하는가?'라는 의심이 앞선 질문을 자꾸만 흩뜨려 놓았다. '그런 게 정말 가능해? 어떻게 하면 나는 아버지의 죽음을 성공으로 미화할 수 있을까?'라고 고민했지만 답은 나오지 않았다. 나는 근원적으로 이 질문을 되돌려 놓아야 할 필요를 느꼈다. 짧은 내 삶에서 그나마 위안이 되어준 건 소설밖에 없었다. 소설은 인간의 생애를 다루는 장르다. 그래서 나는 '소설이란 무엇인가'를 다시 생각해야만 했다. 여기에는 나보다 앞서 고민한 선배들의 발견이 큰 도움이 되었다. 평론가 김윤식 선생은 《내가 읽고 만난 일본》이라는 에세이에서 '근대란 18, 19세기의 산물 곧 일종의 상상의 공동체'라고 정의하면서 근대 사상을 이루는 토대는 '국민국가와 이를 가능케 한 자본제 생산양식'이라고 단언했다.

1970년, 문학비평가 김윤식은 도쿄대학 초청으로 일본으로 향했다. 그의 연구 주제는 '한국 근대문학이란 무엇인가'였다. 그가 밝혀낸 근대라는 정의에 주목해서 텍스트를 해석하면 근대문학이란 '국민국가와 이를 가능케 한 자본제 생산양식'이라는 두 가지 토대 위에서 발생하게 된다는 사실을 알게 된다. 나는 이 지점에 작가와 독자들이 주목해야 한다고 생각한다. 소설은 근대 사회가 만들어낸 예술 양식이다. 결국 소설에 담길 내용은 국민국가와 자본제 생산양식이 어떤 식으로든 들어가야 한다. 그런 의미에서 《아서 왕의 전설》이나 《해리포터》는 소설이라는 범주에 포함되지 않는 것이다. 김윤식은 도쿄대학 정문의 고문서 책방에서 뜻하지 않게 그의 문학 인생에서 가장 중요하다고 할 수 있는 한 권의 책을 만난다. 바로 그 유명한, 혹은 악명 높은 책 죄르지 루카치의 《소설의 이론》이다. 김윤식은 '누가 볼세라' 조심하며 책을 사서 하숙집으로 돌아간다. 책을 펼치자 전혀 예상치 못한 문장이 펼쳐진다. 문학사에 길이 남을 유명한 문장이다. "Selig sind die Zeiten… 별이 총총한 하늘이 갈 수 있고 또 가야만 하는 길들의 지도인 시대, 별빛이 그 길들을 훤히 밝혀 주는 시대는 복되도다."

죄르지 루카치는 마르크스주의 문예이론의 최고 석학이다. 1970년대 한국은 박정희의 유신으로 몸살을 앓고 있었다. 이런 시기에 루카치를 읽는다는 건 보안당국의 체포를 감수해야 할 만큼 위험한 모험이었을 것이다. 나는 대학에서 헝가리어를 전공했기 때문에 1919년 벨라 쿤의 헝가리 혁명 정부가 들어섰을 때 문화교육부 장관을 역임한 루카치에 대해서는 왠지 모를 친근함을 갖고 있었다. 그래서 《소설의 이론》을 일찌감치 사서 책장에 꽂아 두었다. 책장을 펼칠 때마다 잠이 쏟아져서 매번 완독에 실패하다 나중에는 오기가 생겨서 말 그대로 책을 읽기만 했다. 글자 하나하나를 끝까지 읽었을 뿐 해독은 못했다는 뜻이다. 이 책은 내가 이제껏 읽은 책 중에서 가장 이해하기 어려운 책이다. (즐거운 독서를 하려는 분들에게는 절대 비추다.) 아마 번역의 어려움도 있으리라 생각한다. 그래서 김윤식이 루카치에 대해서 언급했을 때 누구보다 기뻤다. 그리고 고맙게도 그는 모두가 이해할 수 있을 정도의 언어로 《소설의 이론》이 말하고자 하는 결론을 보여주었다.

김윤식은 '황금시대'가 끝났다는 루카치의 주장을 독자들이 어떻게 받아들여야 할지 명쾌하게 설명한다. '황금시대의 종말'은 곧 '신의 죽음'과 동의어다. 신이 죽었으니 빛은 사라지고 세상은 어둠이 지배하게 된다. 이 순간 등장하는 것이 소설(장편) 형식이었다. 이제 인간은 어둠 속에서 스스로 길을 찾아야만 한다. 하늘은 암흑으로 드리워지고 인간은 '나는 누구인가'라는 철학적 질문 속에 내던져진다. 루카치의 표현을 빌면 '문제적 개인'의 길 헤매기가 시작되는 것이다. 여기에서 중요한 것은 결말이다. 신이 사라진 세계는 이미 훼손된 세계다. 아무리 길을 찾아도 길은 나타나지 않는다. 결국 소설은 엉터리로 끝나버린다. 소설의 주인공은 '아, 이게 아닌데'라고 허둥대다가 독자의 눈앞에서 사라진다. 이 짧은 글에는 소설의 핵심이 담겨 있다. 만약 이 이야기가 무슨 말인지 감이 잡히지 않는다면 당신은 소설 미학을 이해하지 못한 채 그저 관성적으로 소설을 읽어온 것이 된다. 물론 이런 이론적 배경이 소설을 즐기는 데 반드시 필요한 건 아니다. 이론이 예술을 보여주는 건 아니니 너무 걱정하지 않아도 된다. 그러나 이런 이론적 배경이 있다는 건 소설이라는 추상적 예술 장르를 이해하는 데 도움이 된다. 예를 들면 카프카의 《성》과 《소송》이라는 작품이 왜 훌륭한 문학 작품인지 설명하려면 위의 이론이 유용하다. 이 두 소설의 결말은 논리적으로만 보면 도저히 이해가 되지 않는 엉터리처럼 보인다. 책을 덮은 독자들 대부분은 '주인공 K가 갑자기 왜 저기서 저렇게 죽는 거야?'라는 의문을 품게 된다. 아무런 설명도 알레고리도 상징도 없이 K는 그렇게 그냥 죽는다. 이것이 루카치가 말하는 '문제적 개인의 길 헤매기'이다. 신이 사라진 세계, 별빛이 사라진 암흑의 시대에 현대인은 살고 있다. 신을 대신한 국민국가와 자본제 생산양식은 사람들에게 심연에 빠진 고통과 절망, 광기만을 안겨준다. 누구도 이 훼손된 세계에서는 행복할 수가 없다. 소설은 이 지점을 집요하게 파고드는 예술이다.

다시 아버지 이야기로 돌아오겠다. 나는 장례식장 바닥에 퍼질러 앉아 죽은 아버지의 삶에 대해서 생각했다. 대차대조표를 그려서 플러스와 마이너스로 한 사람의 생애를 복원해 낼 수 있을까? 아마 불가능할 것이다. 대신 나는 아버지가 내게 어떤 사람이었는지를 떠올려 보았다. 그러자 프루스트의 마들렌처럼 내 기억 속에 각인된 사물들의 이미지가 형광등처럼 밝게 켜졌다. 아버지는 어린 시절 전혀 기대치 못한 순간에 선물을 내밀어 나를 깜짝 놀라게 했다. 하나는 미키마우스가 그려진 스위스제 손목시계였다. 당시에 나는 미키마우스를 별로 좋아하지 않아서 얼떨떨한 표정으로 선물을 받았다. 이 기억 때문인지 성인이 된 이후에는 미키마우스에 상당히 집착하게 되었다. 또 다른 선물은 상당한 고가의 소가죽 야구 글러브였다. 일요일이면 아버지는 나를 넓은 공터로 데려 나가 캐치볼을 시켰다. 그리고 마지막으로 인상이 남은 선물은 셜록 홈즈의 추리 소설 시리즈물이었다. 모두 서른 권 정도의 아동용 도서였는데 표지가 추리소설답게 어둡고 기괴했다. 전집 형태여서 언뜻 보아도 값비싼 물건처럼 보였는데 나는 추리소설을 좋아하지 않아서 페이지를 넘기며 무시무시한 장면을 그린 삽화만 보았던 기억이 난다. 나는 장례식장에서 아버지가 내게 준 선물들이 모두 어떻게 되었을까, 추적해 봤는데 도

무지 기억나지 않았다. 그때 내게 선물을 건넨 아버지와 저 관 속에 누워 있는 아버지가 같은 사람인지도 알 수 없게 되어버 렸다. 시간이 흘러 죽음이 찾아왔다는 것만으로는 설명할 수 없는 비애감이 나를 그렇게 초라하게 흔들어 놓았다. 살아 있 는 동안 아버지는 내 눈에 지극히 평범한 사람으로만 보였다. 루카치가 말하는 실존의 위기에 직면한 '문제적 개인'은 아니 었다. 그는 아내와 자식을 사랑했고 가족을 위해 헌신한 사람 이었다. 영웅도 아니고 위인은 더더구나 아니었다. 이런 사람 을 우리는 평범한 사람, 혹은 보통 사람이라고 부른다. 보통 사람, 이를 영어로 하면 '에브리맨'이 된다. 필립 로스의 《에 브리맨》은 그렇게 내게 특별한 책이 되었다.

이야기는 미국 뉴저지 공항 끝자락의 한 공동묘지에서 일 어난 장례식 장면 묘사로 시작한다. 가족과 친인척들이 차례 로 망자의 죽음을 추모한다. 그리고 마지막으로 등장한 여자 가 엄숙한 장례의식에 미묘한 긴장을 일으킨다. 개인 간호사 모린. 그녀는 직업상 삶과 죽음 어느 쪽에도 낯설지 않은 사람 이다. 사람들이 지켜보는 가운데 그녀는 미소를 지으며 관에 흙을 뿌린다. 그 모습이 마치 육욕적인 행동의 서곡처럼 보인 다고 작가는 묘사한다. 관에 누운 남자는 그녀와 깊은 관계를 맺은 것이 분명하다. 남자는 뉴저지 유대계 지역사회의 한 보석 상인의 아들로 태어났다. 그는 평생 뉴욕의 광고회사에서 일하다 은퇴했다. 이렇다 할 업적은 없는 평범한 남자다. 그의 이력에서 유일하게 눈길을 끄는 건 세 번의 결혼과 세 번의 이혼 경력이다. 《에브리맨》의 주제는 무척 선명하다. '사람은 태어나서 늙고 병들어 죽는다'는 것이다. 장례식의 정경 묘사는 필립 로스답게 서늘하다. 사람들은 장례식이 끝나자 서둘러 집으로 돌아간다. 그들의 얼굴은 지쳐 있고 뺨에는 눈물 자국이 묻어 있다. 장례식은 인간이라는 종이 가장 싫어하는 의식이다. 사람들이 떠나자 죽은 남자는 홀로 남는다. 집으로 돌아간 사람들은 그의 죽음을 비통해하지만 이들 중에는 몰래 안도하거나 심지어는 진정으로 기뻐하는 이들도 있었다. 장례식이 끝난 후, 작가는 이제 죽은 남자의 일생을 회상한다.

그가 처음 죽음의 공포를 느낀 것은 1942년 병원에서 탈장 수술을 받았을 때였다. 소년은 수술을 앞둔 전날 밤, 어머니가 도서관에서 빌려온 《로빈슨 가족》과 《보물섬》을 읽으며 공포를 몰아내려고 한다. 그날 밤 옆 침대에 누워 있던 같은 또래의 유대인 소년이 죽는다. 반면 수술을 무사히 끝내고 죽음의 첫 방문을 이겨낸 주인공 소년은 무난히 어른으로 성장한다. 그는 착한 아들이었다. 그는 자신의 소망보다는 부모의 소망에 부응하여 결혼했고 자식을 낳았고 안정된 생계를 위하여 광고계에 진출했다. 그는 자신이 평범한 인간, 결혼 생활을 평생 지속시키기 위해서는 뭐라도 내놓을 인간 이상이라고 생각해본 적이 없었다. 실제로 그런 기대를 안고 결혼했다. 그러나 결혼은 그의 감옥이 되었다. 그래서 그는 발작적으로 밖으로 나갈 터널을 뚫기 시작했다. 그게 보통 인간이 하는 일 아닐까? 그는 아내와 두 아들을 등진 채 모험을 꿈꾼다. 모험은 성공적이었다. 그의 곁에는 아름답고 상냥한 피비(그의 두 번째 아내가 된다)가 항상 머물렀다. 그는 아내와 두 아들을 버리고 연인과 함께 해변으로 긴 여름휴가를 떠났다. 수영과 하이킹을 하고 마음이 날 때는 여유롭게 사랑을 나누었다. 인적이 드문 모래언덕에서 그들은 찬란한 태양 아래 섹스를 하고 잠이 깨면 헤엄을 쳐서 별장으로 되돌아왔다. 그들의 손에는 홍합을 담은 들통이 들려 있었다. 그러나 그들의 행복한 일상은 예기치 못한 방문객으로 위기를 맞는다.

서른넷의 남자는 그날 밤 충수염에 걸려 두 번째 죽음의 방문을 받는다. 그의 막내 삼촌이 바로 같은 질병으로 사망했음을 그는 기억한다. 그는 수술을 받고 병원에서 깨어난다. 1967년 가을의 일이다. 22년이 흐른 1989년, 그는 수영을 하다가 심장의 이상 징후를 발견한다. 주요 관상동맥이 심각한 문제를 일으켰다. 병원을 지킨 사람은 그의 세 번째 부인이다. 일곱 시간의 긴 수술을 받는 동안 이 젊고 예쁘고 무력한 덴마크 모델 출신의 아내는 도움이 되지 않는다. 수술을 무사히 끝낸 그는 예순다섯의 세 번째 이혼을 한 퇴직자의 삶을 살아간다. 노년의 삶은 회색빛이다.

필립 로스는 《에브리맨》을 2006년에 발표했는데 그의 나이 일흔을 훌쩍 넘겼을 때였다. 《에브리맨》의 주인공 '나'는 노년이 된 작가의 분신과 같은 존재이다. 특히 작가는 노화와 질병을 통해 노년의 삶을 지배하는 육체의 고통에 대해 잔인할 정도로 세밀히 묘사한다. 주인공 '나'는 세 번 결혼했고 그에게 사회적인 성공을 안겨준 흥미로운 직업을 가졌지만 노인이 된 지금 그에게 남겨진 목표는 오직 죽음을 피하는 것만 남게 되었다. '육체의 쇠퇴'라는 절망적인 주제가 삶의 전부가 되었다. 계속되는 심장질환 수술과 스텐트 삽입, 제세동기의 영구 삽입으로 그는 죽음의 공포에서 벗어나지 못한다. 은퇴자 마을에서 일어나는 일은 오직 질병과 노화, 죽음뿐이다. 고독과 외로움이 그를 덮친다.

그는 은퇴자 마을에서 '그림 교실'을 열어 주민들에게 회화를 가르친다. 대부분이 수십 년씩 결혼 생활을 한 사람들이었다. 주인공은 그들에게 아무런 호기심을 느끼지 못한다. 그들은 그저 죽음을 두려워하는 병든 노인일 뿐이다. 그는 그림에도, 가족에게도, 이웃에게도 어떠한 열정을 느끼지 못한다. 오직 산책로에서 만난 짧은 팬츠 차림의 조깅하는 젊은 여자들에게만 시선을 빼앗긴다. '맙소사!' 그는 젊은 여자의 건강한 다리를 바라보면서 생각한다. '한때는 나도 완전한 인간이었는데.'

예순다섯 노인의 심리를 이처럼 예리하게 묘사하기란 쉽지 않다. 발기조차 쉽지 않은 상태이면서도 그는 젊은 여자에게 접근한다. 산책로에서 기다렸다가 조깅하는 젊은 여자에게 전화번호를 건넨다. 젊은 시절, 많은 여자들로부터 유혹을 받았던 그는 도저히 희망을 포기할 수 없다. 그러나 전화는 걸려 오지 않는다. 온전한 실패다. 참담하고 부끄러운 실패. 필립 로스는 멜랑콜리한 감정적 어휘를 선호하는 작가는 아니다. 그는 냉소적인 시선으로 대상을 분석하는 데 특기를 지닌 작가다. 차가운 해부학적인 단어로 페이지를 채우며 세상의 풍경을 벗겨낸다. 그러나 그는 젊은 여자에게 접근해서 참담한 실패를 경험한 노인에 대해서는 놀랍게도 연민과 동정적인 태도를 보이며 감상적인 단어를 구사한다. '목적 없는 낮과 불확실한 밤, 그리고 육체적 쇠약을 무력하게 견디는 노인'에게는 오직 환멸과 슬픔만이 기다리고 있다고 그는 적었다. '결

국 이렇게 되는 거야.'

저지쇼의 은퇴자 마을 스타피시 비치에서 그가 목격하게 되는 것은 오직 죽음이다. 이웃이 죽고 동료가 죽는다. 들려오는 건 사랑하는 이들의 죽음을 알리는 부고뿐이다. 보통 사람이 알아낸 세계의 유일한 진실이 드러난다. "노년은 전투가 아니다. 노년은 대학살이다."

1933년에 태어난 필립 로스는 2018년에 사망했다. 여든다섯 살이면 한국인 성인 남자의 평균수명으로 보아도 장수한 편에 속한다. 반면 내 아버지는 일흔여섯에 사망했다. 아버지의 장례식장에서 가장 비통했을 때는 아버지의 고등학교 동창생들이 문상을 왔을 때였다. 그들은 건장하고 혈색이 좋았다. 빈소에서 두 번이나 허리를 숙여 절을 하면서도 전혀 불편해 보이지 않았다. 나는 그들을 바라보며 세상은 잔인하게도 불공평하다고 생각했다. 화장터에서 나는 아버지가 남긴 마지막 형체를 보았다. 회색빛 뼛가루와 고관절 수술을 하고 남은 인공 철 조각이었다. 그날 나는 평범한 죽음이 던지는 충격을 어떻게 해석해야 할지 몰라 망연히 서 있기만 했다. 그곳에는 어린 아들에게 미키마우스 손목시계와 소가죽 야구 글러브, 셜록 홈즈의 추리소설전집을 선물한 평범한 한 남자는 사라지고 없었다. 필립 로스의 《에브리맨》이 전하는 감동은 이 짧은 글로는 도저히 전달할 수 없다. 다만 이렇게는 말할 수 있다. '《에브리맨》은 소설이 무엇인지를 가장 잘 알려주는 소설이다.'

　일요일 오후, 아내와 함께 안젤름 키퍼^{Anselm Kiefer}의 특별 전시회를 보러 가려고 마음먹었다. 그러나 휴대전화로 전시 예매를 하다가 포기하고 말았다. 삼천 원 할인을 받으려면 새 앱을 다운로드해야 한다는 메시지를 보자 기운이 빠졌다. 나이를 먹으면 여러 가지 일들이 성가시게만 느껴진다. 작은 버튼을 누르고 프로그램이 실행되기를 기다리는 게 싫다. 귀찮다. 새 프로그램은 무의미한 질문들을 쉴 새 없이 던질 것이다. 결국 우리는 목적지를 일상적인 궤도에서 벗어나지 않는 안전한 장소로 바꿨다. 시립미술관이다. 고속도로를 달리지 않아도 되고 예매를 하지 않아도 된다. 나는 운전대를 잡고서 독일 신표현주의의 대가인 안젤름 키퍼의 원작을 보는 대신 국내 작가의 전시회로 수정한 대가에 대해서 생각해보았다. 선택의 순간에서 나는 또 익숙한 환경을 선택하고 말았다. 이런 게 나이를 먹는다는 걸까?

　"그런데 이상하지 않아? 프루동의 상호주의는 왜 실패한

거지. 이론은 너무 완벽한데."

　　나는 무슨 소리인가 싶어 고개를 돌려 조수석에 앉은 아내를 쳐다보았다. 눈빛이 진지하다. 안젤름 키퍼에 대해서는 완전히 잊은 얼굴이었다. 그녀는 뒤늦게 《감정 교육》을 읽고 있다. 1권을 재작년에 읽고 새롭게 올해 2권을 읽는데 속도가 무척 더디다. 지나치다 할 정도로 꼼꼼히 읽는다. 플로베르와 《감정 교육》, 피에르-조제프 프루동, 2월 혁명, 지롱드와 자코뱅, 루이 필리프 1세, 나폴레옹 보나파르트 등등, 그녀는 내가 이 모든 것을 잘 알고 있는 것처럼 단어들을 쏟아냈다. 짐짓 예리한 척 그녀의 질문에 대답했지만 머릿속은 텅 비어 있었다. 프랑스 혁명? 그게 어떻게 끝났지? 잘 기억나지 않았다. 대신 내 머릿속은 다음 주 목요일에 있을 강의로 어지러웠다. 레프 톨스토이의 《안나 카레니나》다. 그래서 머릿속은 러시아 농노 해방과 다가올 1905년의 러시아 1차 혁명, 즉 피의 일요일로 가득 차 있다. 나아가 러시아의 마지막 차르 니콜라이 2세의 몰락과 1917년 2월 혁명, 볼셰비키, 레닌, 트로츠키, 러시아 내전으로 이어지는 역사를 정리해야 한다. 2주 간의 《안나 카레니나》 강의를 끝내면 그다음 주 연이어 《닥터 지바고》를 소개하기 때문이다.

"그런데 왜 정말 프루동은 실패한 거야?" 아내는 뒤늦게 발견한 피에르-조제프 프루동에게 집착하고 있다. 못해도 며칠은 갈 것이다.

"공상적 사회주의를 실패로 단정할 수는 없어. 프루동의 사상은 마르크스에게 영향을 줬으니까. 물론 미하일 바쿠닌이 실제적인 계승자라 해야겠지만."

"그런 이야기가 아니라, 왜 프루동이 실패했냐고 묻는 거잖아? 사유재산에 대한 그 사람의 견해는 놀라웠어. 상속제를 폐지하고 사유재산을 철폐하라, 왜 이 간단한 걸 실현 못 했느냐고 묻는 거야."

　나는 말문이 막혔다. 내가 그걸 어떻게 안단 말인가. 19세기 급진주의 사상의 몰락을 왜 내게 묻는 거지? 재작년에 말기 위암으로 돌아가신 장인어른은 자기 맏딸이 입만 열면 공산당 같은 소리나 한다고 불평했는데 과히 틀린 지적은 아니라는 생각이 들었다. 그러나 그녀는 멈추지 않았다.

　"플로베르는 프루동의 생각을 지지한 거야?"

　"글쎄 그건 확실치 않아도 플로베르가 부르주아를 혐오한 건 틀림없어. 그는 부르주아에 대한 혐오를 극복하기 위해 글을 쓴다고 했을 정도니까."

　"《감정 교육》의 결말은 어때?"

　"잘 알잖아. 소설의 결말이 늘 그렇지. 이도 저도 아니고 허둥대기만 하다 끝나는 거야."

　"그러니까 한국에서 소설이 잘 안되는 거야."

　"무슨 말이야?"

　"독자들은 행복한 결말을 원한다고."

　나는 무심코 고개를 끄덕였다. 그렇다. 독자들은 행복한 결말을 원한다. 훼손된 세계에서 벌어지는 문제적 개인의 길 잃기에 대해서는 별로 관심이 없다.

　"소설은 실패의 기록이야. 어쩔 수 없지."

아내는 나를 빤히 바라봤다. 불만족스러운 표정이다.

"아니, 그렇지 않아. 소설은 '실패한 꿈에 대한 기록'이야. 단순한 실패가 아니야."

나는 그 순간 정신이 번쩍 들었다. 그렇지, 소설은 실패한 꿈에 대한 기록이다. 인류가 근대사회에서 발견한 이상, 휴머니즘과 유토피아를 향한 꿈, 국민국가와 자본제 생산양식이라는 억압적인 구조에서 좌절한 개인과 집단의 실패를 기록하는 예술 장르가 바로 소설이다.

청주 시립미술관 1층 전시실에는 거대한 조각이 전시되어 있었다. 아내와 나는 즉각적으로 반응했다.

"오, 예쁜데."

이래서 미술관에 오고 싶었다. 아름다움을 보고 감탄하는 것. 아내와 나는 눈맛이 시원한 큰 조각을 빙빙 돌며 조형물을 살폈다. 뭘까? 아내는 피망이나 체리 같다고 말했고 나는 단순하게 사과라고 생각했다. 벽면에 작품 제목이 보였다. 「체리」다. '존재와 무無' 같은 제목이 아니어서 무척 안도했다. 이게 체리야? 아내는 의기양양한 표정을 지었고 나는 다시 조각을 살폈다. 열매 색이 초록이어서 헷갈렸던 것이다. 다시 보니 확실히 체리다. 왜 이런 걸 만들었을까, 궁금했는데 전시회 구석에 작가의 인터뷰 영상이 있었다. 평범하게 생긴 나와 같은 중년 아저씨다. 그는 "그냥 했다."라고 말했다. 외국인을 위한 영어 번역이 재밌다. "I just did it." 마치 나이키 광고 같다. 작가의 이력이 흥미롭다. 대학을 졸업하고 독일로 건너가 뮌헨 쿤스트 아카데미에서 조각을 공부하고, 한국으로 돌아와 청주 인근의 한 시골 마을에서 농사를 지으며 작업을 병행하고 있다고 한다. 안젤름 키퍼의 전시를 보지 못한 아쉬움은 그 순간 사라졌다. 예쁘고 상큼한 거대 체리가 눈앞에 있다. 그거면 됐지 뭐. 우리는 사이좋게 2층 전시실로 올라갔다.

《에브리맨》의 주인공은 말년에 아틀리에를 마련해서 그림을 그렸다. 그는 미술대학을 졸업했지만 가족을 부양하는 평범한 삶을 살기 위해 전업 작가의 길을 포기하고 광고업계에서 일했다. 세 번째 마지막 이혼을 하고 은퇴자 마을로 들어오고서야 그는 화가가 될 수 있었다. 그러나 이 선택은 그의 실패를 재확인하게 해주는 계기가 되었을 뿐이다. 그는 '모든 존재가 부조리하고 비극적이며, 존재에게 고통이란 피할 수 없는 동시에 그 어떤 명분도 가지고 있지 않다'는 쇼펜하우어의 결론에 도달했을 뿐이다.

미술관을 나와 텅 빈 주차장에서 아내와 나는 눈이 시릴 정도로 푸른 창백한 하늘을 올려다보았다. 우리에게 죽음은

아직 부모 세대의 몫으로 남아 있다. 그러나 이제 곧 우리가
바통을 이어받게 될 것임을 예감한다. 어느새 우리는 여름 숲
의 짙은 녹음보다는 가을 잎의 퇴색한 풍경이 더 아름답게 보
이는 나이를 통과하고 있다. 가을이 지나면 겨울이 온다. 그리
고 다시 봄이 찾아올 것이다. 어쩌면 우리가 사랑하는 사람 중
몇몇은 저 예고된 찬란한 봄을 맞이하지 못할 수도 있다. 집으
로 돌아오는 길에 아내와 나는 미술관의 감상은 온전히 잊은
채 저녁에 무엇을 먹을지를 고민했다. 살아 숨 쉬는 동안에는
피할 수 없는 중요한 문제다. 2012년 여든 살에 이른 필립 로
스는 "저는 다 끝냈습니다."라는 짧은 한마디 말을 남기고 돌
연 절필을 선언했다. 작가로 활동하는 동안 픽션과 논픽션, 장
편과 단편집 모두 합해서 스물아홉 권의 책을 발표했다. 엄청
난 양이다. 그의 책으로만 책장을 채워도 상당한 공간이 필요
하다. 필립 로스의 책장을 바라보며 나는 앞으로 가야 할 길이
까마득히 남아 있음을 깨달았다. 실패와 성공은 의미가 없다
는 사실도 알게 되었다. 중요한 건 포기하지 않고 내가 선택한
길을 계속 가는 것뿐이다. 아내는 할인점에서 나를 위해 뉴질
랜드 백포도주를 샀다. 나는 그에 대한 응답으로 그녀가 좋아
하는 아이스크림을 골랐다. 아버지가 없는 하늘 아래에서 산
다는 점에서 그녀와 나는 동지다. 아파트 주차장에 도착했을

때 그녀가 물었다.

"작가들의 책장 훔치기는 잘되고 있어?"

나는 무심코 고개를 끄덕였다. 내 상상의 책장에는 내가 좋아하는 작가들의 책들이 빼곡히 꽂혀 있다. 무엇을 가장 먼저 읽을지 고민이 될 뿐 좌절에 대한 두려움 따위는 없다. 도저히 실패할 수 없는 도전이다. 책을 읽는다는 건 바로 그런 기쁨을 누리는 일이다. '작가들의 책장 훔치기'는 끝났다. 글을 쓰는 동안 나는 이전에는 느끼지 못한 행복한 순간들을 경험했다. 이 행복을 이제는 사랑하는 사람들에게 돌려주고 싶다. 사람들은 기쁨을 표현할 때 춤을 춘다는데 타고난 몸치인 나는 '쉘 위 댄스^{Shall we dance}'라고 감히 말하지는 못한다. 대신 이렇게 제안할 수는 있다.

'우리 함께 읽어볼까요?' 'Shall we read it?'

필립 로스의 책장에서 훔친 책들

존 업다이크《토끼는 부자다》

프란츠 카프카《변신》

니콜라이 고골《코》

표도르 도스토옙스키《지하로부터의 수기》

헨리 제임스《아메리칸》

귀스타브 플로베르《보바리 부인》

제롬 데이비드 샐린저《호밀밭의 파수꾼》

제임스 조이스《율리시즈》

밀란 쿤데라《참을 수 없는 존재의 가벼움》

에밀리 브론테《폭풍의 언덕》

이 책을 쓰면서 참고한 책들

미셸 우엘벡, 《지도와 영토》, 정소미 옮김, 문학동네, 2011.

마틴 게이퍼드, 《내가, 그림이 되다》, 주은정 옮김, 디자인하우스, 2013.

조리스카를 위스망스, 《거꾸로》, 유진현 옮김, 문학과지성사, 2011.

미시마 유키오, 《금각사》, 허호 옮김, 웅진닷컴, 2002.

이언 매큐언, 《체실 비치에서》, 우달임 옮김, 문학동네, 2008.

미셸 우엘벡, 《쇼펜하우어를 마주하며》, 이채영 옮김, 필로소픽, 2022.

게오르크 루카치, 《소설의 이론》, 김경식 옮김, 문예출판사, 2014.

프랑수아즈 사강, 《브람스를 좋아하세요...》, 김남주 옮김, 민음사, 2008.

질 들뢰즈, 《들뢰즈의 철학》, 박찬국 옮김, 2007.

존 파울즈, 《프랑스 중위의 여자》, 김석희 옮김, 열린책들, 2009.

무라카미 하루키, 《바람의 노래를 들어라》, 김난주 옮김, 열림원, 1996.

도리스 레싱, 《19호실로 가다》, 김승욱 옮김, 문예출판사, 2018.

도리스 레싱, 《금색 공책》, 권영희 옮김, 창비, 2019.

아니 에르노, 《세월》, 신유진 옮김, 1984BOOKS, 2022.

줄리언 반스, 《예감은 틀리지 않는다》, 최세희 옮김, 다산책방, 2019.

줄리언 반스, 《플로베르의 앵무새》, 신재실 옮김, 열린책들, 2017.

알베르 티보데, 《귀스타브 플로베르》, 박명숙 옮김, 플로베르, 2018.

김시습, 《금오신화》, 이지하 옮김, 민음사, 2009.

현상윤, 《조선유학사》, 심산, 2007.

프란츠 카프카, 《성》, 권혁준 옮김, 창비, 2015.

어니스트 헤밍웨이, 《The sun also rises》, SCRIBNER, 2006.

어니스트 헤밍웨이, 《헤밍웨이의 글쓰기》, 이혜경 옮김, 스마트비즈니스, 2014.

조지 오웰, 《나는 왜 쓰는가》, 이한중 옮김, 한겨레출판, 2012.

존 루카스, 《부다페스트 1900》, 김지영 옮김, 글항아리, 2023.

나쓰메 소세키, 《산시로》, 송태욱 옮김, 현암사, 2014.

필립 로스, 《에브리맨》, 정영목 옮김, 문학동네, 2009.

김윤식, 《내가 읽고 만난 일본》, 그린비, 2012.

에필로그

소설가 신경진의 서재

이십 대에 나는 강원도 야전 부대에서 군 생활을 했다. 30개월 복무 기간 동안 중화기 중대의 통신병이었으니 나름대로 지도를 읽는 능력은 갖추고 있었다. 그러나 산악 부대의 특성상 작전지역을 표기한 지도는 대부분 자연 지물로 이루어져 있어서 지도를 정확히 읽는 일은 쉽지 않았다. 지도에 어지럽게 그려진 등고선만으로 산의 높이를 가늠하고 지형지물을 입체적으로 그려내는 것은 여간 힘든 일이 아니었다. 랜드마크와 거리 이름으로 동선을 유추할 수 있는 도시의 지도와는 천양지차가 나는 난해한 지도였다. 캄캄한 야밤 산 중턱에서 플래시를 켜서 나침판과 지도만으로 길을 제대로 찾아낼 수 있는 사람은 지극히 드물다. 다행히 내 곁에는 이 분야에 탁월한 능력을 지닌 관측병이 있었다. (경북 봉화의 산골 마을 출신으로 나의 선임이었지만 나이는 같았다.) 박격포 중대의 특성상 야전훈련에 나가면 나와 중대장과 관측병, 이렇게 셋이서 움직였다. 행군 도중 부대가 길을 잃으면 우리 세 명이 모여서 지도를 들여다보고 올바른 길을 찾아 각 소대에 알려줬다. 이때 나는 구경꾼으로서 중대장과 관측병이 지도를 읽는 모습을 바라보기만 했다. 그들이 마침내 결정을 내리면 무전기로 소대에 좌표와 동선을 전파했다. 이런 사정을 모르는 다른 중대원들은 내가 지도를 잘 읽는 것으로 착각했지만 실상은 달랐다. 유선형 등고선이 물결치는 추상적인 지도만으로 끝없이 이어지는 산봉우리와 계곡의 깊이를 가늠하는 일은 내 능력 밖의 일이었다. 그때 나는 지도가 있어도 도움이 되지 않을 수 있다는 사실을 처음 깨달았다.

《작가들의 책장 훔치기》는 문학, 특히 현대소설의 지형도를 축소한 지도를 만들기 위한 시도이다. 그런데 과연 이 지도가 제대로 만들어진 것인지 자신할 수 없다. 돌이켜보면 이 기획 자체가 무리가 아니었나 싶다. 태백산맥의 넓이와 깊이를 도화지 크기의 지도로 모두 담을 수 없는 이치와 동일하다. 특히 고정된 지형도와 달리 현대문학은 시대의 유행과 변화에 따라 크게 요동치는 영토이다. 애초에 올바른 지도를 제작하는 게 불가능한 분야라는 말이다. 그런데도 이런 시도를 한 것은 나름의 욕심이 있었기 때문이다. 나는 문학과 소설을 좋아해서 어떻게 하면 한정된 시간 내에서 효율적으로 독서를 할 수 있을까, 고민해왔다. 소설가가 되고 사람들 앞에서 문학에 대한 이야기를 하게 되면서는 자연스럽게 이 고민에 더 많은 시간을 투자할 수 있었다. 내가 내린 최종 결론은 여전히 '불가능하다'이지만 이 과정에서 소득이 없는 것은 아니었다. 나는 내 나름의 불완전하지만, 효용성을 지닌 지도를 갖게 되었다. 아마 이 지도는 오류투성이에 치명적인 결함을 내재하고 있을지도 모른다. 그러나 여기까지 오는 것만으로도 내게는 의미 있는 일이었다. 대동여지도와 인공위성 사진의 지도를 비교해서 옛날 지도의 효용성을 부정할 수는 없다는 게, 이 무모한 시도를 할 수 있었던 용기의 원천이었다. 다행히 군 시절 지도 읽기에 탁월한 능력을 지닌 관측병이 있었듯이 내 곁에는 위대한 작가들이 있어서 도움을 받을 수 있었다. 그들은 내가 좌절할 때마다 다가와서 길 안내를 해줬다.

나는 개인적으로 일기를 쓰지 않는다. 아직은 SNS도 하지 않는다. 그래서 모든 과거는 기록이 아닌 기억으로만 남아 있을 뿐이다. 기억이라는 건 약속 지급일을 넘긴 불량채권과 유사하다. 그런데도 나는 글을 쓰면서 가능한 한 솔직해지려고 노력했다. 기억의 불완전성은 내 능력 밖의 일이라고 생각하며 용기를 냈다. 이번 에세이에서는 젊은 시절의 나를 돌이켜볼 수 있어서 좋았다. 게으르고 한심한 청춘을 보내는 사이 나도 모르게 중년이 되어버렸지만, 그래도 젊음이란 좋다는 것을 새삼스레 깨달았다. 청년 시절에 쓰지 못한 일기를 쓰게 되어서 무척 기뻤다. 이 기쁨이 독자에게도 전달되었으면 좋겠다. 그리고 무엇보다 내가 만든 불완전한 '지도'가 거친 모험에 도전해서 세계를 탐색하는 사람들에게 작은 길잡이가 되었으면 한다.

"심연의 어둠은 작가의 힘이다."

2025년 겨울, 신경진